利己的な聖人候補 1
とりあえず異世界で
ワガママさせてもらいます

やまなぎ
Yamanagi

Regina

ソーヤ
メイロードと
契約した妖精。
おいしいものには
目がない。
メイロード・マリス
家事万能な元女子大生。
神の加護を受け
異世界に転生する。
セーヤ
メイロードと
契約した妖精。
美しい髪を
こよなく愛する。

登場人物紹介

サガン・サイデム
メイロードの後見人。
イスの商人ギルド統括幹事。
セイリュウ
メイロードの守護者。
伝説の龍族。
グッケンス博士
メイロードに魔法と
酪農の技術を
教える。
ハルリリ
シラン村で薬局を営む。
心優しくメイロードを
見守る。
ユリシル・シド
シド皇国の第五皇子。
シラン村視察中に偶然
メイロードと出会う。

目次

利己的な聖人候補 1

とりあえず異世界でワガママさせてもらいます

第一章　始まりの前に終わってしまった

「オバちゃん！」

（この世で聞く最後の言葉がそれかぁ）

うら若き二十二歳の未婚女子（彼氏なし）が、トラックに轢《ひ》かれて死に際に、最後に聞く言葉が〝オバちゃん〟。

ああ、なんて私らしいのだろう。

名前が小幡初子《おばたはつこ》だからなのだけど、私は昔からこのあだ名でしか呼ばれたことがない。

私がこの〝オバちゃん〟生活を歩むことになったすべての発端は、

「あとはあなたがやって……」

という短い遺言を残し、小学一年生になったばかりの私に、祖母が家事一切すべてを
丸投げして唐突に亡くなったことだ。まだ六歳の子供だった私に祖母がこんな遺言を残

した理由は、わが家の普通の家とはかなり違う家庭環境によるのだが……

まず私の母、この人は私が生まれる以前から外では〝神の手〟とか〝聖母〟とか呼ばれていた優秀な小児科医だったのだが、家事能力が極めて低い上に、文句を言う隙《すき》もないほどの激務の毎日を過ごしている人だった。それでも祖母が亡くなるまでは、祖母とお手伝いさんが家事を担うことで私の家はきちんと管理されていた。

祖母は医師として活躍する母を誇りに思いつつも、私には同じ轍《てつ》を踏ませたくなかったのか、物心がつく前から徹底的に家事を仕込み、母を助けられるよう教育した。それがあの遺言に繋《つな》がるわけだが、言われるまでもなく、あの母に任せたらどんなカオスになるか、骨身にしみて知っていた私が、なんとか日々の家事を回していくしかなかった。

しかも、わが家にはもうひとり困った人物がいた。私の年子の弟だ。この子は小幡家に生まれた待望の男子だったため、祖母に溺愛された。そのため自分が常に一番大事にされなければ気のすまない暴君に育ち、私の仕事を増やすだけ増やしてなにもせず、一切の我慢ができなかった。当然、そんな弟のわがままに付き合いきれないお手伝いさんは居着かず、私の負担は日々増えていった。それでも何度も私に謝りながら、食事もそこそこに仕事へ向かう母を見ていると、とても弟の世話が嫌だとは言えなかった。

では父親はというと、こちらも母以上に激務の医師だった。戦地を渡り歩く人道派医療組織のエースだそうで（未だに実態はよく知らない）、埃《ほこり》っぽい荷物と一緒に帰ってきて、気がつくとその荷物とまたいなくなっていた。家にいるときは優しく頼りがいがあって尊敬できる父なのだが、ほとんど日本にいない上、連絡を取ることさえ困難な地域を行き来していたのだから、助けになるわけがなかった。

そんな状況なのに、私が九歳のとき、母は双子の男の子を出産する。最初は、

「大丈夫、今度は私がしっかり育てるから！」

と、夢みるように豪語していた母だが、仕事に追いまくられて、あっという間に弟たちの世話も私に丸投げ。この人は、医師としては天才だったが、それ以外はなにもかも適当なのだ。

その結果、私は学校の休み時間に弟たちの通園カバンを縫《ぬ》い、学校帰りにはネギの刺さったエコバッグを常に持ち歩き、部活もできず、家事と勉強で手一杯の日々を延々と送り続けた。

そして〝オバちゃん〟としか呼びようのない、このライフスタイルを貫いて私は成長していった。弟たちと母の面倒を見ながら、高校に入った頃にはクラスメイトから〝完全無欠の兼業主婦〟の称号を貰っていた私は、この春、地元の名門女子大の家政学部を首席で卒業した。はっきり言って楽勝だった。

そして明日、やっと家から離れ、教師となるべくこの町から遠く離れた着任先へ向かう。

母からは泣いて〝行かないで〟とすがられたが、さすがに就職を蹴《け》ってまでは無理というこことで納得させた。別にわが家はお金がないわけじゃないので、いまの弟たちの年齢ならお手伝いさんの力を借りればなんとかしのげると思う。双子の弟たちには、それなりに家事を仕込んだしね。

私にはやりきったという清々《すがすが》しい思いしかなく、一片《いっぺん》の悔いもない旅立ちだった。

そんなめまぐるしく過ぎていった長い主婦生活のことを考え、物思いに耽《ふけ》っていると、いつの間にか見たことのないだだっ広い真っ白な空間にべたっと座っていた。足元にはテレビ映像のように、事故後らしい、見覚えのある光景が透《す》けて見えている。

それはかなりショッキングな光景で、そこでは〝私〟が頭から血を流して倒れていて、その右手はトラックの下敷きになっていた。

倒れている私の横には、遠方へ引っ越してしまう前にケーキバイキングに行こうと誘ってくれた、数少ない友人である優子《ゆうこ》ちゃんが、なすすべなく泣きながら座り込んでいる。

（優子ちゃん、ごめんね、こんなことに巻き込んじゃって……）

私がかばった男の子も泣きじゃくっているけど無事みたいだ。

（よかった。怪我がなくて、ほんとによかった）

トラックに突っ込まれる直前、私が見た運転席の人はハンドルにもたれかかるように倒れ伏していて、意識がないように見えた。駆けつけた救急車が、その運転手さんを運び去っていく。

（助かるといいけど……）

「そなたを轢《ひ》き殺した男の心配とは、人が良いの」

振り返って声の方を見ると、すごく大きな人がいた。いや人のようだが、私からは足しか見えないほど巨大ななにかだ。

「われが大きく見えているようだな。それは霊的なモノ、この世ならざるモノにそなたが畏怖《いふ》の念を持ち、大事にしていることの表れであるよ。良い娘だ」

大きい人は笑っているようだけれど、その顔は霞《かす》むほど上方にあるのでよく見えない。

「そうか、話がしにくいのだな。ではこれで良いか？」

どうやら心を読まれているらしいと思った次の瞬間、目の前にはどこかの宗教画で見たような現実感ないくらい美形の人が佇《たたず》んでいた。

「私は死んだんですね」

「そうだな。この世界の小幡初子という存在はもういない」

淡々と言われてしまった。

（だよね。どう見ても死んでるよね）

下に見える惨状は、やはり自分に起きてしまったことなのだ。

「私はこれからどうなるんですか？　天国とか地獄とかそういうところへ行くのでしょうか」

そんな私の疑問への答えは思ってもみなかったものだった。

「そなた聖人にならぬか」

「聖人って……私になんの功績が？」

あまりに意外な展開に、考えが追いつかない。聖人って現世で修行したり功績があったりして祭り上げられる人のことだよね。ありえない、二十歳そこそこの私が聖人⁉

「そんなに驚かずともよい。まぁ、祭り上げられている彼らの多くは聖人ではある。だが、人と〝多くを見るモノ〟は違うのだ。この世には、人の目には触れずとも尊き行いを続ける美しい魂《たましい》を持つものが数多《あまた》いる。そなたもそのひとり」

慈悲深いとでもいうのだろうか、温かい眼差しで私を見つめながら彼は言った。

「そなたの短い人生のほぼすべては自分以外の者のために捧げられていたな。手伝う者たちも音《ね》をあげて居着かない中、手を抜かず家族のために尽くした。見事な滅私《めっし》であった。尊きことよ」

確かに思い返すだけでグッタリした気分になるぐらいの怒涛《どとう》の日々だったけれど、母を尊敬もしていたし、医師として子供たちを救うために激務を続ける母に負担をかけたくなかった。家のことは私がやるしかなかったし、正直六歳の私の方が、こと家事に関してはまだ母よりマシだった。そこから始まった主婦生活は、私の妙な完璧主義と弟たちへの思いが暴走した結果だと思うよ。私に青春の思い出などひとつもないのは事実だけど……ね。

「お前の献身が、医師としての両親を完璧にサポートした結果、何千もの命が救われてきた。そしてな。お前がいま、救った子供なのだが……」

どうやら私が身を挺《てい》して事故から救った子供は、将来人類存亡の危機を救う鍵となる人物なのだそうだ。実は事故についても予言されており、子供を救うためにこの方が介入する予定だったのだが、不測の事態が起きて間に合わなかったらしい。

「そなたの滅私《めっし》の行動が人類を救ったのだよ」

ちょっと、ちょっと待ってください！　いいこと言った風に、また慈悲スマイルしてますが、あなたがちゃんとしていたら、ワタシ死なずに済んだのでは？　やっと、やっと初めてすべてを自分のために使える日々がやってきたのにコレですか⁉　子供は助けたかったから助けた。そのことに悔いはない。でも、こんなのあんまりだ！

「無理です。こんな気持ちで聖人なんて無理です！　私の人生を返して！　いますぐ！」

私の背後からは、これまでの人生で一度もまとったことのない真っ黒なオーラが出ていると確信できた。

「さ、先ほど言ったように、この世界でのそなたの命脈《めいみゃく》は途切れてしまったのだ。私たちはお前のように清い心で人のために生きる者を常に探している。私たちとともに、人々を良き方向へ導く手伝いをしてはくれないか……だ、だめか？」

聖人にリクルートしようとした人物の真っ黒オーラに、さすがの慈悲スマイルも引きつり、目が泳いでいる。なおも睨《にら》み続け、威圧する私。

「では、転生してみてはどうでしょう」

張り詰めた空気を無視した感じで、上の方から涼やかな、のんびりした声が聞こえてきた。

「転生？」

今度は、スレンダーで女性的な物腰の、サラッサラの長い銀髪をなびかせた人が突然目の前に現れた。女子に人気の某歌劇団で大階段のセンターから降りてくる人みたいな、圧倒的なキラキラ感と神々《こうごう》しさ。

「そう、この世界とはかなり違う場所にはなりますが、人として転生させます。支援もできるだけ、加護もきっちり授けましょう。きっといままでとは違った楽しい生活が送れると思いますよ。でも、それを望むのであれば、あまり時間がありません。いますぐ決断してください。さあ、どうしますか?」

美人の極上スマイルの破壊力ってすごい。びっくりしすぎて怒りがどこかへいってしまった。本当にキラキラ輝いてるよ、眩《まぶ》しい。

突然の提案だけど、〝別の世界〟に生まれ変わって、人生をやり直すってことか。私が人として生きるには、もうその道しかないのだろうなぁ。実際、眼下に見える私は大量の血を流し、すでにこと切れている。〝オバちゃん〟はもういないのだ。

正直なところ〝転生〟がなんなのかもよくわからない。

(まるでゲームの世界にでも入り込むみたいだ)

そう思っていると、女神様は見透かしたようにこう言った。

「ゲーム……ですか。なるほど、そういう理解ならばそれでいいでしょう。こちらもできるだけそなたが理解しやすいよう支援するつもりですよ」

支援がなんなのかよくわからないが、詳しく聞く時間はなさそうだ。それに仮にも人を聖人にリクルートするようなこの神様たちが私に嘘をつくとも思えない。よく内容はわからないが〝できるかぎりの支援〟という言葉は信じてもいい気はする。私は聖人になんてなりたくないいし、ここでこのまま死んでしまいたくもない。

「転生でお願いします」

私がきっぱりとそう言うと、宗教画のような姿の方は少し残念そうな顔をしたが、銀の髪の美貌の女神（なんだろうな、多分）は、すっきりとした極上の笑顔を私に向けた。眩《まぶ》しいってば！

「あなたには新たな世界を生きてもらいましょう。私たちはあなたがここへ戻ってくる日を待っていますよ。良き人生を、人の子よ」

◆◆◆

（痛い！　痛い！　痛い!!）

気がついた私は真っ暗な中、身体中の痛みと右腕の激痛に身悶《みもだ》えもできずにいた。狭い箱の中にいるようだが、状況がまったくわからない。

（痛い！　苦しい！　痛い!!）

悲鳴や動物の叫び声が間断なく続き、体格のいい人たちがドスドスと急ぎ足で行き交うような振動が伝わってくる。その低く大きな振動は、私の痛みを倍加させ叫ぶ力もない。もう呼吸するのもツラくなってきた。右腕は確実に折れている。見えないけれど、切り傷や打ち身、捻挫《ねんざ》もあると思う。鉄の匂いがして手にヌルッとした感触があるからおそらく出血もしている。耳鳴りがする。頭痛もひどい。

（動けない！　痛い！　寒い！　怖い！）

転生した瞬間に危機的状況にいるよ。神様！　できるだけの支援があってこれってひどくないですか！　激痛の中で朦朧《もうろう》としながら悪態をついた次の瞬間、爆発音が響き、すさまじい衝撃と身体中の痛みが私の意識を奪った。

第二章　傷ついた聖人候補

カチャカチャ、カチャカチャ……

なんの音だろう。瓶《びん》……たくさんの瓶《びん》が触れ合うような音。いま、こうして横になっていると痛みはほとんどないが、全身がだるく、右腕も動かせない。いまの私には、少しずつ目を開けて周囲の様子を見ることぐらいしかできないようだった。眩《まぶ》しさに耐えながら、そろそろと開けた目の焦点が徐々に合ってきたとき、目の前にいたのは試験管のようなガラス瓶《びん》の入った箱を運んでいるウサギだった。

（巨大な垂れ耳《ロップイヤー》の……いやいや大きすぎる！　しかも二足歩行！）

「お、目が覚めたね、メイちゃん」

状況が呑み込めず、まだうまく表情が作れないまま呆然としてしまう。そんな私に、優しげな笑顔で話しかけるその姿は、本格的すぎるウサギコスプレの人？　という雰囲気で、鼻から口にかけてウサギっぽい感じはあるが、顔立ちはほぼ人、しかもすごく可愛い。

「こ……こは、どこ……なんでしょうか？」

（あれ？　なんだこの声、子供みたい、あれ？　手が小さい、あれあれ？）

軽くパニック状態に陥《おちい》った私を事件のショックによるものと解釈したらしいウサ耳美人さんは、私を抱き起こし背中をさすりながら、彼女の知っている事件のあらましを説明してくれた。

ここはシラン村。両親と私は、イスという都会の街に住み、生まれ故郷のこの村に数年に一度帰省していた。今回も馬車で十日の旅は順調だった。ところが、村まで半日の距離に来たとき、突然、数人の野盗に襲われた。馬車についていた護衛の善戦でなんとか活路が開けそうに思えた直後、事態はさらに良くない方へ動いた。近くを徘徊《はいかい》していた凶暴なオークの群れが血の匂いで刺激されて強襲をかけてきたのだ。そこからは野盗たちも巻き込んだ血で血を洗う乱戦。満身創痍《まんしんそうい》で逃げ延びた護衛のひとりの知らせを受け、オーク討伐隊が駆けつけたときには、護衛たちも馬車にいた人間も誰も生きてはいなかった。椅子の下の隠し箱にいた瀕死《ひんし》の幼女を除いて……

目に涙を浮かべながら、なんとかショックを与えないよう気遣ってくれているウサギの人には悪いのだが、私は状況を聞いて冷静になっていた。

（なるほどねー。転生ってどうなるのかと思ったら、ほかの人に入れられちゃったんだ）

私がいま入っているこの躰《からだ》の主は〝メイロード〟という名の六歳の女の子だという。彼女はおそらく野盗の襲撃に巻き込まれたとき、すでに事切れていたのだろう。そんな悲劇に見舞われた魂《たましい》の脱《ぬ》け殻《がら》に私の魂《たましい》を無理やりねじ込んだ、ということらしい。

（もう一度、六歳からやり直しかぁ）

いつの間にか号泣しながら抱きしめてくれているウサ耳をしたお姉さんの慰《なぐさ》めの言葉に、私はこれからどうしたものか、と小さな手をグーパーしつつ、ぼんやり考えていた。

目が覚めてから一週間ほどが過ぎた。

私の怪我はひどいものだったらしいが、発見後すぐにウサギのお姉さん――ハルリリさんの治療が受けられたため、奇跡的に後遺症もなく回復できた。もっとも、五日間目を覚まさなかったようだけど。腕が治るまで、それほど時間はかからないそうだ。絶対折れていたのに、いまでは普通に動くようになっている。

「魔法ってすごい」

手を動かしながら、いままでいた世界ではないことを実感する。

「ごめんね。もう少し薬が充実していたらもっと早く治せたんだけどね」

美人垂れ耳ウサギの人、改め、村のヒーラー兼薬局店主、エルフの血も引くという不思議な獣人ハルリリさんが、たくさんの薬草を選別しながら、ちょっと困ったような顔で答えてくれる。

「私のヒーラーとしての腕は、中の下ぐらいだから、回復薬を併用しても、メイちゃんほどの大怪我だと簡単にはいかないんだよね」

「でも、田舎の村にヒーラーさんが常駐していること自体かなり珍しいって、さっき薬を取りに来た方が教えてくれました。私は運がいいって……」

「家族を一度に失った子に〝運がいい〟なんてどこの馬鹿よ！」

ハルリリさん、机を思いっきり叩いて怒っている。本当に優しい人だ。

「ハルリリさん〝夢見草〟の葉が潰《つぶ》れて落ちてます。そんな、大事じゃないですから。私が助かっただけでも奇跡のような幸運だったのはわかっていますから……」

怒って振り上げたハルリリさんの手から床に散らばった葉っぱを拾って、机の上の箱に戻す。

（ハルリリさんはそう言うけど、この躰《からだ》にいた子は亡くなっているからね。いまここに私がいるのは、無理やり起こした奇跡、反則技の〝転生〟なんだよ）

そんなことを考えながら、私はほぼ無意識に机の上の箱の整理を始めてしまう。

「メイちゃん、都会っ子なのに薬草に詳しいのね。〝夢見草〟は田舎ではそう珍しくないけど、イスみたいな街中では見ないのに」

（え？　あ？　確かに、なんで知ってるんだろう、こんなこと）

改めて〝夢見草〟を見ると、私の目の前にマンガの吹き出しみたいなものが現れた。

〉夢見草——微弱な魔力を含む多年草・眠りに関する薬品材料・可食

続けて机の上の別の薬草をじっと見る。

〉マンビョウの実——マンビョウの木から取れる赤い実・強い苦味がある・内臓疾患系に効果のある薬品材料・可食

〉ポンポン草——花葉ともに香りが良く茶としての利用が一般的・薬品材料・可食

じっと見ると説明が見える！　なにこれ！

「あらら、この〝マンビョウの実〟ガンド山脈産だぁ。苦味が強すぎて配合が面倒なんだよね。どうしようかなぁ」

どうやらハルリリさんも、私と同じようにこの吹き出しで情報を見ているようだ。

「産地まで、わかるんですか？」

「あ、これ《鑑定》っていうスキルがあるんだよ」

「スキル？」

「自分が持っている能力だよ。《鑑定》は生まれつき持っている人も多いし、そうでなくとも学ぶことで習得可能なの。だけど習熟度が低いままで諦めてしまうことが多いから、使い物になる人は少ないんだよね。私のレベルだと、産地や効能、おおよその価値も調べられるんだよ。薬を作るには必須なんだ」

ハルリリさんは、ヒーラーより薬作りがメインの仕事のようだ。

「達人レベルになると、他人まで《鑑定》できるらしいよ。ヒーラーとしては欲しい能力だけど、自分を見るようには簡単じゃないからね」

（え、自分を鑑定？）

とりあえず私には《鑑定》スキルがあるみたいだけど、ハルリリさんほど詳しくは見えていない。そもそも習熟度ってなんだろう。

「あの、習熟度ってなんですか」

「ああ、《鑑定》の場合、たくさんの《鑑定》をすることで習熟度を上げて、スキルを磨《みが》く必要があるんだけどね。特に新しいものの《鑑定》には魔法力が多く必要で、迂闊《うかつ》にするのは危ないよ。体力と同じで、外で魔法力切れを起こすと倒れたりして危険でしょ？　ほとんどの人は元々の魔法力が少ないから、使えるレベルに達するほどの《鑑定》スキルまでは、なかなか上げられないのよね」

「魔法力って重要なんですね」

「攻撃的な魔法もあるけど、こういう地味なスキルにも魔法力のあるなしは大きく影響するよ。エルフに比べると、魔法の素質のある人は少ないから、大きな魔法力を持つ人は尊敬されるけど、その分面倒も多いよね」

魔法力があるっていいことだけじゃないことは察したけど、できることがはっきりしないと、これからのことも決められない。

（っ……て、そもそも子供の私に自活ってできるんだろうか？）

とにかく、自分の状態を把握するためにもあとで自分の《鑑定》をしてみよう。

「《鑑定》」

これが正しいのかわからないけれど、とりあえずやってみようと、寝る前にベッドの上で自分の胸に手を当てて言ってみた。

(あ、吹き出した)

メイロード・マリス　6歳
HP：20(-5)
MP：1000
スキル：鑑定・緑の手・癒しの手・無限回廊の扉
ユニークスキル：生産の陣・異世界召喚の陣
加護：生産と豊穣
字名：護る者
属性：全属性耐性・全属性適性

(…………?)

ほとんど意味はわからないが、見覚えがある表示だ。なんだかゲーム画面で見た表示に似ている気がする。

　そもそも私はゲームにはあまり詳しくはない。それでも、弟たちが夢中になってゲームをしている様子を横で洗濯物を畳《たた》みながら見たことはある。弟たちは説明したがりで、私にいろいろ教えながらゲームをしていたので、基本的なルールぐらいは把握できているはず。ステータスというのが持っている能力を表すもので、重要な情報だということも教えてもらった。

　いま私の目の前に浮かび上がっているこの表示が、おそらく私のステータス。ＨＰというのが体力でＭＰというのが魔法力だと思う。弟たちがＲＰＧという戦って自分を成長させるゲームをしていたとき、ＨＰが足りないとかＭＰの回復が遅いとか言っていた。

　おそらく、この解釈で合っているとは思うが、だとすると体力があまりにも低い。基準はわからないけれど低いことはわかる。括弧《かっこ》の中のマイナスは怪我のせいかな。子供の上に病み上がりならば、こんなものなのかもしれない。

　魔法力の１０００は高いのだろうか？　どうなの？　体力と比較すると、すごく高い気もするが、これも基準を知らないので判断しようがない。

　ともかく、わかる範囲でこの画面に表示された内容について考えてみよう。

《鑑定》……これを使うと、いろいろなものについて知識が得られるようだ。ここではなんの情報も持たない私にはありがたい能力だ。六歳までの記憶もなく、この世界の基礎知識がないに等しい私には生命線だと思う。できるだけ早く高めた方がいいだろう。

《緑の手》……これはなんだろう。確か植物を育てるのが上手な人のことをそんな風に言うのじゃなかったっけ。具体的になにができるのか。考えてもわからないので、保留。

《癒しの手》というのは、なんとなくわかる。ハルリリさんの癒し治療《ヒール》みたいなものかな？　これも試してみよう。あ、でも病気や怪我をした人がいないと検証不可か。魔法力のことは、なるべく人に知られたくないし、自分で自分を治せるのかもわからないし、結講面倒だ。検証は保留にしておこう。

《無限回廊の扉》……これも意味不明。想像するしかないが〝扉を開くと魔物が出てくる〟とかだったらやだな。どこでも行ける系のあれだったら今後生きていく上で、すごく便利かもしれないけどね。基本、この村でのんびり生きるつもりだけど、ひとり旅にも憧れてるんだよね。もしそうだったら夢が広がるな。

ユニークスキルっていうのは、私だけの能力ってことよね、たぶん。

《生産の陣》……これはなにを生産するんだろう。生産してみればわかるか。どうやって？　さあ？　わからないから保留します。

《異世界召喚の陣》……なにかを前の世界から持ってくることができるのかな、だとしたら便利かもしれない。人を連れてきちゃうとか？　呼べるんだったら誰がいいかな？　まさかモンスターとか呼び出さないよね。ちょっと怖いけど、これも、やってみるしかないか。

加護は《生産と豊穣》の神様。この世界に来る直前の、あの事故後に出会ったふたりは生産と豊穣の神様だったのだろうか？　なにかを作り出すことを助けてくれ、たくさんの成果をくれる……素晴らしい加護だよね。イイじゃない。モノ作りは大好き。

前世では、なんの苦しみもなく即死だったのに、転生する際に気絶するほどの痛みを味わうことになるなんて……最悪なシチュエーションで転生させてくれたあのふたりには、言いたいことがたくさんあるけど、これからに期待するよ。

字名は《護る者》……六歳児の私になにを守れと？　そんなふたつ名をつけられても困る。

むしろ守られたいよね、状況的にも。

それから全属性耐性に全属性適性。

いろんなことに耐性があるのはわかった。燃えにくいとか、濡れにくいとか、汚れにくいとか、便利……な気がする。そして適性もある。もしかして、魔法が使えたりする？

これはワクワクするね。ともかくできそうなことから検証していこう。時間はあるんだし。

それにしても、この表示本当にゲームっぽい。これってもしかして私がわかりやすいように神様の補正が入っているのかな。まぁ、理解しやすい表示で確かに助かる。ありがたや。

メイロード・マリス六歳。この能力を使って、異世界でワガママ放題生きてやります！

その後、ハルリリさんの薬局を病院代わりに入院して数日。

瀕死《ひんし》の怪我も落ち着いてきた頃、やっとこれからのことを話してくれる人が現れた。この村の村長タルクさん。鼻と耳たぶがすごく長いおじいさんだ。ハルリリさんによると、長命な鍛冶《かじ》妖精がご先祖なので、ほぼ人間になったいまでもかなり長寿なのだそう。軽く百歳超えらしいけど、見た目は若々しい六十代といった雰囲気だ。ものすごく声が大きいので、長く話すと耳が痛くなるけどね。

「本当に気の毒なことになった」

メイロードの父方の両親は、遥か昔に亡くなっているらしい。だから両親は、ただひとり残っていたこの村の雑貨屋店主だった母方の父を、それは大事に思い、いつも気にかけていたのだそうだ。遠い街から帰省してくるふたりに、村でも評判の孝行者と皆感心していたという。生まれたばかりのメイロードを連れて帰ってきたときには、祖父の大盤振る舞いで、祭りのような大宴会が開かれ、その大騒ぎはいまでも語り草になっているらしい。

そして今回も、いつものように帰省し、しばらく前から体調を崩していたメイロードの祖父を見舞う予定が、運悪く襲撃にあい亡くなってしまったわけだが……実は当の祖父もすでに亡くなっていた。庶民の通信手段は限られているため、このような行き違いは多いそうだ。

（つまり私は両親と祖父を亡くし、孤児となったわけだね）

この世界には〝死者はできるだけ早く正しく葬《ほうむ》るべし〟という不文律《ふぶんりつ》があるそうで、私の入院中に、祖父も両親もすでに埋葬されている。つまり、私〝メイロード・マリス〟の肉親は私が顔さえ知らないうちに、すでに誰もいなくなってしまったのだ。

ひとりで自由に生きたいと言った私の希望は叶えられている。新しい人生の幕開けとしては壮絶な境遇すぎて嬉しいとは思わないけれど、確かに希望通り私はひとりだ。

「メイちゃんのおじいさんとは古くからの友人だった。村にひとりきりの雑貨商で村一番の美人を嫁にして、可愛い娘と幸せに暮らしておったよ。気の毒に嫁さんを流行病《はやりやまい》で亡くしてからは、娘のライラがよく働いて支えておったな」

私が倒れている間に、イスでの事後処理や交渉、葬儀の取り仕切り、ハルリリさんへの支払いなど、すべてタルクさんがしてくれたそうだ。祖父や両親とも本当に仲の良い関係だったのだろう。

タルクさんが私をじっと見る。私の姿に祖母や母の面影を探しているのかもしれない。

(もしかして、おばあちゃんとお母さん、村の人気者だったのかな?)

「……これからの話をしなくてはな」

思うところがあったのか、タルクさんは話を変えた。

父が働いていた商店からの見舞金、当座用にと運ばれてきたメイロードの私物や衣服、祖父の残した現金と雑貨店、これが私の受け継ぐすべてだった。

私の選択肢は三つ。

少し大きな町にあるギルド運営の孤児院に行くか、どこかの工房に入るか、自分で働くか。六歳はこの世界ではギリギリ働き始める者も出てくる年齢らしい。農家を継ぐ子以外は、村の子の多くが、持って生まれたスキルを磨《みが》くために弟子入りしたり、各ギルドの下働きをするのだという。学校とか寄宿舎といった選択があるのは、貴族とそれに準ずる一部の富裕層だけ。庶民の子供の選択肢は少ない。

体力なしで、この世界の知識なし、スキルもよくわからない私が、外で働けるとも思えない。団体生活も嫌だ。となれば……

「雑貨店を継ごうと思います」

私はなんの迷いもなく、食い気味に宣言していた。

◆　◆　◆

タルクさんが身元引受人になってくれたので、話は一気に進み、私は雑貨店の二階の部屋で暮らし始めることになった。店の場所は村の中心に近く、ハルリリさんの薬屋さんは店から見える距離だった。この村の中では、かなりの好立地といえるだろう。しばらく使っていなかった店は、掃除や在庫チェックなど開店のためにいろいろと準備が必要そうなので、まだしばらくは休業のままにしておく。タルク村長から受け取ったお金を、この村での生活にかかる費用と照らし合わせてみたところ、家賃がかからない現在の状態なら、一年でも余裕で暮らせそうなので、焦らず準備を進めようと思う。

メイロードの祖父が住んでいた店舗の二階部分は、家財道具がそのまま使える状態で置かれていた。どれも古いけれどソファーやベッドの質も良く、手縫《てぬ》いの刺繍《ししゅう》の入ったクッションや香りのいいポプリ、それに子供用の小さな人形もあった。それは仲のいい家族が長年大事に住んでいた気配がする、とても居心地がいい部屋だった。ちょっと埃《ほこり》をかぶってしまっているインテリアを綺麗にしたり、リメイクしたい欲求にかられるけれど、まだ病み上がりだ。いまはほどほどにしておこう。

水回りは一階裏手。井戸完備。お風呂がないことはかなりショックだが、いずれ改善しよう。私の躰《からだ》はいまのサイズなら大きめの樽《たる》か盥《たらい》にでもお湯を溜《た》めればなんとかなるし。キッチンは、電気やガスのない時代のヨーロッパ風で、火力は薪《まき》だった。薪《まき》運びが大変そうだがアンティークな雰囲気のある、なかなか素敵な設計で、私はとても気に入った。

この家の女性陣は料理上手だったらしく、道具も充実しているし、高級というわけではないが食器のセンスもかなりいい。ただ、どれも六歳の私には、重かったり、大きかったりで、使うにはなかなか骨が折れる。しかもなにをするにも踏み台を移動しながらなので、ものすごく効率が悪い。いくら家事に自信がある私でも、この体格をカバーするのは簡単ではないようだ。しかも、この子は病み上がりというだけじゃなく、一際躰《ひときわからだ》が小さい。

(無理はしないようにしなくちゃね……)

この家での初めての食事は、薪《まき》を使ったコンロに苦戦しながらもなんとか作った鳥肉野菜炒め(塩味のみ)と野菜スープ(塩味のみ)。パンは買ってきた。

身長が足りないわ、力はないわで、全然テキパキとはいかないが、急《せ》かされもせず、文句も言われず、大きな鍋《なべ》を力一杯振らなくてもいい自分のための料理は、とても楽しくて、すごく平和、幸せだ。この食材は今朝、村の人たちから買ったものだが、どれも新鮮でおいしい。

村の商店は、いまは休業中のこの店のほかに、パン屋、薬屋だけなのだが、生鮮食品を買い求める人たちのために、毎日朝市が立つ。農家の人たちを中心に、仕事の前の数時間、露店で商いをするのだ。野菜は見たことのないものも多くあったけど、芋や豆、香味《こうみ》野菜だと想像のつくものもあり、なかなか充実していた。

肉類はギルド運営の出店で購入する。畜産や酪農は卵を取るための小規模なものぐらいしか行われておらず、野生の生き物は村人や冒険者たちが狩ってくるのだそうだ。多くの魔物の肉も貴重な食料として取引されているそうで、味もいいらしい。値段の感覚は、野菜はほぼ前の世界と同じ、肉はやや高めという印象だ。

それにしても、肉や野菜から多少の旨味は感じるとはいえ、ここには塩以外の調味料がない。いまは我慢できるけれど、これは早急に改善する必要がありそうだ。

自慢ではないが、私はぬか漬けを毎日かき回し、家族のためにお弁当を毎日手作りし、高校生になってからは味噌も毎年仕込んでいた、〝オバちゃん〟と呼ばれ続けた家事命女子。食生活の充実は私のレゾンデートル（人生の意義）。

と、気持ちが盛り上がったところで、食事を終え、ハルリリさんに貰ったカモミールの香りのハーブティーを飲みつつ、自分を再度《鑑定》してみる。

メイロード・マリス6歳

HP：20（-1）

MP：1000

スキル：鑑定・緑の手・癒しの手・無限回廊の扉

ユニークスキル：生産の陣・異世界召喚の陣

加護：生産と豊穣

字名：護る者

属性：全属性耐性・全属性適性

《生産の陣》って、なにかを作れるってことだよね。

（〝陣〟ってゲームでは〝魔法陣〟のことだったような気がする。じゃ、生産の魔法陣ってどんな形かなぁ……）

そう思うと同時に、頭に複雑な魔法陣が浮かぶ。

次の瞬間、目の前に三十センチぐらいのぼんやり光る球体が現れた。

「な、に、なにこれ？」

一瞬たじろぎつつも、気を取り直し、

「おっと、こういうときに使うんだよね、《鑑定》」

球体に向かって手をかざす。

〉生産の陣――魔法陣内に、作成経験のあるものを複製し産出する
「作成経験？　作ったことのあるものってこと？」

よしやってみよう。

「自家製味噌！」

あれ？　反応なし。

「レーズン入りバターロールパン！」

よく焼いてたんだけどこれもダメか。

「鳥野菜炒め、塩味！」

声に出した瞬間、球体の光が強まって鳥野菜炒めが見えた、と思ったら、床にベシャッ

と落ちてきて、私は悲鳴をあげた。慌てて拾い上げ、床を掃除する。塩味だけだったので、汚れの被害は少なくて済んだし、まぁ実験成功。

（お皿は私が作ったわけじゃないから認められないのね。それにしてももったいない。でもさすがにこの床に落ちたものは、洗っても食べるのはやめておいた方がいいよね。う〜、もったいない）

今度は球体の下に大きめの皿を置いて言ってみる。

「鳥野菜炒め塩味！」

再び光った球体から、今度は皿の上にドサッと肉野菜炒めが落ちた。食べてみると、さっき私が作った野菜炒めと同じ味。

（私がこの世界に来てから作ったものを再生産できるんだ。一度作ればいいわけだから、いますぐどこかに閉じ込められても、最悪お金がなくなっちゃっても飢え死にはないってことだよね。これはすごい。早くレシピを増やさなくちゃ）

まだ食べ物しか試せないけど、おそらくほかのものも一度作れば再現できると考えていいだろう。手作り大好きの私には完璧なスキルだ。ありがとう大きな神様！

嬉しすぎて祈りを捧げながら踊ってしまった。腕がピキっていったよ。まだ完治してないんだ。ＨＰが（-1）だったし。冷静になろう、冷静に。

そうだ。もう一度自分を鑑定してみよう。

鑑定した結果、MPが1減っていた。

自分の《鑑定》には魔法力はいらないみたい。

二回生産したのにマイナス1ということは回数じゃないのね。そういえば、まだ魔法陣は消えてない。発動したら消えるまで有効なんだ、生産し放題だね。

ニヤニヤが止まらない口元を無理やり引き締めつつ、次の検証を始めることにする。

（生活かかってますから！）

《異世界召喚の陣》の形を思い浮かべようとすると、《生産の陣》は消え、やや青みを帯びた光を放つ直径三十センチぐらいの輪が現れた。おそるおそる輪の中に手を入れてみると、どこに繋《つな》がっているのか、手は手品のように見えなくなる。手を入れた先にはなにもない。

「とりあえず《鑑定》しなくてはね」

〉異世界召喚の陣――等価値のものを異世界から召喚できる・生きた動物は召喚できない・価値に補正あり・詳細は……

詳細のあとの項目が読めないのは、私のスキルが未熟ってことだね、きっと。等価値のものって、お金ってことかな。等価値ならお金でなくてもいいのかな。とりあえずお金を用意してみよう。

小銭の一カルが十円ぐらい、百カルで一ポル銅貨、十ポルで一銀貨、百ポルで一小金貨となっていくらしい。庶民が金貨を見る機会はあまりないそうだ。

さてなにが欲しいかな……

「石鹸《せっけん》！」

この世界にも石鹸《せっけん》らしきものはあるのだが、泡立ちゼロで洗った気がしない。それに前世であまり肌の強くなかった私は、低刺激のものをずっと使っており、できればそれが欲しいのだ。

低刺激の石鹸《せっけん》のブランドと形を思い浮かべながら光る輪に手を入れると、手の上に石鹸《せっけん》が現れ、近くの机に置いた貨幣が点滅するように光った。十カル、ほぼ等価だと思う。光の輪から手を抜くと見慣れた石鹸《せっけん》がむき出しで乗っており、机の十カルが消えていた。

購入方法はわかったけれど、なぜむき出しなんだろう。私の思い浮かべ方に問題があったのかもしれない。

今度はしっかりパッケージの柄や形を思い浮かべる。銅貨が点滅している。

あれ？　さっきより随分多い、十、二十……五十カル！　超高級石鹸《せっけん》の値段だよ。さっきと同じもののはずなのに……すごく損をしそうな予感がするけど、とにかく買う！　実験だし！

思い切って手を引くと、見慣れた白と青のパッケージ。

「やっぱり同じ石鹸《せっけん》じゃん！」

特売品を定価で買ってしまったときのような、ものすごい脱力感。主婦的金銭感覚の私には、アリエナイ絶望的ミステイク！　机の上からは、ガッツリ五十カルが消えている。

「捨てるだけのパッケージ代が、定価の五分の四ってどういうこと⁉」

小銭を失った喪失感に膝《ひざ》を折る。実験だとわかっていても、この虚しさは止められない。だめだ、ダメージが大きすぎる。今日はここまでで、勘弁して。買えるはずだった四個の石鹸《せっけん》たちに心の底から謝る。

「ごめんなさい。二度とこんな間違いはしません！」

震える手で《鑑定》スキルを発動すると、MPが500なくなっていた。

これがHPだったら死んでるんじゃない？　ワタシ。

《異世界召喚の陣》……いろんな意味でダメージが大きすぎ。

捨てるしかない野菜炒めに、無駄にしたお金、買えなかった石鹸《せっけん》四個の衝撃に、すっかり脱力してしまった私は、のそのそとベッドに上がり突っ伏すと、泣きぬれてそのまま眠ってしまい、もったいないおばけに追いかけられる夢にうなされた。

◆◆◆

昨日の失敗に落ち込んでばかりはいられない。

あれは私のスキルの効果を確かめるために、必要な実験だったのだ。同じ過ちを繰り返さないための、尊い犠牲だったのだ。ありがとう、私の四つの低刺激性石鹸《せっけん》たち！　君たちの犠牲は忘れない。

さて、気分を変えよう。

衛生面に限界がきたので、樽《たる》風呂に入ることにする。用意がなかなか大変だけど、風呂のためなら万難《ばんなん》を排する、それが日本人。風呂のためストーブ、コンロ総動員でお湯を沸かしつつ、その間に朝と昼のご飯を用意する。

しっかりした硬めのパンを薄くスライスして、ふっくら焼いた出汁《だしま》巻き玉子を乗せてサンドウィッチにしてみた。ふわふわのパンはどうやら売っていないようだったので、これも頭の中の作るものリストに載せて早めに挑戦しようと思う。

出汁《だしま》巻きに使ったのは、洋風出汁《だし》。朝市で吟味《ぎんみ》した香味《こうみ》野菜数種類と鳥ガラ（これはタダで貰えた！）、豚肉っぽい味のビッグオークの肉を紐《ひも》で縛《しば》ったものを入れ、じっくり鍋《なべ》で煮てみたものだ。魔物の肉ってどうなのかと最初は思ったが、使ってみれば深みのある出汁《だし》がとれて満足。塩味のスープもコクが出て、やっと食べ物らしくなってきた……ような気がする。出汁《だし》を使う習慣があると、出汁《だし》を使っていないスープは、悲しいぐらい絶望的な味気なさなのだ。

こうやって、温かいおいしいスープを飲むと、本当に幸せな気分になれる。朝食をとりつつ、これからのことを考えてみた。

《異世界召喚の陣》のリスクは昨日いろいろと思い知った。一度に吸い取られる魔法力量も半端ないし（寝て起きたら魔法力は戻ってはいたけど）、完全なパッケージ込みの商品を買おうとするとものすごくボられる。取り出さないかぎり料金は発生しないみたいなので、価格調査をして必要なもののリストを作ってから、再度挑戦することにしよう。

これから私がやらなければならないことはたくさんある。まず大きな目標として、店を再開するために、新しい商品を作りたい。

（一度作れさえすれば、少しの魔法力で原価タダになるのだから、これをやらない手はないよね）

それから、体力作りと《鑑定》スキルの向上。

いまの私、下手すると簡単に死んでしまう。この躰《からだ》の持ち主であるメイロードちゃんが亡くなっていることでも明らか。この虚弱な躰《からだ》の改善は必須だ。とにかく基礎体力を上げないと、お店の維持も難しいだろう。でもただ運動するのって、生産性がなくてもったいない。

いい手はないかと思いながら、樽《たる》風呂で久しぶりのさっぱり感を味わう。準備の大変さには閉口するけれどやっぱりお風呂最高！

（でも髪の毛はやっぱりゴワゴワするな。この長くて細い髪、綺麗なんだけどね）

この世界では鏡は貴重品らしく、自分の顔はまだ見たことがないが、髪の毛は割と長いので確認できる。深い緑だった。さすが異世界。

われながら綺麗な髪だけど細くて絡まりやすい。シャンプーとリンスは《異世界召喚の陣》で買うことにしよう。

お昼はハルリリさんにいままでのお礼を兼ねて、ランチボックスを持っていく。

朝作った出汁巻《だしま》きサンドウィッチ、スープと一緒に煮込んだお肉を取り出してうすくスライスして何枚か重ねたものと葉野菜のサンドウィッチ。雑貨店の商品に酢を発見したので《鑑定》したところ、樹液らしいが食用だったので、これに塩といくつかの香りのある野菜と合わせて味付けに使った。小さめのお鍋《なべ》に移し替えたスープも箱に入れ持っていく。

（う、ちょっと重い。でも近くだから大丈夫なはず）

これも少しは体力強化になるだろうか、と思いながら、私はよろめきつつ薬屋さんへ向かった。

「ストーブの上、ちょっと借ります」

お店に着くと、ストーブの上のやかんをずらしてスープの鍋《なべ》を温める。

「メイちゃん、なにを買ってきたの？　なんだか不思議な香りがするね。楽しみ！」

ピョンピョン飛びながら箱を覗《のぞ》き込むハルリリさん、可愛すぎ。

「お礼と言うにはささやか過ぎますが、二種類のサンドウィッチとスープ、それに浅漬けの野菜ピクルスです」

「え！　てっきり買ってきたんだと思ってた。手作りのランチ！　うれしい〜」

さらにピョンピョン、席についても、ピョンピョンしてる。

「まだこちらの環境に慣れていないので、たいしたものじゃないんですが、心を込めて手作りしました。ハルリリさんに治療してもらえて、感謝しています。ありがとうございました」

深々と頭を下げると、ハルリリさんは照れまくり、手をヒラヒラさせた。

スープを木製のお椀《わん》によそい、皿に料理を整えて、お手拭き用のリネンとスプーンをセットする。

「食べていい？」

「はいどうぞ。手掴みですので、お手拭き使ってくださいね」

と言ったときには、ハルリリさん、豪快に大口いっぱい、頬張っていた。

「なにこれ、おいしすぎるよ！　玉子だけなのにフワフワでジューシーで、百個でも食べられそう！　きゃーもうなくなっちゃう！」

あっという間にひとつ目を食べ、もうひとつに手を伸ばす。

「こっちはうす切りの肉がたっぷりで、葉っぱがシャキシャキ、酸味のある味付けがサッパリして、たまらなーい！　二百個でもいけます！　ああ、もうないよ、ああ！」

耳が嬉しさと悲しさでパタパタしてる。

ハルリリさんのハイテンションに呆気にとられつつ、高評価にホッとする。おいしく食べてくれるのは、やっぱり嬉しい。それにしても、気持ちのいい食べっぷり。まったく足りないようなので、私のお皿の分も差し出す。

「え！　ダメだよ。メイちゃんの分がなくなっちゃうよ」

「大丈夫です。たくさん材料は持ってきていますから。ゆっくり食べていてくださいね。追加を作りますから」

材料が入っているフリで、ちょっと重そうに布がかけられた箱を持つとハルリリさんのキッチンに移動する。

《生産の陣》

言葉にしなくても、思い浮かべれば現れた。ふと思いついて、光の中にお皿を持った手を入れる。

(出汁《だし》巻《ま》きサンドウィッチ)

念じると現れたサンドウィッチは綺麗にお皿に載っている。

お皿ごと光から取り出して、サンドウィッチをキッチンにあった大皿へ移したあと、また皿を持ち、

(オーク肉のスライスと野菜のサンドウィッチ、ビネガーソース)

と念じると、お皿の上には朝作ったものと寸分違わないサンドウィッチ。この作業を繰り返して、五個ずつ計十個の山盛りサンドウィッチができ上がった。これ以上はさす

がに不自然なので、打ち止めにし、いま組み合わせて作りました、というテイで、若干時間を置いてから、テーブルに戻る。

すでにお皿は空っぽで、ハルリリさんはスティック状に切った浅漬けの野菜を、高速でポリポリ食べている。うーん、ウサギっぽい。

「あるだけ作りましたので、お好きなだけ食べてくださいね」

ドンと置かれた山盛りサンドウィッチに、ハルリリさんの目がキラキラしている。耳はプルプルしているし、テーブルがガタガタ揺れているところを見ると、小さくピョンピョン跳ねているようだ。わかりやすいなぁ、バニーの喜怒哀楽。

再び手を伸ばしかけて、ちょっと顔を赤らめたハルリリさんは、

「今度は落ち着いてふたりでいただきましょう。ゆっくりお話をしながら……」

と言って、私の分を取り分けてくれた。相変わらず食べっぷりは豪快だけど、今度はお話しする余裕ができたようだ。

「実を言うと、忙し過ぎて、食べることが後回しになっちゃってね」

「お忙しいんですね」

「この辺りで薬が作れるのは私だけだから、ここに薬屋があることを知った人たちが、最近はかなり遠くからも買いに来るようになってきて、なんだか忙しくなっちゃったの。

本当は薬の素材集めのために採取にも行かなくちゃならないんだけど、メイちゃんのこともあってそれもできてないしね。あっ、でも別にメイちゃんが悪いわけじゃないからね」

（いやそれ私のせいだと思う。ん？　採取？）

「採取ってどこでするんですか？」

「村の周りの山だよ。日常的に使うものは山からの採取がメインで、それ以外のものはギルドに頼んだり、大きな薬種問屋《やくしゅどんや》から買うの。でも、薬の材料って、よそから買うとかなり高いんだよね。この辺りの山はタチが良くて質も量も十分にあるから、できればなるべく近くで素材を採りたいの。村の山でたくさん採れれば、余剰分は問屋に売ったりもできるし、もっと薬の値段も抑えられるんだけど、この村には採取に熱心な人が少ないから、自分でも行かないと……」

「私、採取に行きます！」

右手を上にピシッと挙げて宣言する。もう腕も痛くない。

「私、低レベルですけど《鑑定》スキルがありますし、言われたものを採取するだけならできると思うんです」

「お店はどうするの？」

「元々すぐ開くつもりはなかったですし、《鑑定》スキルを上げて、体力の強化もしないと、お店を維持できません」

ハルリリさんは私の必死の説明を聞き終わると少し考えてから、素材の質次第だが、この薬屋へ持ち込めば査定の上、適正価格で買い取る、と約束してくれた。

（やったよ！　恩返し、体力作り、資金調達の一石三鳥！　《鑑定》スキルもきっと上がるから、一石四鳥！）

やる気十分でニコニコと笑う私を見て、ちょっと心配そうな顔をしながら、落ち着いてスープを飲んだハルリリさんは、

「うまーい！　なにこれ、ありえないほどうまいです！」

と叫んで、本日二回目のハイテンションタイムに突入。

スープも〝生産〟しました、はい。


ハルリリさんの店から帰ると、早速、明日からの採取生活の準備を始めた。鎌と籠《かご》、軍手みたいなものも必要か。季節は夏のようだが高原地帯のせいか朝晩は冷えて肌寒いからコートも欲しい。

そういえばイスから送られてきた数個の箱には、子供用の私物と判断された家財道具が入っているらしい。まだ未整理だった箱を開けていくと、思ったよりたくさんの子供

用の衣類が入っており、冬向きの厚手の服もあった。手縫《てぬ》いで質も悪くない。綺麗な刺繍《ししゅう》も入っている。

（この一家は、イスの街でそれなりに裕福だったらしいね）

革製の子供用手袋も見つけたが、これも内側にファーが入っている丁寧なステッチ仕上げで、採取に使うにはもったいない気がする。箱を次々開けていくうち、ふと、

（そういえば《無限回廊の扉》ってどんなものなんだろう）

と思った。

（回廊の扉を開ける……）

そう思いながら開けた箱の中には、なにもない真っ白な空間が広がっていた。

「これが《無限回廊の扉》だね」

もういろいろと驚かなくなってきた私は、手をかざし《鑑定》する。

〉無限回廊の扉――無限にものを貯蔵可能な倉庫を呼び出すスキル・詳細は……

また詳細は読めない。でも、広い倉庫が手に入ったのは嬉しい。ちょっと試してみることにしよう。

箱のフタを閉じて、今度は部屋の引き戸を開けながら《無限回廊の扉》を呼び出す。

想像通り、そこには真っ白な空間が広がっていた。今度は試しにストーブの上のやかん

のお湯をコップに入れ白い部屋に置く。そしてドアを閉め《無限回廊の扉》を閉じる。

ほかの仕事をしながら、数時間後。今度は玄関の引き戸を内側から開けながら《無限回廊の扉》を開く。コップはそのまま、お湯も冷めていない。回廊の中はどうやら時間が経過しない空間のようだ。

（なんだ、ここじゃ味噌や漬物を仕込んでも発酵しないのか。保存食作りには使えないなどとつい私は所帯染《しょたいじ》みたことを考えてしまう。ごめんね、オバちゃんで。

さて採取準備を続けよう。鎌はおじいさんのものが見つかったし、籠《かご》には軽い木のフタをつけ（フタがあれば回廊を作れるので）荷運びに使う大きな袋をいくつか用意。軍手がわりの手袋はハギレで自作した。

フタだけ持っていれば、それを置き念じて開けると《無限回廊の扉》に繋《つな》がるので、ほかになにも持つ必要はない。でも、あまりに軽装なのも不自然すぎるし、フタだけ持って歩いているのはさらに変だし、多少の負荷がないと体力トレーニングにもならないので、荷物は籠《かご》に入れて背負っていくことにする。

《無限回廊の扉》の開け閉めにも、魔法力は要らない。素晴らしい！（1以下という可能性もあるけど、私の魔法力量を考えると、ないも同然だね）

明日からしばらくは、歩いて鑑定生活だ。頑張ろう。

ハルリリさんからは、〝薬やお茶に使えそうならなんでも歓迎〟という大変ゆるい指定が出ている。六歳の子供のすることだし、一度でやめると思っているのかもしれない。

山道を歩きながら苦笑する。私がハルリリさんの立場なら、きっと同じことを思う。

厳しい山でないにしろ、道はそれなりに険しいし、勾配《こうばい》もある。休み休みでも歩き始めて二時間も経たないうちに、もうかなり息が上がってきている。深いところまで行ける体力がないことはわかっていたけど、本当にこの躰《からだ》は幼くて弱い。

遅い歩みだったが《鑑定》しながら薬草が多い方へ進むうち、〝夢見草〟の群生地を見つけることができたので、買い取ってもらえそうな草花をこの周辺で片っ端から《鑑定》してみることにした。まず大きなスズランのような花を《鑑定》すると、こう表示が出た。

〉ベル草――花は無毒・香りは甘く希少、根に麻痺《まひ》性の強毒あり・取り扱い注意・薬品材料・花のみ可食

自分を《鑑定》するとMPがマイナス5。やっぱり、初めて見るものを鑑定するには、二回目以降の五倍の魔法力がいる。これは確かに魔法力が少ない人が迂闊《うかつ》にすると危ないかもしれない。

次に見つけたのはオレンジ色の石のようなもの。

〉モガンボの樹液塊《じゅえきかい》――モガンボの木の樹液が木の内側で塊になり吐き出されたもの・磨《みが》いて装飾品として使用される・溶かして接着剤としても利用される

大きいし重いけど、《無限回廊の扉》を持つ私には問題ないので、面白そうなものはとりあえずこの中に入れて持ち帰ろう。

その後も山の鉱物・植物・動物を手当たり次第《鑑定》し、大きな布袋満杯に〝ベル草〟や〝夢見草〟を詰めては、次々と《無限回廊の扉》の中にシュート。可食と《鑑定》された葉や木の実も袋に詰め込んでシュート。体力の限界がくるギリギリまで頑張り、籠《かご》は軽いままだけど、しっかり採取はできたので帰ることにする。それにしても《無限回廊の扉》便利すぎる。

ハルリリさんのところに全部持っていったらびっくりされそうなすごい量を採取できてしまった。でも、それなりに能力があるところを見せた方が、今後のためにいい気がするので、引かれる覚悟で、次の日、自分用に採った食べられる葉と木の実以外のすべての採取品を持ち込んだ。

籠《かご》の中から手品のように出てくる大量の素材に目が点になっていたハルリリさんだが、私の持っていた籠《かご》に魔法が付与してあり、中の空間を広げる技術が使われていると思っ

てくれたようで、

「これなら力がなくてもいっぱい運べるね」

と喜んでくれた。そんな魔法が付与された籠《かご》はかなりの高額商品らしいのだが、両親の遺産だと思い込んでくれているらしいので、そういうことにしておこうと思う。多すぎるため、買取り品の精算は明日ということになったので、今日はこれで帰宅。さすがに疲れたようで、家に帰るとカウチに座ったまま吸い込まれるように眠ってしまった。

つくづく体力のない躰《からだ》なのだ。

翌日の《鑑定》で体力はプラス1、魔法力はプラス10になっていた。

魔法力伸びすぎ、体力伸びなすぎ。


「えー、ただいまより第一回異世界召喚品選定会議を行いたいと思います」

ひとり会議だけど、なんとなく宣言してみた。まず、ぼんやりわかってきた私の能力について、改めて考えてみよう。

《異世界召喚の陣》を機能させるためには、500の魔法力と対価となるもの（いまの所、現金）が必要。最初はあまりにたくさんの魔法力を持っていかれたので怖くなったけど、これぐらいなら一晩で回復することがわかった。しかも私は魔法力量が多い上、成長速度も速いので無茶な運用をしなければ、あまり気にする必要なし、というのがいまのところの結論。

現状、一番問題なのは収入確保。現在主な収入は、ハルリリさんに頼まれた素材採取によるものだけなので、あまり期待はできない。私の生活を快適にするために、今後どんな異世界グッズが必要になるのかわからないのだ。それなりの資金力はつけたい。早急につけたい。やはり雑貨店再開とそれに向けた商品開発は急がないといけないだろう。

前回の反省を踏まえて、すでに《異世界召喚の陣》は展開済みで、それを使って金額と商品の関係をいろいろと探ってみた。どうやら日常的な消耗品にはレートが甘く、かなり元値に近い換算がされている。だがそれもパッケージ込みの完品にすると五〜十倍に価格が跳ね上がるようだ。

耐久性のあるものは調べた範囲では五倍から二十倍、使われている技術や素材など、この世界になさそうなものほど高額設定になっている。

これに気がついて、〝あの方々〟の意図はなんとなく理解できた。この世界の常識からかけ離れたオーバーテクノロジーを安易に持ち込むな、ということなのだと思う。持ち込むことは認めたけれど、だからといって安易に頼りすぎるな、ということだ。考えなしになんでも召喚はしない。これは心に刻んでおこう。いまは経済的にも高額商品は無理だけどね。

異世界の商品には制限アリアリ、でもこの世界で生産したものは、ほぼ無限に生産可能。ならば、自分で作れるものを増やす方が、いまは先決かもしれない。

さて今回買うことにしたもの。

鉛筆十二本、藁《わら》半紙百枚、低刺激性シャンプーと低刺激性リンス、低刺激性石鹸《せっけん》。

それから味噌と醤油、みりん、米二キロ、胡椒《こしょう》、かぼちゃ、ニンジンのタネ。

ほぼ等価から三倍ぐらいまでの値で買えた。もちろんパッケージなしなので、それぞれに器を用意してる。

紙と鉛筆は、主に記録用。この世界の庶民には、手軽に書いて記録を残す手段がない。いろいろ価格調査した結果、安さと書きやすさから、藁《わら》半紙を選択してみた。

髪の毛ギシギシと塩だけ生活からも脱出だ。翌朝、味噌汁とご飯と浅漬けで朝食をとったら涙が出たよ。やっぱりこれがないと生きていけない。

アイ・アム・ジャパニーズ！

かぼちゃは食べた上、タネも取ろうというせこい作戦。ニンジンのタネは畑に植えたらどうなるのか試しに買ってみた。この世界にもニンジンがあることは確認しているので、比較しやすいかと思う。

翌日、ハルリリさんとランチをしながら昨日の収穫についての査定を聞く。

早速手に入れた味噌を使い、野菜と鳥ガラからとったスープと合わせて、朝市の野菜をたっぷり入れた味噌シチューを作ってみた。メインは醤油とみりんで味付けした鳥肉をやや低温で多めの油を使いじっくり焼き、冷ましてそぎ切りにし、葉野菜と重ねたサンドウィッチ。それにキャロットラペ。細切りにしたニンジンを酢・胡椒《こしょう》・オイル・ハチミツなどと合わせたもので、今回は炒《い》ったナッツも混ぜている。ニンジンをたくさん消費したいときのお手軽メニュー。

実は昨日の夜、大量のニンジンをゲットしてしまったため急遽作ったのだ。異世界ショッピングを終えたあと、買ったものを小分けしたり移し替えたり、ラベルをつけたりと整理していた。タネも包んで保存しようと手に持ち、袋状にした藁《わら》半紙に流し込んでいるとき、

（おいしくて大きな甘いニンジンが収穫できるといいな）

と、かなり具体的に収穫のイメージを思い描いたところ、手の上にあったニンジンのタネが一瞬で瑞々《みずみず》しい立派なニンジンになって、弾けるように私の周りに散らばったのだ。ニンジンは二十本あった。《鑑定》すると魔法力がマイナス10。どうやら無意識に《緑

の手》を発動した、としか考えられない。生産と豊穣の加護持ちとはいえ、笑ってしまうようなびっくりスキルだ。魔法力はそれなりに消費するから、常用は避けるが、なかなか便利そう。

そういうわけで手に入ってしまった大量のニンジンを細く刻みに刻んでみた。チーズ削りがあれば楽だけど、こういう無心になれる作業は嫌いじゃない。ニンジンはものすごく甘くて瑞々《みずみず》しい、いままで食べた中でも最高の品質だった。キャロットラペにしたら、クラっとくるほどおいしくできた。

すごいね、ワタシ。

でも、予想していた通りの悲しい現実もあった。

《生産の陣》では、この三品、いずれも再生産不可だったのだ。

一部でも異世界の材料を使って作ったものは、生産の対象にならないようだ。とはいえ、ハルリリさんの底なしの食欲を考えると、ひとつ作っただけではまったく足りないので、なんとか複製できないかと考えた結果、スープは味噌なし、チキンサンドは醤油とみりんなしで一度完成させてから、《生産の陣》を使った。そのあとでスープには味噌の味を足し、チキンには醤油とみりんのソースを塗って完成。手順は面倒だし、コスト高の異世界調味料の消費は抑えられないが、いまはこれしか方法はなさそうだ。

ストーブの上に置いたスープの鍋《なべ》をかき回しながら、そんなことを考えていると、すでに臨戦態勢のハルリリさんが、キャロットラペにロックオンしてる。やっぱりニンジン好きなんだね。

「はい！　では先にランチを食べてから、査定のことはお聞きしますね。今日は最初からサンドウィッチもたくさん作ってきましたから、たっぷり召し上がってください」

「あじがどぉ～、メイぢゃん」

どうやら、ありがとうと言ってくれているらしい。綺麗な顔で感極まってボロ泣きしながら、ハイスピードで食べ始めるハルリリさん。相変わらず、忙しさと食生活は改善されていないみたい。

「うま！　このニンジンバカウマ！」

麺をすするような勢いでキャロットラペが吸い込まれていく。

「このスープも初めて食べる味だけど、ものすごくおいしい。なんだかホッとする味だね。百杯いけまっす！」

ハルリリさんのハイテンションひとり大食い選手権が収まるまで、ハーブティーを淹《い》れたり、スープのお代わりをよそったりしながら、しばし待つ。そしてあらかた食べ尽くしたところで査定の結果を聞かせてもらった。

「メイちゃんは本当に料理上手だね。六歳でこのクオリティ。特に、このニンジンサラダは私が生きてきた中で最高の味。末恐ろしい！　嫁に欲しい！」

この村周辺に、魔物の出没情報が増えてきたため、ハルリリさんに治癒系の薬の注文がひっきりなしにきているそうで、やっと第一陣の納品が終わったが、すぐ次に取りかからなければいけないらしい。睡眠不足に魔法力の過剰消費で、いろいろとギリギリなのだそうだ。

（ハルリリさんって、仕事はできるけど家事が苦手で、ちょっとお母さんに似てる気がする）

「はい、これが今回の査定結果だよ」

〝夢見草〟は十本一束で一ポル、三十束あったから、三十ポル。

〝ベル草〟は一本五十カルで二十五本で十二ポル五十カル。

「〝モガンボの樹液塊《じゅえきかい》〟は、接着剤として工房の人がよく使うの。ちょっと高級品だし、雑貨店の商品として売った方が高値がつくと思うから返すね。おまけして計四十三ポル、これでどうかな？」

「なんだか、多くないですか？　子供の働きの域を超えてますすよね」

（一日で日本円にして四万以上稼ぐ六歳ってすごいな）

「確かに多いけど、価格は適正だよ。山からこの量を担いで下りるのは大人でも無理。それ以前に群生地を探し当てることが、すごく難しいの。農業の合間に採取をしてくれる人もいるけど、大人でも十ポル超える量を採ることはまずないよ。この収穫量は運とスキルとマジックアイテムがあってこそだよね」

薄い木でできた納品書と支払証明書に黒いチョークのようなものでサインして、お金を受け取る。

「いつでもこのぐらい運べるなら、アイテムハンターでもやっていけるよ。《鑑定》が得意なら《鑑定》のレベルを上げて、《索敵》や《地形探査》のスキルも手に入れられるかも。そうなったらすごいよ」

ポリポリとニンジンピクルスをつまみつつ、ハルリリさんは私を見た。

「メイちゃんはすごく特別な子供な気がする。小さいけど、優しくて、いろいろな才能があって、とってもしっかりしてる。人を幸せにする才能がある気がするの。辛いこともあるだろうけど、おねえさん、応援してるからね！」

そう言いながら後ろから抱きつかれた。動くスピードがなんだかとても速い。

「なんだか疲れが抜けて、躰《からだ》のキレがいい気がする。おいしいものは大事だね〜。やっぱり嫁に来て〜！」

私はブンブン振り回されながら、

「あ、あ、ありがとうございます。でも、嫁は無理ですから！」

と、叫んだ。

◆　◆　◆

体力作りと資金作り、そしてスキル強化のための山歩き生活を始めてそろそろ二か月になる。雑貨店再開の準備、新しい商品の企画と準備、試作に次ぐ試作。やらなければならないことは多かったが、月の半分以上は、採取のアルバイトに行った。

二か月目には、納品総額が千ポルを超え、ハルリリさんに本気でアイテムハンターへの道を勧められた。改めて自分に与えられたチカラに驚かされる。千ポルって、百万円だよ！

いまの自分を《鑑定》すると、ＨＰ40で、ＭＰ１５００、スキルは《鑑定（+1）》。

体力はまだまだだが、魔法力の伸びがすごすぎて怖い。

とにかく《鑑定》スキルを上げたかったので、コスト高の《異世界召喚の陣》は後回しにして、あちこち出かけては《鑑定》しまくった。ハルリリさんの薬局には珍しい植物や薬品がたくさんあるので、ランチを提供しつつこれも片っ端から《鑑定》した。それから村中を歩き回って、いろいろなものを見て回った。

そして二か月が過ぎた頃、やっとレベルが上がった。

残念ながらひとつレベルが上がっただけでは期待した《鑑定》スキルそのものの向上はなかったが、新しいスキルが使えるようになった。

《索敵》ができるようになったのだ。《索敵》はものや人の位置を把握できるレーダーのようなスキルで、《鑑定》したことのあるものの位置を探すこともできる。まだ有効範囲は狭いが、採取がすごく捗《はかど》るようになった。反面、時短になって動く量が減ったので、体力の伸びが悪いのだ。

その後、いろいろと村の人たちの話を聞いてわかったこともあった。

どうも私はとんでもなく〝異常〟なようだ。

この世界の常識では、たとえ庶民の子供であっても、幼児期に200を超える魔法力量があることがわかったら、即、貴族の養子にされて魔法学校に放り込まれる。

強い魔術師は国の財産に近い扱いらしく、高い魔法力があることがわかった場合、報告義務が生じるという。そして、子供と引き換えに村や親にはかなり高額の代価が支払われるのだ。売られるようなものだが、そうは言っても貴族になるわけなので、生活は格段に良くなるし、教育も受けられるしで、喜んで養子になる場合も多いそうだけど。

魔法力が三桁あれば嫁入り先には困らない、という言葉もあり、魔法力への関心はすごく高い。魔法そして強い魔法力への憧れは強く、それ故、魔法力のある者への気持ちは複雑なようだ。

生まれつき魔法力ゼロという人は、この世界にはほとんど存在しないらしい。村人たちは5から10の基礎値で生まれ、そのまま成長とともに徐々に増えていき十六歳頃に伸びなくなる。30から50ぐらいの魔法力が大人の大多数だという。

また魔法力の高い者同士の婚姻で、より魔法力の高い子供が生まれるという傾向があるそうだ。従って、昔からそういう結婚を繰り返している〝貴族〟には格段に魔法力の高い者が多く、その力は国防や国政に欠かせないものだという。もっといろいろ聞いてみたいところだったが〝偉い人たち〟については、村人もよくわからず、ぼんやりとした知識しかないようだ。高い魔法力は人々の憧れであると同時に、差別を生み、悲しい事件も多いという。魔法力が高いせいで、婚約者と引き離されて、望まない相手に嫁がされたり、魔法力が少ないために貴族に嫁げず、自害してしまったお姫様がいたり、魔法力の高い子供を狙った人身売買の組織の噂が絶えなかったり……村人から、魔法絡みの悲惨な話もたくさん聞いた。

最初はかなり怯えたのだが、強い加護のある者の人物鑑定は、高度なスキル持ちでも難しいと聞いて、ちょっと安心した。私の加護の強さは半端じゃないはずだ。自己申告さえしなければ、私のような地味な魔法力の使い方をしている者の魔法力量はまずわからない。これからも、地味に自分の生活向上のためにだけ、ひっそりと使うことにしよう。

（そろそろ、雑貨店再開のための本格的な準備を始めなくちゃ）

基本雑貨屋、たまに採取屋が理想の、自分さえ良ければいいライフ実現のために、活動開始だ。

思えば、自分のためだけに、自分で考え行動する、そういった経験をするのはこれが初めてかもしれない。私が神様にワガママを言って手に入れたこの自由を最高に満喫するための第一歩、よし、やるぞ！

◆◆◆

「これより、ひとり経営戦略会議を開催します」

私はそう宣言して、これからの基本方針を決めるためのひとり会議を始めた。藁《わら》半紙を和綴《わと》じして作ったノートには、この世界で知ったことや、いままで作ってきたレシピが書き留めてある。これを元に、雑貨店の方針を決めて行動に移そうと思う。目標は二か月以内の再開だ。

（それにしても、この世界の言葉が最初からまったく問題なく使えるのは、地味にありがたいなぁ、バイリンガルみたいな感覚なんだよね。神様グッジョブ！）

試したら、こちらの言葉だけではなく、日本語も書くことができたので、私のノートへの書き込みはすべて日本語にしている。この世界の人には読めないので暗号代わりにもちょうどいい。

このひとり会議を開くに当たって、とても助かったことがひとつある。ここの主人だったおじいさんがしっかりした経営者で、仕入れや支払いの記録が完璧だったことだ。几帳面な人にはシンパシーを感じる。きちんと管理された記録があったので、薄板を使った台帳には重くて苦労させられたが、ひと通り読むことで雑貨屋の再開に必要なことはほとんど把握できた。記録って大事だ。

さて、まず現状、在庫としてあるのは、

農業用品（鍬《すき》や鎌、鉈《なた》にハサミや縄、バケツなど）

生活用品（皿やボウル、カトラリー、カップ類、鍋釜《なべかま》、籠《かご》、ホウキ、布物など）

食品（油、塩、ハチミツ、ハーブ類、酢、片栗粉、小麦粉など）

基本すべて高級品ではない生活雑貨だ。ほとんどが生活必需品な上、商売敵《しょうばいがたき》はいないのだから、田舎のひとり暮らしを支えるにはこれだけでも十分な収入が得られるかもしれない。だが、いままでと同じものを売るだけでは、私の異世界ショッピングを支えるにはとても心許《こころもと》ない。売り物の多くは、近隣の工房と農家からの買い付けなので、定期的に発注すれば問題ないとはいえ、売上の急上昇も見込めない定番商品ばかりだ。いま以上の売上向上には、新しいなにかを自分で考えるしかない。

この店を継ぐと決めたときから考えていたことなので、すでに作れそうなものには時間を見つけて挑戦しては……いる。

まず考えたのは、フワフワ食感のパン。私のパン作りには年季が入っているので、真っ先に商品候補にしようと考えた。だけど実際やろうとしたら、思った以上に面倒が多かった。この世界では、製粉技術はかなり確立しているようで、パンは主食になっている。いわゆるハード系で、生地の密度が高く、噛み切るのがちょっと大変。天然酵母を使っていて、味も悪くない。パン屋さんには巨大な石造りの専用オーブンがあり、大量の薪《まき》を使って一気に焼き上げていた。朝早い上に重労働、しかも暑い。大変な仕事だ。

パン屋さんの仕事を見てわかったのだが、もし私がフワフワパンの製造に成功しても、業務用オーブンもなしに大量のパンを売るのは不自然すぎる。

売ることができなくても、自分用に作りたいのだが、それすら難しい。一般家庭にはオーブンが普及していないので、家でパンを焼く習慣はないのだ。もちろん私の家にもないので、オーブンを手に入れるまで、個人的なパン作りも一時棚上げに決定。現状で商品にできるとしたら、村のパンを使ったサンドウィッチ程度の軽食だろう。

金属製の厚い鍋《なべ》と重いフタがあればダッチオーブンっぽいものを作って、なんとか少量でもフワフワのパンやオーブン料理が作れるのでは、と鍛冶《かじ》屋さんに聞いてみたが、特注で頼まないといけない上、ものすごく重くて、いまの私が扱うのは無理、とわかってこれも頓挫《とんざ》した。

ただ、調べるうちにこの世界では、複雑に加工したパンがあまり流通していないことがわかった。揚げパンも普及していないとわかったので、こちらを早々に売り出せないかと試作している。この世界の人はよく食べるし、労働量が多いらしくハイカロリーなものが好まれているので、揚げパンはかなり有望だと思う。ただし揚げパンは生地の作り方もパンに比べれば簡単だし、作り方はすぐ真似されてしまうかもしれない。それに油の価格が高いのでお値段も高めになってしまう。買ってもらうためにはもう一工夫必要だろう。

生パスタとパスタソースはすぐに商品化できそうなアイテム。いくつかパスタソースの試作もして、それがうまくいけば商品になりそうだ。

調味料としてマヨネーズも試作中だが、保存性を高くした状態での乳化に苦戦中。乳化してくれないとマヨネーズにはならないのに、乳化のための攪拌《かくはん》が体力的に辛い。六歳の子供には重労働すぎる。失敗するたびに心が折れそう。自動泡立て器が欲しい。

手作り石鹸《せっけん》も、夏休みの自由研究でかなり作り込んだ経験があるので、雑貨店としてはぜひ商品にしたかったのだが、キーアイテムの苛性ソーダがこの世界にあるとは思えない。あるとしても手近では見つからない。魔法で似た効果が出せる可能性はあるけど、それもいまの私では、技術がないのでどうにもならない。石鹸《せっけん》を売るとすれば異世界からの輸入しかないだろう。でもその場合の問題は作り方を探られたときの言いわけだ。魔法でごまかせばなんとかなる気はするけど、製法を公開しろとか迫られたらそれはそれで面倒が起きそうな気がする。

「これもとりあえず保留で！」

面倒になりそうなものは保留。まだまだ勝手がわからない世界だ。危険性のあるものには手を出さないよう気をつけた方がいい。

とにかく一か月後には、いくつか朝市でテスト販売してみよう。

「頑張るぞ～！」

◆　◆　◆

「いい天気だぁ～朝市日和《びより》だよね！」

あれから一か月があっという間に過ぎた。

朝からハイテンションのハルリリさん。私の作った三段フリルのメイド風エプロンがすごく似合っている。作戦成功！　実に可愛らしく目立ってくれている。

私とハルリリさんは、日が昇ったばかりの村の広場に、ほかの店より早く箱を並べ売り場を作っていく。薬草の納品のときに、朝市でのテスト販売のことを話したら、ハルリリさんは手伝いを申し出てくれたのだ。なんでも、私のランチを食べてから、体調が良くなり絶好調らしく、その後の緊急の依頼もなんとかこなせたらしい。あのときお土産に置いていったニンジンをバリバリかじりながら仕事を続けたら、ポーションを飲むより効いたらしく、すごく感謝されてしまった。もしかして異世界のタネから作ったニンジンには、特殊な効果があるんだろうか。これも要検証だ。

（でも、ハルリリさん、そのままじゃなくて、少しは料理もしましょうよ）

私ひとりで売るより、綺麗なお姉さんがいた方が絶対目立つし、大人がいる方が信用度も上がるだろうし、なによりハルリリさんはこの村では顔が広く尊敬されている。正直、とてもありがたい。

〝メイロードの雑貨店〟近日新装オープン

と、大きく書いた板を、店前の目立つ場所を選んで置く。

「ハルリリさん、本当に助かります。設営にかけられる時間が短いので、間に合うか心配だったんです」

話しながら並べた箱に、草木染めの技法で若草色に染めた布をかけ、コルクのフタをした瓶《びん》詰めを並べる。マヨネーズとトマトソース、赤と黄色の瓶《びん》を交互に並べてインパクトを出す。

(うん。なかなかキレイ)

価格は強気の三ポル。次回、瓶《びん》を持参すれば一ポルで中身を購入できる、という販売方法を考えてみた。衛生的にどうしても瓶《びん》が使いたかったので苦肉の策。瓶《びん》は《生産》できないから、コスト高なんだけどね。

(まぁ、そのうち作ってやろうとは思っているけど。ふっふふふ……)

常温でも十日は保存可能と実験でわかっているけど、一応賞味期限は七日に設定。食中毒が怖いからね。こっちの世界の人、かなり丈夫で衛生観念が未発達。傷んだものも平気で食べるから、販売時には絶対に七日以内に食べてね、と念押しする。初の朝市なので、今日は売るよりも味見をしてもらうことが目的。買えないほどじゃない、ちょっとだけ高級、という線を狙っている。味には自信があるし、塩味しか知らない人にはインパクトのある味のはず。色とりどりの大量の野菜スティックと、フライパンで焼けるナン風のもちもちパンを一口大に切ったものも用意している。

野菜スティックを並べたところで、ハルリリさんが早くもロックオンしていたので、味をみてもらいながら商品説明。

「黄色い方がマヨネーズ、赤い方がトマトソースです。マヨネーズは酸味の効いたコッテリ味。トマトソースは辛味を効かせたオトナ味です。常温保存で賞味期限は七日になります。どちらも肉や野菜と相性がいいので、合わせるだけで、料理が一味違いますよ」

説明している間に、ハルリリさんの口元はマヨとトマトのソースがべったり。さらにシャクシャク食べている。

「これ、両方ともおーいーしー！　無限に食べられる気がする」

（うさ耳メイドがピョンピョン跳ねながらの全力絶賛、カワイイ、可愛すぎる！）

ハルリリさんの行動が、かなり目立ったようで、設営している農家の人もチラチラこちらをうかがっている。試食という習慣はあまりなく、タダで食べ物を配っているのが珍しいようだ。とりあえずハルリリさんに口元を拭く布を渡す。

「ハルリリさん、食べ過ぎじゃないのかね。売るものがなくなってしまうぞ」

苦笑しながら、最初に声をかけてくれたお客様は、村長のタルクさんだった。

「おはようございます、タルクさん。大丈夫です。ハルリリさんが食べる分は織り込み済みで、たくさん用意してありますから。どうぞ試してみてください。おいしいですよ」

勧めると、タルクさんも気に入ってくれて、両方ともお買い上げ。瓶《びん》代を払ってリフィルというやり方も、使い捨ての習慣がないので、抵抗がないらしい。瓶《びん》も高級感があると好評だ。おまけにオーク肉のサンドウィッチとキャロットラペ・サンドウィッチ（この世界のニンジン使用）をつけてあげたら、すごく喜んでくれた。こういう凝《こ》ったサンドウィッチも、珍しいようだ。

その後も、ハルリリさんの看板娘は効果絶大で、たくさんの人が味見をして買ってくれたので、早々に用意してきた分は完売となった。雑貨店の再開までは、週一回は朝市で販売しながら、消費動向を探る予定。村の人たちは、思ったほど保守的ではなく、新しい味も受け入れてくれた。マヨネーズとトマトソースは、想像以上に早く根付いてくれそうだ。

買ってくれたお客様への挨拶代わりのサービスとして用意したサンドウィッチも好評

だった。村のお姉様方に、何度もレシピを聞かれたし、こちらも売れそうな予感。でも、キャロットラペのサンドウィッチの方は、お客様に渡すたびに悲しそうな顔になるハルリリさんが見ていられず、早々に今日のお手伝いのお礼として、ハルリリさんのキープになってしまったのだった。

いいけど、いいんだけど、ハルリリさん？　ニンジン好きすぎです。

◆　◆　◆

半月後――本日、雲ひとつない快晴。〝メイロードの雑貨店〟新装オープンの日だ。

あと半月ぐらいは準備に当てる予定だったにもかかわらず、予想外の問題が起こって、（不本意だけど……）

とにかく店を開けないことにはどうにもならなくなってしまった。

こんな状況になった原因は、最初の朝市出店にまで遡《さかのぼ》る。

用意したマヨネーズ、トマトソースの各三十個を完売し、手応えを掴んでいた私だが、反響は予想を超えてきたのだ。

朝市の次の日、早朝から店の前が騒がしかった。二階の窓から下を覗《のぞ》くと、近日新装オープンの立て看板が置いてある閉店中の雑貨店の前で、五十人ぐらいの人が店を取り囲んでいる。しかも、ほとんどの人が空のガラス瓶《びん》を手にしていた。驚いて店の前に出て行くと、すごい勢いで囲まれて商品を売ってくれ、と詰め寄られた。

（この小っちゃい背で大勢の大人に取り囲まれるのは、かなり怖かったよ）

村人たちの話を総合すると、マヨネーズとトマトソースがおいしすぎた、ということらしい。

朝市で販売したふたつのソースは、塩味しか知らない村人にとっては、衝撃の新味《しんみ》だったそうだ。味見をしたものの、値段がちょっと高いため、躊躇《ちゅうちょ》し、あとから買おうとして買い損ねた人もかなりいたらしい。

買って帰った人たちの間では、家族で奪い合いになったり、高いからあんまり食べるなと嫁に言われて大喧嘩になったり、子供が夜中に全部食べてしまい大目玉を食らったり、パンが異常に売れて品切れを起こしたり……なかなかの大騒ぎ。

とにかく、あっという間にすべて食べ尽くされた上に、食べ足りない人たちが大量発生した。しかもここ以外では手に入らないので、皆、瓶《びん》を持って店に殺到したのだ。

集まった人たちには、店舗の再開までまだしばらくかかることを誠心誠意謝ったあと、いますぐ用意することはできないことを説明し、瓶《びん》のある人だけは三日後に中身を販売することを約束した。まだ瓶《びん》を買っていない人には、申しわけないが、次の日曜朝市まで待ってもらうよう説明し、なんとか場を収めた。村人たちも、私のような子供がひとりで作っていると初めて知って、量産できないことをなんとか納得してくれたのだった。

それから数日は、ひたすら瓶《びん》にマヨネーズとトマトソースを詰め続け、次の朝市に臨《のぞ》んだが、すでに〝ありえないほどおいしいソース〟の噂は村中の話題になっていた。開店前から行列ができ、人が並びすぎて、ほかの人たちの迷惑になり始めたので、結局朝市からは撤退。早々に閉店せざるを得なかった。そして、また買えなかった人たちに納得してもらうためには、〝店舗販売の時期を早める〟と言うしかなくなっていた。

あまりに熱狂的な売れっぷりに、自分でなんとかすることを諦めた私は、即、ハルリリさんとタルクさんに相談し、急遽、瓶《びん》の煮沸《しゃふつ》消毒と中身を入れる作業をしてもらうための簡易工房を持つことになった。近くの空き家を確保して、徹底的に清掃。働く人たちにもできるかぎりの衛生管理をお願いした。制服も支給。企業秘密の詰まった中身のソースは私が作るということにして、大量に〝生産〟しておき、樽《たる》詰めして《無限回廊の扉》の中に保管、随時補給とした。

いまの段階の試算で、初月のリフィルが月産四千から六千必要となる。

（それにしても、まさかこの短期間にこんな大量生産することになるとは……）

瓶《びん》の発注も、複数の工房にお願いしても間に合わない状態だし、本当になんでこんなことになっているのか、流行って怖い。

そういうわけで、マヨネーズ・フィーバーに流されて、なにもかも前倒しの上やること山積み、準備半ば、完全に見切り発車の開店を、今日迎えた。もうどうにでもなれだ！

店を新装開店するという話をタルクさんにしたとき、「大きな楽しみの少ない村では、きっと大騒ぎになる。祭りのような騒ぎを覚悟して準備をした方がいい」とアドバイスを貰った。そのときから今日の大盤振る舞いは決めていた。

子供たちにはハチミツ飴を、大人にはハチミツ酒を。

（どちらもこの世界の材料で作ったものなので、いくら振る舞っても大丈夫）

味見用の野菜スティックとたっぷりのマヨネーズ。

平打ちパスタには辛口のトマトソース。

ピロシキ風の揚げパンも今日は無料で味見してもらう。

店の周りは、朝からパーティー会場のような喧騒だが、近所の人も皆参加しているので、今日は怒られたりしない。皆笑顔、マヨネーズとトマトソースは、相変わらずすごい勢いで売れていて、在庫が切れるんじゃないかとヒヤヒヤする。

内情はしっちゃかめっちゃかだけど、店主として、今日のところは余裕のフリをしよう。

めでたい新装開店の日。

顔も知らない両親が残してくれた素敵なドレスで、私は笑顔の接客を続けた。

◆　◆　◆

〝メイロードの雑貨店〟の経営は極めて順調だ。

でも順調ならいいというものでもない。一番問題なのは、私が神様に逆らってまで望んだ、

〝自分の時間を大切にした、ゆとりあるのんびりカントリーライフ〟

というこの世界での基本コンセプトが、完全に瓦解《がかい》していることだ。

基本的には計画通りなのだが、前倒しになってすべてが後手に回ったのが悔やまれる。

正直、ここまで一気に受け入れられるとは予想できなかった。私の戦略ミスが招いた結果とはいえ、こんなに流行するとは……なんでこうなっちゃったのかな？

店主で工房長で生産者でもある私は多忙過ぎて、開店からの一か月、一日の休みもない。体力ゲージは常に危険水域だ。逆に魔法力を使う暇《ひま》はほとんどない。せっかく回復するのに、使わないまま一日が終わってしまうのが、あまりにももったいないので、寝

る前に《異世界召喚の陣》を展開することで、無理やり使い切っている感じだ。

マヨネーズ・フィーバーのおかげで、すでにかなりの利益が出ているので、ストレス解消のため、あまり固いことは言わず、まだこちらで手に入れるのが難しい食材や、これからこの世界で作ってみたいものの素材、この世界では作れないけれど売りたいもの、などを毎日せっせと買っている。すでに私の買い物量は雑貨店の規模を上回るほどになっているが気にしない。《無限回廊の扉》のおかげで、人に見つかることなく、大量の異世界商品がストックできるので、魔法力に余裕のあるいま、可能性のありそうなものを増やしておきたいのだ。

でも、いまの状態じゃ、私の趣味のモノ作りなんてしている暇《ひま》は、まったくない。人を雇うにしても、私にはヤバイ秘密が多すぎる。

「ホント、これからどうしよう……」

◆◆◆

今日は〝棚卸し〟という名目で、臨時休業した。

瓶《びん》詰工房は今日も稼働しているけど、まぁ、素材の搬入はしてあるから、一日ぐらい見に行かなくても大丈夫、と判断した。今日の予定は、工房主任のマーサさんに伝えてあるし、なんとかなるでしょう。そして午前中は、行き届かずに放りっぱなしだった家事、掃除に没頭した。これをすると、気持ちがスッキリする。綺麗になるって素晴らしい！　その後、積み残しの事務仕事を片付け、やっと一段落したので、久しぶりにハルリリさんの薬局に行くことにした。

今日はお茶だけの予定なので、パンケーキを焼いて持参しようと思う。メレンゲで、フワッフワに仕上げた自信作だ。フルーツをたくさん載せ、タップリのハチミツで食べるのだ。

「ハルリリさん、こんにちは～」

可愛いベルのついた扉を開けると、いつものように、様々なハーブの混じり合った不思議な香りが漂ってくる。店の奥にある作業机の椅子に、ハルリリさんは顔色悪くダランと座っていた。よく見るとその姿は、座っている、というか、なんとか椅子にもたれかかって躰《からだ》を支えているというか……全身から倦怠感《けんたいかん》が伝わってくる、なんだかこう……〝溶けかかっている〟ように見えた。いつもは綺麗でフッサフサのウサ耳も、なんだかひどい毛並みだ。

「メイちゃん、久しぶりだね……」

声にも全然元気がないし、振ろうとする手も持ち上がってない。

（うわ～、お店を開けてる場合じゃない。顔色もひどいよ）

私が雑貨店の仕事に忙殺されている間、ハルリリさんのところにも大変な仕事が依頼されていた。この村の西にある大きな湖に、巨大な魔獣キラータートルが現れたのだ。

この大きな湖は、私が住んでいる帝国北東部の内陸を支える漁場で、関わる漁業関係者も数千人規模に及ぶ。故に、早急な排除が求められ、冒険者を編成した討伐隊が向かうことになった。ハルリリさんは冒険者ギルド経由の依頼で、彼らのサポート隊の一員として参加したのだそうだ。

「湖の魚はこの村にも卸《おろ》されているし、断れなくて……」

確かに、優しくて人のいいハルリリさんがこういった依頼を断れるわけもなく、依頼の次の日にはサポート隊に参加。依頼元の漁師ギルドはかなりの報酬を用意したらしく、二十組計百名以上が討伐隊に参加した。彼らの攻撃は間断なく二昼夜続き、激闘の末キラータートルは退治されたそうだ。だが、死者こそなかったものの負傷者の数は半端なく、ハルリリさんをはじめとするサポート隊は、攻撃の間を駆け回りながら〝ヒール〟を使い〝ポーション〟を補給し続けた。そして戦闘後も数日にわたって治療を続け、三日前にやっと解放されたのだという。

「大人になると、魔法力も体力も回復が遅くなるの。特にどちらもギリギリまで使った状態だと、本当に辛くて。魔法力切れじゃ〝ポーション〟も劇的には効かないしね。私にはニンジンの方がまだマシかも」

〝ポーション〟は魔法力と素材の複合的効果で成り立っている。村で売るような〝ポーション〟は高い回復効果のある万能薬ではあるけれど、体力の回復重視で、弱った人には効果があるのだが、大病を完全に治すほどの力はない。さらにいえばハルリリさんのように、極端な魔法力低下を伴った疲労には、〝ポーション〟では対応できないのだ。

（それはそうだろうな。体力と魔法力は別物だし）

魔術師用の〝ハイポーション〟となると高額で、そもそもほとんど流通していない。こういったときのために、自分用〝ハイポーション〟を、自らある程度作っておくのが魔法使いの常識らしいのだが、ハルリリさんの場合、このところの激務で、もうすでに虎の子も放出済みなのだという。

（もしかしたらアレなら元気が出るんじゃないかな……）

ふと思いついた私は、台所を借りると言って、奥の部屋へ行きドアを閉めた。《無限回廊の扉》を開け、異世界から取り寄せたニンジンのタネの入った袋から五粒ほどのタネを出し、手のひらに載せ、〝甘くておいしく滋養たっぷりな大きいニンジン〟を思い浮かべる。手のひらの上のタネは、ポンポンッと一瞬で弾けるように大きな瑞々《みずみず》しいニンジンになり、私の周りに落ちた。

試しに《鑑定》してみると、

〉ニンジン（ノーネーム）——食用・詳細不明

↓＊＊編集権が発生しました、編集を行いますか↓行う↓保留↓そのほか

と、なんだか、見たことのないものが出た。編集権ってなんだ？　いまは忙しいので、

とりあえず〝保留〟っと。

この間作ったときより、さらに大きいニンジンを拾い上げてよく洗い、異世界から買っておいた愛用の業務用おろし器で皮ごと全部すりおろす。これでおろすと手作業でもメチャクチャ速い。茹でてもいいけど、いまは栄養を余さず作りたい。すごく瑞々《みずみず》しいので、まずコップ一杯分をさらしで絞ってジュースにし、残りは鍋《なべ》に入れてこれも異世界から取り寄せてあった三温糖と柑橘《かんきつ》の搾《しぼ》り汁を加える。

（あとは、あっちでできるな）

周りを手早く片付け、鍋《なべ》とジュースを持って、ハルリリさんのいる部屋に戻り、ジュースのコップをハルリリさんの前に、ストーブの上に鍋《なべ》を置く。

「ハルリリさん、とても甘くて濃い野菜ジュースなので、ゆ～っくり少しずつ飲んでみ

てくれますか？」

　ニンジンの香りに敏感に反応したハルリリさんは、ゆっくり頷くとコップに口をつけた。

　鍋《なべ》のニンジン・ピュレをかき回しながら、様子を見ていると、ハルリリさん、チビチビがゴクゴクになり、結局、あっという間に飲み干してしまった。

「プッハーーー！」

　至福の表情を浮かべたハルリリさんは、もはや目の焦点が合っているかも怪しい感じでコップを持って立ち尽くしている。

「これはもはや神の飲み物……」

　恍惚《こうこつ》の表情で、祈り始めちゃった。ウサギの神に祈っているのかな〜？　でも、見る間にハルリリさんの血色は良くなり、耳の毛艶も復活してる。効果はバッチリだ。

　この間、キャロットラペを食べたときのハルリリさんの元気になり方が、あまりにも極端だったので、〝ワタシ産異世界ニンジン〟に特別な効果があるんじゃないかと、ちょっと思ってはいた。

（私には食べてもそんな劇的な効果は起こらないし、半信半疑だったんだけど）

　なにかに気づいて、今度は自分を《鑑定》したらしいハルリリさん、さらに目が点になっている。

「魔法力も体力もギリギリ二桁から七割回復って、最高級の〝ハイパーポーション〟でもこんなの聞いたことない。最高級回復薬〝エリクサー〟？　まさか、まさか！」

鍋《なべ》をかき回しながら、興奮状態のハルリリさんに、ワザとのんびり声をかける。

「えーと、それは、〝エリクサー〟じゃないです。ニンジンのジュースです」

さらに鍋《なべ》をかき回しながら、

「以前ニンジンのサラダをこちらに持ってきたときにお渡ししたものと同じですよ。とても生産数が少ないもので、確かに貴重品ですが、ニンジンに変わりありません。回復効果が高いのは、ハルリリさんがウサギ族の獣人だからじゃないでしょうか。もしくは、ニンジンへの愛の強さかもしれませんね」

適当だが、このニンジン・エリクサーが、ハルリリさんに効果抜群なのは事実。

〝ニンジン愛〟という言葉がツボにはまったのか、なんだかハルリリさん感動してるし。

「もうすぐ、ニンジン・ジャムができますので、持ってきたパンケーキを食べながらお茶しましょう。残りは瓶《びん》詰めにしておきますので、少しずつ食べてくださいね。絶対一度に食べちゃだめですよ。完全に体調が戻るまで、おいしくても薬だと思って食べてくださいね」

「はーい！　今日はメイちゃんが薬屋さんみたいね」

笑いながら、ちょっと照れたハルリリさんは、ニンジン・ジャムの香りが広がる部屋で、やっといつものピョンピョン飛びを始めた。

（もう大丈夫、よかった！）

お茶をしながら、今度は私のハードすぎる日常の愚痴を聞いてもらったところ、ハルリリさんが面白い話をしてくれた。

「メイちゃんなら、妖精族との契約が結べるかもしれないよ。あの子たちは、自分の欲望に忠実な分、それを叶えてくれる相手を尊敬し従順に従ってくれる。人の秘密なんてモノにも、全然興味ないし、付き合いやすいよ」

ハルリリさんには、以前住んでいたところで契約した水の妖精がいたのだそうだ。様々な花やハチミツをくれるハルリリさんのために、採取を手伝い、綺麗な水を常に提供し、献身的に手伝ってくれたという。引っ越すときに、その妖精が生まれた水辺から離れられないとわかり、泣く泣く契約を解除することになったそうだ。

「その子は、花の蜜に目がなくて、私が採取で集めてくるいろいろな花の蜜が大好きだった。いつかふたりで世界中の花を見て回ろうなんて話もしていたんだけどね」

しんみりとちょっと涙ぐみながら、そんな話をしてくれた。

「妖精族は、土地についたり、モノについたり、いろいろなところにいるんだけど、契約していない妖精は人からは見えない幽《かす》かな気配だけの存在なの。でも、あの子たちって、欲しいものに出会ったら逆らえないんだよね。しかも、盗むと神の怒りに触れてしまうから、どうしても欲しいと思ったら、くれる人を探して〝もらう〟契約をするしかないの」

妖精族の声はとても小さくて、契約を結んでいないと、姿も見えない。だから、契約をしたくても、無視されることも多いという悲しい種族なのだそう。彼らを見つけるには《索敵》スキルと〝大きな耳〟という魔法薬がいるそうだ。これを使い慎重に周囲を見て、幽《かす》かな揺らぎを見つけ、小さな声を聞き取ることができれば、妖精と話せるそうだ。ただし、それも波長があった場合のみ。もちろん、彼らの望むものが与えられるかどうかも、運次第。

ハルリリさんは水辺の薬草採取中に出会ったそうだ。ウサギ族はもともと耳がいいので、薬がなくてもコンタクトできたのだという。

「ニンジンのお礼に、〝大きな耳〟のお薬をあげる。この薬を使っても、声の波長の合う妖精族に出会えるのは稀だけど、たくさんの不思議を持っている優しいメイちゃん。きっとあなたなら、助けてくれる妖精と出会える気がするんだ。気長に探してみるといいよ」

ニンジン・ジャムをたっぷり載せたパンケーキを頬張りながら、うっとりした顔でハルリリさんは呟いた。

いまでも数年に一度、採取を兼ねて遠い他国の水辺の村へ、ハルリリさんは行くのだそうだ。もう、契約は切れているけれど、たくさんの珍しい花を持った彼女の周りで、楽しそうに話す声が、とても小さいけれど、ハルリリさんにはちゃんと聞こえるのだそうだ。

第三章　妖精さんと聖人候補

ハルリリさんの家から帰る道で《索敵》をしてみる。人やモノじゃなく、幽《かす》かな〝気配〟に集中して、周囲を慎重に探る。すると、確かにひどくぼんやりとして、形のないなにかが、ポツポツと見えてくる。

（これが、妖精の気配？）

人に寄り添うもの、水場にある気配、木の上、草むら、花の影、幽《かす》かな気配は、人の周りにもたくさんある。でも、誰も感じていない。妖精の幽《かす》かな声は届かない。

（なんだか切ないなぁ）

夕暮れの道を歩きながら、妖精の声が聞こえたら、優しくしてあげなくちゃ、と思った。

今日の夕食は味噌煮込みうどん。もちろん麺は手打ち。たっぷり作って十分寝かせてから、《無限回廊の扉》の中に保存してある。この《無限回廊の扉》は冷蔵庫よりずっと便利だ。むしろ前の世界にこそ欲しかった。無理だけど。

麺打ちに異世界産の素材は使っていないので、少量作ってあとは〝生産〟すればいいんだけど、たくさん作った方がおいしいし、作るのが楽しくなって、つい作り過ぎてしまった。今度、タルクさんやハルリリさんのところにも持っていこう。

太めでコシの強い麺、出汁《だし》は魚介から、八丁味噌は異世界産。葉野菜に粘りのある芋、鳥肉に玉子は、朝市で。

われながらよくできていると思う。肌寒い季節にはぴったりだ。

うどんを食べて温まって一息ついたら、樽《たる》風呂でさらに温まる。この世界にはバスタオルのようなフワフワな質感の布物はない。雑貨店であるうちにないのだから、日用品にはないと考えてよさそうだ。髪の長い私には必需品と言っていい品だが、異世界から買おうとすると結構なお値段。

（でもバスタオル、《異世界召喚の陣》で買っちゃおうかなぁ。本当は、ドライヤーが欲しいけど、これはそもそも使うために必要な電気がないしな……）

では、寝る前にひと仕事。古い家には妖精がいることが多いとハルリリさんが言っていたので、この家で〝大きな耳〟の薬を試してみることにする。まずは《索敵》で周囲を探ってみると、すぐ近くに薄い気配があった。そこで薬を飲んで、さらに気配の方へ近づき、耳をすませてみる。するとある場所から、言い争うふたりの人物の声が聞こえてきた。それは薬を飲んでいてもかろうじて聞こえるぐらいの本当に小さな音量だった。

「メイロードさま、どうか、どうか、私の願いを叶えてください。私をあなたの下僕に。あなたの髪を梳《くしけず》ることをお許しください」

「なにを言ってる！　本当に気持ちの悪い！　私のメイロードさまに近づくなど！　散れ！　メイロードさま、どうか私をあなたのお側に。私の声を聞いてください。あなたさまの作る、見たことのない不思議な料理を、ぜひ私にお与えください」

「やめないか！　この食い意地だけの家事妖精が！」

「美しい髪の人ばっかり追いかけてる、お前のような変態に言われたくないわ！」

「ああ、メイロードさま！　私の声をお聞き届けください！」

「メイロードさま！　どうかどうか、私の声を、望みを聞いてくださいませ！」

（このふたりは、私の周りで、ずっとこんな話をしてたのかな？）

一息ついて、私は声をかける。

「妖精さん。ふたりの声は聞こえました。私を助けてくれるなら、ふたりの望みを叶えましょう」

一瞬静かになったあと、ふたりが同時に話し始めて、なにを言っているのか全然聞き取れない。

「話はひとりずつ聞きます。まずは、家事妖精だというあなたから聞きましょう。あなたの欲しいものはなんですか？」

「メイロードさま、私の小さき声をお聞き届けいただき、恐悦至極《きょうえつしごく》にございます。私は家事を得意とする妖精でございます。私の望みは食に関する新しきこと、美味なるものにございます。それをお与えくだされば、あなたさまの下僕として、どんな人よりも働きましょう。人の世で二百年を生きてきた私にお任せくださいませ」

「あなたの望みはわかりました。ではもうひとりの妖精さん……」

「私は、古《いにしえ》の王の持つ鏡にまず宿りました。そして、美しき姫君たちと時をともにするうち、その流れる髪の美しさに魅了されるようになったのです。美しき髪を求め、三百年の長きを彷徨《さまよ》ってまいりました。そんな私が、この村の市場でいままで見たことのない、神々《こうごう》しいまでのツヤを持ちながらサラサラと流れ落ちる深い深い翠《みどり》の御髪《おぐし》に出会ったのです。感動でございました。どうか私に、その美しい御髪《おぐし》のお世話をすることをお許しください。それさえ与えていただければ、私はあなたさまの真の下僕でございます」

（え〜、髪フェチですか。ちょっと引く。でも確かに異世界のヘアケア製品を使っている私のような髪の人は、ほかにはいないよね。この子が惹かれるのは、無理もないのかも……）

ふたりの妖精たちの望みを聞いたあと、私はハルリリさんに聞いた手順で呼びかけた。

「わかりました。あなた方と契約を結ぶため名前を与えましょう。いつも私とともにあるように、家事妖精ソーヤ。いつも私とともにあるように、髪を愛すセーヤ」

ふたりに名前をつけた瞬間、その姿がはっきりし、声も普通に聞こえるようになった。

「ありがとうございます。メイロードさま。しっかりお支えいたします」

「ありがとうございます。メイロードさま。早速、御髪《おぐし》を梳《と》かせていただきます」

妖精には性別も年齢もあまり意味はなく、人に合わせ必要な大きさになることができる。知識は蓄積されていくけれど、メンタリティは子供のままだそうだ。いま、私の前にいるソーヤとセーヤは、私よりずっと背の高い少年のような容姿で、きちんとした服も着ている。奏也《そうや》と誠也《せいや》、この名前は前世の私が育てた双子の弟たちから貰った。そのせいか、ふたりの妖精さんは、見た目もちょうど別れたときの弟たちぐらい……イヤイヤ、今度はお世話してもらうのは、私だから！　私はワガママに自分のために生きるんだから。

「メイロードさま、さっきお召し上がりになっていたのはなんですか？　調味料の味見をしてもいいですか？」

なし崩し的に、髪をブラッシングされている私の前に、八丁味噌の入れ物を持ってソーヤがやってくる。

「食べていたのは、味噌で煮込んだうどんという食べ物。明日作ってあげるね。それは八丁味噌という豆からできた調味料よ。味見にはスプーンを使ってね」

言うが早いか、ソーヤはスプーンですくって、がっつり食べて満足そうだ。辛くない？なかなかマイペースの妖精さんたち、これからうまくやっていけるといいのだけど……

「やはりメイロードさまにお仕えした私の判断に間違いはございませんでした。美味です。美味にございます～！」

どこかで聞いたようなセリフで朝から私の作ったフツーの朝食を絶賛してくれるソーヤ。料理中も常にまとわりついてきて、なかなかうるさい。

(この子には距離感を教えないと……)

一方セーヤは、朝一番に私を起こしに来て、ウットリ顔でそれはそれは丁寧にブラッシング。それからはずっとやや距離を保ちつつ、私の髪を見てウルウルしている。

(ホンモノだ。この子は本物の美髪フェチだ……)

今日の朝食は、時間があったときに一夜干しにしておいた白身魚を焼いたものと甘めの玉子焼き。カブの味噌汁。まだ試作中のぬか漬けモドキ。お米は最高級の新潟米。

これからは三人分の食事を用意する毎日が始まる。でも生活費は潤沢《じゅんたく》、大量調理もお手のものの私には特に問題はない。

「……ではソーヤは基本家令職、家の管理をお願いね。お店が忙しいときはそちらのサポートもお願いします。セーヤはお店を中心に接客と発注を、時間があるときは工房の様子も見てね。細かいことは作業をしながら、わからないことは確認してね」

「かしこまりました。お任せください」

「かしこまりました。お任せください」

(お、綺麗にハモったね)

「それにしても、お金も休みもいらないって、ホントにそんなのでいいの？　あまりにもブラックじゃない？」

「ぶらっく、の意味はわかりませんが、私たちは私たちの欲しいもの以外は興味ございませんし、むしろ邪魔なものでしかありません。私のいまの幸福感に勝るものなど……」

上手に箸を使って口いっぱいにご飯と漬物を頬張ったソーヤは、確かに顔に〝シアワセ〟って書いてあるへにゃ顔だ。

「私もその点については、ソーヤに同意いたします。この不思議な食べ物が、メイロードさまの美しい御髪《おぐし》の糧《かて》になっていると思うと、感動でございます」

（セーヤ……ヤッパリこの子はホンモノだよ、本物）

私と契約し働き始めたセーヤとソーヤは、想像していた〝妖精さん〟とは違い、遥かに有能だった。さすが伊達に二百年も三百年も生きてない。庶民は学校教育を受けないので、識字率も低く、計算も簡単なものしかできない。なのに、この子たちは流麗な字を書き、複雑な計算をモノともせず、マナーも申し分ない。おまけにすごい力持ち。

雑貨店での仕事でも、お客様はすべて〝私〟だと思って接客するよう指導したので、ちょっと行き過ぎの丁寧さだが、大事にされて喜ばない人はいないから、これでよし。

そのうちこなれてくるでしょう。

そして嬉しいオプションがもうひとつ。

私とセーヤ・ソーヤは、離れていても相互に念話ができる。届く距離は不明だが、村の中ならどこでも大丈夫。

この念話ができて店番もしてくれる妖精さんのおかげで、私が店に拘束される理由はほぼなくなった。

（ひとりだとトラブル対応のために、店をあけられなかったんだよね。助かった！）

距離感なしの大食らいでも、多少ホンモノの髪フェチでも、ヤッパリ妖精さん、天使！

（あれ？　言い回しがなんか変？）


セーヤとソーヤ、私のふたりの妖精従業員とオヤツにプリンを食べながら、《鑑定》技術向上と体力強化のための山歩きを再開したい、という相談をした。

《異世界召喚の陣》の、日常消耗品（パッケージ含まず）に関する査定が甘い、という特徴がはっきりしてきたので、食べたい、作りたいモノの材料は、どんどん買って、私の心の友《無限回廊の扉》の中に保存している。

〝この家の外に出さなければ、ないも同然〟

というセルフ・ルールで、家の中ではどんどん異世界から買った素材を使って、作りたいものを作ることにしたのだ。セーヤとソーヤにもおいしいものを食べさせたいしね。

というわけで、きょうは手作りプリン、たっぷりの生クリームとベリーを添えてみた。

「それはよろしゅうございます。メイロードさまは、まさに成長期。体力もそうですが、魔法力を鍛えるならば、十六歳までに上げ切らないといけません」

プリンを早々に食べ終わって、異世界から買ってあげたスケルトン・ブラシで楽しそうに髪を梳《と》かし始めたセーヤが、教えてくれる。

「上げ切るってどうゆうこと？」

二個目のプリンを食べながら、すごくいい笑顔でソーヤが教えてくれた。

「人の魔法力量っていうのは個人差が大きいですが、誰にでも限界値があるんです。魔法力の伸びが鈍り始める十六歳までにその限界値まで〝上げ切る〟と、その後しばらく伸びが止まっても、再び伸びるようになるのです。少しですけどね」

「ですから、十六歳になると、正式な住民登録と魔術師選別が行われるんですよ」

「え、なに!?　それ、聞いてないんだけど」

思わずふり向くと、セーヤが顔をしかめ、頭の位置を戻される。

魔術師と呼ばれるこうした戦闘特化型の魔法使いの数は国力に比例するため、魔術師の育成と囲い込みに、どの国も必死なのだという。〝国家魔術師〟という非常にステー

タスの高い役職もあるのだが、強い力を持つ魔術師は、組織を嫌う個人主義者が多く、地位にも名誉にも興味のない人も多い。金も自分でいくらでも稼げるのでどうでもいい、忠誠心もない、と、どうにも扱いづらい人種なのだそうだ。

なので、魔法力の高い者を、自我の弱い若いうちに囲い込んで、英才教育（という名の洗脳）をしてしまおうという国の戦略があるようだ。

ソーヤは三つ目の、今度はチョコプリンを食べながら、

「おいしぃぃーーです！」

と叫んだ。

「まぁ、本当にスゴい魔術師なら、簡単に逃げちゃいますけどね。メイロードさまもお嫌であれば、十六歳が近づいたら、さっさと逃げることをお勧めします。私がどこまでもお助けしますので安心していなくなっちゃいましょう！」

そう言って笑うソーヤ。

「えー、なににも悪いことしてないのに逃げるのやだ」

「でも、強制的に魔術師にされるのも、お嫌ですよね」

「もちろん、絶対いや！」

いまのところ、打開策はないけれど、時間はある。方法は必ずあるはずだ。

どう考えても激務に決まってる国家公務員をやるために、この世界に来たんじゃない。

絶対、絶対ごまかしきってやる。

◆◆◆
《索敵》で周囲の様子を探りながら、山道を進む。躰《からだ》の弱かった私も、最近では以前よりずっと高い場所まで登れるようになってきている。

今日の店番はセーヤ。

そして今日のお供のソーヤは、目についた木の実や食べられる野草を（ときには昆虫も）、つまみながらついてきている。グルメなのか悪食《あくじき》なのかわからないが、好奇心いっぱいで、嫌いじゃない。虫は私の前では食べないでね、とは言ってはあるけど。

《索敵》と《鑑定》を繰り返し、場所を絞り込んでいく。

（見つけた）

綺麗な流れの山の水辺、柳のような木が幾重にも重なって隠された奥にあった小さな洞窟の中に、まるで水滴のようにいくつも、いくつも垂れ下がる青い結晶。

《鑑定》

〉ヒーリング・ドロップ――高い霊力を持つ古木の樹液と清流の水、土の魔力が結晶化した鉱物・魔力反応増幅効果により〝ポーション〟の効果を高める促進剤として利用される・調合材料・可食

「これは見事なものです。これだけの量の〝ヒーリング・ドロップ〟の洞窟は初めて見ました。しかもここは一度も採取されてない、いわゆる〝ヴァージン・ドロップ〟ですよ、メイロードさま」

〝ヴァージン・ドロップ〟は、効果も希少性も高いらしい。実のように垂れ下がる粒を、ソーヤが手にすると、簡単に取れる。

粒を次々収穫して袋に入れていくソーヤ。

「一応、食べられるらしいけど食べるの？」

「〝ヒーリング・ドロップ〟は、食したことがあります。うまいものではありませんね」

(食べたことあるんだ、さすが珍食ハンター)

「全部取らないように加減して取ってね」

「心得ました」

高い場所の採取はソーヤに任せて、私はもうひとつの目的のための《索敵》と《鑑定》を開始。

洞窟の入り口に近い場所をスコップで掘っていくと、青みを帯びた手のひらに乗るサイズの石が数個と、ボーリングの球より大きいサイズの石を見つけることができた。

「これは質の良い〝水石〟です。いい〝魔石〟になりますよ。〝火石〟も探すなら、火山跡に近い方を回りましょう」

ソーヤはそう言うと、大きな石を簡単に掴んで《無限回廊の扉》に繋《つな》がった籠《かご》に放り込む。

「華奢《きゃしゃ》なのに、ホントに力持ちよね～」

残りの石も放り込んで、今度は火山の痕跡を追いかける。ちょっと苦労したけど、小さな〝火石〟も数個手に入れた。

今日はここまで！　お疲れさま、私。


「お弁当食べて帰りましょう！」

誰もいない山の中だからよしってことで、異世界グルメ満載。三段のり弁（ゴマ、鰹節、切り昆布を層にしたもの）に、お漬物と西京焼（異世界味噌を使って、この世界の白身魚を漬けてみた。成功）、出汁巻《だしま》きもつけた。

今朝作った野菜たっぷりの温かい味噌汁も《無限回廊の扉》から取り出す。今日のお弁当、異世界素材を使っているから、ほとんど《生産》できないけど、おいしいからいいのだ。

大きな石をテーブル代わりにして、山の食卓。天気は良く、木々は蒼《あお》く、うららかな陽気。

「気持ちいいね、ソーヤ」

「ノリベン、おいしいですぅ！　ショーユの染《し》みたオコメ最高！　サイキョーヤキ完璧！」

噛み合わない会話に苦笑しながら、ソーヤの幸せそうな食べっぷりに癒される〝オバちゃん〟体質の私なのだった。

〔セーヤ、聞こえる？〕

〔はい、メイロードさま〕

念話は、この距離でも有効のようだ。

〔お店は問題ない？〕

〔はい、本日も絶好調でございます。ここのところサンドウィッチのランチボックスが堅調で、本日は過去最高の売り上げですね。在庫をもう少し増やしていただいた方がよろしいかと〕

〔了解。工房の方も問題ない？〕
〔……そちらは、急ぎませんがお話ししなくてはいけない案件がございます〕
〔了解。帰ってから聞くわね。お弁当は食べた？〕
〔はい。いただきました。メイロードさまのお料理は、本当に不思議で、おいしい上に気力が湧いてくるのでございます。本当にわが主人は比類なき御髪《おぐし》を持つ上に……〕
〔あー、その先は帰ってからでいいかな〕
〔失礼いたしました。では、お帰りになりましてから、御髪《おぐし》を整えさせていただきながら、お話しさせていただきます〕
〔えー、了解。ではあとで〕
（真面目でいい子なのに、相変わらずホンモノだなぁ、残念！）
「セーヤの話ってなんだろうね」
「どうせ、髪とか、髪とか、髪とかのことに決まってます。気にしない方がいいですよ」
味噌汁のお代わりを食べて、ほっこりしている割に毒舌のソーヤ。
「それならいいんだけどね……」
〝ヒーリング・ドロップ〟と、〝夢見草〟〝シビレ胡桃《くるみ》〟〝ハッカ草〟などは、後日ハルリリさんのお店に卸《おろ》す予定のものなので、《無限回廊の扉》の中で、待機。

いまのメインは、〝火石〟と〝水石〟だ。ソーヤとセーヤから得た情報で、この世界には〝魔石〟という便利アイテムがあることがわかった。

私が毎日の風呂の準備のために、多大な時間を割いていることにふたりは呆れたらしく、水運びや薪《まき》割り、湯沸かしを手伝ってくれながらも、いくつかの〝この世界らしい〟解決方法を教えてくれたのだ。

まず、魔法使いは《清浄》という魔法が使える。基礎的な魔法のひとつで、《剥がす》と《滅する》を合わせた水と火の魔法。汚れを剥離《はくり》して燃やす。しかも完全滅菌《めっきん》可能。大抵のものは一瞬でかなり綺麗な状態に戻せる（劣化の修復は、除く）。

すごいな、洗剤いらずで驚きの白さに！

《基礎魔法》というのは比較的覚えやすい簡単な魔法群のことで、火・水・風・土とそのどれにも属さない無の五つの要素で成り立っているそうだ。魔法使いは、この《基礎魔法》を複雑に組み合わせて、大きな魔法を構築して使用するという。そして、そのために膨大な数の《基礎魔法》を覚えなければいけないそうだ。

《清浄》は簡単なふたつの《基礎魔法》の組み合わせなので、魔法の体系を学んでいない人でも水と火を扱う適性があれば、比較的簡単に習得できるのだという。

「本当の魔法はもっと複雑な要素が絡むんですけど、普通の人の魔法力でも少し習えば使える程度のこういった魔法、いくつかありますよ。ご興味がおありなら、そのうち試されると良いかもしれません」

（なるほど、そういう魔法があるから風呂に対する意識が低いんだな、この世界）

本当に綺麗にしたいのなら魔法で、そうでないならあとは適当でよしってことか。水運びは重労働だしね。躰《からだ》を拭けば十分になるのかな。お風呂の良さを知らないとはね〜。《清浄》は滅菌《めっきん》が可能というところに心惹かれるけど、私は湯舟で手足が伸ばせるお風呂に入りたいのだ。

で、次案が〝魔石〟。

魔力のこもった石で、一部の魔物から取れるそうだ。

魔石の性質によって、火を起こせたり、水を出せたり、かなりいろいろな種類があるらしい。貴族や富裕層はこれを使って快適ライフを送っている。

そういえば、ハルリリさんは〝水の魔石〟を持っていた。調剤に必須なので、当時師匠だった魔法薬師が独立記念にくれたのだそう。すごく大事にしているようだった。

〝魔石〟は高額商品、欲しければ魔石を持つ怪物級の魔物と戦って手に入れなければならない。

「わー、無理」

戦闘系のスキルも魔法もない私にはどうしようもない。お金は多少使えるようになったといっても、田舎の雑貨屋レベルで買えるような価格ではなかった。

「そこで〝タネ石〟です」

なぜか威張るソーヤ。

〝魔石〟が便利なのは、極小の魔法力で発動、使用が可能なので、魔法使いでなくても使えるという点。スイッチをオンオフする一瞬に流すわずかな魔法力があればいい。だから、魔法力の少ない一般の人々にも使えるわけだ。

対照的に〝タネ石〟は、石の内に、火や水の魔力を蓄えているのだが、引き出せないと言われている。この性質のため〝タネ石〟は、生活の中で使えず価値なしとされ、ほぼ放置されている。でも、ハイレベルの魔法使いの間では、実は重宝されているのだそうだ。

「〝タネ石〟は、魔力を外部から石の中に注入し続け、飽和点に達すると魔石化するのですよ」

セーヤが、まとめてあった私の髪を解いて、埃《ほこり》を払うブラッシングをしながら教えてくれた。

「この小さいもので二百から三百、あの大きい〝水のタネ石〟ですと、二千でも足りなそうですね」

「大きい方は、いまの私でも厳しいのね。そちらは気長にやることにして、今日は小さいものを試しましょう」

私は、手のひらサイズの〝水石〟を持ち、石の中に自分の魔法力を注いでいく。躰《からだ》の中からズリュズリュと無理やり引き出される感じで、石の中に魔法力が〝魔石〟を動かす魔力として吸い込まれていく。この感覚……ちょっと気持ち悪い。

だが、その効果はすぐに目に見える形で現れた。徐々に石の青みが強くなり、石全体に光が溢れ始めたのだ。

「いますぐ、そこでやめてください！」

「へ？　なんで？」

「もう、起動可能になってます。それ以上魔法力を入れると、ここが水浸しになりますよ」

私は慌てて〝水石〟から手を離した。

(危ない危ない。ここが水浸しになったら、塩炒めのときの被害どころじゃない)

「では次は〝火石〟を……」

渡された石にまた魔法力を送る。ズリュズリュ、ズリュズリュっと……

そして先ほどと同じような状態になったところで手を離す。

両方に、500近い魔法力を入れていた。

「一度に使えば、魔術師でも死ぬかもしれないレベルの魔法力を、こんな使い方をするとは……」

セーヤに呆れられながらも、無視して準備開始。

この日のために用意した風呂桶サイズの深い盥《たらい》。その脇に、ふたつの石をセットして広めの注ぎ口をつけた小さな桶を、傾斜をつけて置いてから固定する。これで、小さな桶の中で温められたお湯が、ちょうど源泉の湯口からのように盥《たらい》に向かって流れていくはずだ。試しに軽く魔法力を流すとふたつの元〝タネ石〟が起動。

〝水の魔石〟となった青い石からは清流の美しい水が溢れ出し、それをすぐさま〝火の魔石〟となった赤い石がお湯に変える。温められたそのお湯は、小さめの桶に作った注ぎ口から盥《たらい》に少しずつ流れ、溜まっていく。

漂う湯気とお湯の流れる音が心地いい、想像以上の温泉感。

魔法力量を微調整して温度を整えると、流れるお湯の様は、どこぞの名湯と呼べる美しさ。しかも、このシステム、この量なら数年掛け流しで使い続けることができるという。

（夢だ、夢の源泉掛け流し生活だ！）

「マーヴェラス！　エクセレント！　ありがとう、ふたりとも！　セーヤもソーヤも入ってみてよね！　本当に気持ちいいから！　うれしいよ～!!」

思わず、セーヤとソーヤに抱きつくと、ソーヤは得意そうに、セーヤは満足げに笑った。


その日、至福のマイ温泉（正確には温泉じゃないけど）を堪能した私は、いい気分で、セーヤにされるがまま髪を乾かされ、梳《す》いてもらっていた。

「そういえば、昼間、話したいことがあるって言ってたよね」

髪を梳《す》く手が、一瞬止まる。

「ええ、起こりがちなことが起こっただけなのですが、メイロードさまにご判断をいただかなくてはなりません」

「工房関連？」

「ええ、まあ……」

積極的な売り込みをしていないにもかかわらず、私の雑貨店のヒット商品〝メイロード・ソース〟は周辺の村でも噂になってきている。月産は一万個に迫る勢いだ。主な顧客は村人なので、詰め替え中心の生産体制で、瓶《びん》の需要も落ち着き、ここしばらくはいいバランスで推移していた。しかし、そうやって戻ってくるはずの瓶《びん》が、最近急にその数を減らしてきた。

店で買い付けたものを、周囲の村で転売する者が出てきたためだ。商品にさらにプレミアをつけて高額転売する悪質な業者の噂も出たそうだが、金額よりもまず安全性が問題だ。杜撰《ずさん》な管理で販売されて食中毒でも起こされたら目も当てられない。

（まあ、この件はうちの子たちが、あっという間にカタをつけてくれたけど）

まず入念な聞き込み捜査で、この村の人間が転売屋に加担していないことをはっきりさせたあと、

「生産が間に合わないので、この村の人以外にはしばらく販売できない」

とお客様にお知らせした。そして、それと時を同じくしてソーヤとセーヤは、短期間にすべての村人の顔を覚えた上、リストを作り（人口増加中で千六百名はいるんですけど……）完璧な顧客台帳を作成し、レジの横にそれを見せつけるように設置した。

「大変申しわけございませんが、現在、ほかの村の方にお売りできる在庫がございません」

台帳を持ちながら、笑顔で言われたら村人のふりもできない。

かくして、評判が悪化することなく、ほかの村から来る転売目的の買い付け屋を一掃した。

（ほんっと有能だわ、この子たち）

「転売屋問題は、いま、落ち着いてるのよね？」

「転売ともちょっと違いまして……」

いま、〝メイロード・ソース〟の瓶《びん》詰工房では七人のアルバイトの方に働いてもらっている。簡易工房なので、徒弟制度はなし。私がこれからどうなるのか、まだ不安があるので本格的な雇用はもう少しあとにしたい。

女性四名、男性三名。皆農家以外の収入が欲しい村の人だ。

男性は主に瓶《びん》関係、洗浄と荷運び作業。女性は瓶《びん》詰めの工程を担当してもらっている。

工房での仕事は農作業後からでも働けるよう、ほぼ半日としているが、一日分相当の日当を支払うことにした。こちらの慣習ではアルバイトは日払いとのことだが、長期アルバイトなので週払いにして休日前に渡すことに決めた。土日休、休日応相談。社会保険はないけれど、この村周辺の労働環境と比較しても、そこそこホワイトだと思う。

「従業員がマヨネーズやトマトソースを持ち帰ってる!?」

「彼らに、売り物、製品を作っているという意識が低いのだろうと思います。たくさんあるから少しぐらい持って帰ってもいいだろうと……」

（あー、わかるわ。親戚の家の団子作りを手伝って、帰りにひとつ持って帰るような感覚ね。田舎なら、さらにありがちだわ）

「とにかく、意識改革してもらいましょう」

「クビになさるのではないのですか？」

「この感覚は、人を変えても変わらない。ならば、いまいる人を変え、私たちが変わりましょう。それに、おそらく誘惑は多くあったはずなのに、彼らは転売に加担しなかった。決して損害を与えるつもりでしているわけじゃないのよ」

前世にあって、私は弟の子育てをするに当たって、ひとつの格言を大事にしていた。それは、「やってみせ　言って聞かせて　させてみて　ほめてやらねば　人は動かじ（by山本五十六《やまもといそろく》）」。

でも、まさか異世界に来てまでそれを実践することになるとは思いもしなかった。

「おはようございます。今日は作業の前に聞いていただきたいことがあります」

箱に乗り、大人の従業員たちと目線を合わせ、いつもと違う雰囲気に怪訝《けげん》そうな彼らに話しかける。

「おかげさまで〝メイロード・ソース〟は、シラン村の方々からご愛顧《あいこ》いただき、月産一万個に迫る売上となっています。これもひとえに、働いてくださる皆さまのおかげです」

私の笑顔の挨拶に、従業員たちの間にはほっとした空気が流れる。

「そこで、福利厚生の一環といたしまして、従業員割引を開始いたします。月に五瓶《びん》までと制限はつけさせていただきますが、この工房の製品が五割引でご購入いただけます。大変な人気で、村の外では倍の値段でも買いたいという方のいる品薄な商品ですが、従業員の方にも十分食していただきたいと思います。そして、この良質な商品の製造に関わることに誇りを持って作業をしてください。これからも、よろしくお願いいたします」

にっこり笑って、台から下りる。

さらにソーヤとセーヤが続ける。

「製品の内容量の検査を厳格化し、不備のない体制に変更します。瓶《びん》の内容量はすべて測ります。工場に納品された製品は樽《たる》のまま中身の量を記録。作業終了時にも記録します。これで、瓶《びん》に詰めた量が正確に把握できますので、間違いが生じにくくなります」

「こちらの秤《はかり》で記録してください。いまから使い方を指導します。〝メイロード・ソース〟を待っている方々がたくさんいらっしゃいます。今日も、衛生的で正確な作業をお願いいたします」

七人の従業員は、気まずそうな顔をしていたが、すぐに秤《はかり》の使い方の指導を受け、作業を開始した。
セーヤとソーヤの念話が届く。
〔やっぱりあの極上ソースを勝手に持って帰るなんて、許せませんよ〕
〔一言も、彼らがメイロードさまのお作りになったソースを盗んだことをお責めにならないのですか？〕
〔責めないわ。悪いのは私だもの。これは管理する者の責任よ。工房主としての私の自覚が足りなかったせい〕
〔……〕
〔本当に面白い方です、わが主人は〕
〔まったくですね、おかしな方だ〕
〔いい方に進めば、なんでもいいじゃない？〕
働いてくれる人がいなければ、仕事はできない。
人は大事。
クビにして、また雇用からやり直すのは時間のムダ。簡単に首を切る雇い主だと思われれば、従業員の士気が下がるだけだ。ソースをちょっとちょろまかしたぐらいでガタガタ言う気はない。解決できる問題なら、さっさと解決すればそれでよし。

（〝お互い自社製品を大事にしましょうね〟って、伝わってるといいけどね）

「さて、ふたりともあとを頼みます。ハルリリさんのところに納品に行かなくちゃ」

フタだけ持って歩くのが変、という理由で、今日も空の背負い籠《かご》にフタだけしてハルリリさんの薬屋さんへ向かう。入り口を開けようとしたところで、ドアベルがチリンっと音を立て、扉が開いた。

患者さんだろうか。元気に動く可愛い赤ちゃんを抱いたお母さんが入れ違いに帰っていくようだ。私に笑顔で軽く挨拶し、入り口を出てドアの前で深々と頭を下げる姿が印象的だった。

いつもの席に、ハルリリさん。

「こんにちは、今日は買い取りをお願いします。お茶菓子はベリーパイを作ってきましたよ」

「あー、メイちゃん、メイちゃぁん、ありがとーー！」

突然、大泣きのハルリリさんに抱きつかれた。椅子に座っているので、抱きつくのにちょうどいい高さになってる。

籠《かご》を担いだ子供に抱きついて号泣するウサ耳美女に、なんだかわからない感謝をされている。

こちらの世界に来てから、わけのわからない状況に慣れすぎて、

（今度は私はなにをやったんだ？）

と、私は至極冷静に考えていた。


ベリーパイを取り分け、〝ハッカ草〟でハーブティーを入れる。甘いものとお茶で、ハルリリさんの興奮も、やっと落ち着いたようだ。

「おいしい。帝都で食べたパイとは違うけど、焼きたてのサクサク感が最高だね－！」

ハルリリさんによると、帝都には油や砂糖をたっぷり使った菓子がある。そして、乳製品が流通しているのだそうだ。

「それはうらやましいです。乳製品があれば、もっとおいしいお菓子もいろいろ作れるし、料理の幅も広がるのに！」

今日のパイも、パイ生地にバターが使えないため、中華風のパイ生地をアレンジし、植物油を配合したものだ。サクサク感はいい感じにできたけど、バターの香りのパイ生地は捨てがたい。

「人が飼える牛は希少種だし、肉がおいしいせいで魔物に狙われやすいの。そんなのが

集まって飼育されていたら、あっという間に襲われて食べられちゃう。魔物を人里に引き寄せることにもなるし、危険すぎる。だから、牛を飼いたいと思っても難しいんだよね」

帝都周辺には、皇族や貴族のための牧場があり、そこでは魔法と武力で牧場を守っているそうだ。おかげで、帝都では乳製品が安定供給されるので、高価ではあるものの街にも流通して、庶民の口に入る機会もあるのだ。

でも乳製品があることがわかった以上、諦める気はもちろんサラッサラない！

「そのうち手に入れますよ。おいしいものを作るためなら手段は選びません」

そんな話をしたあと、私は今回の買取品を机に並べ始めた。

「さて、今回査定していただきたいモノですが、〝夢見草〟〝シビレ胡桃《くるみ》〟〝ハッカ草〟……」

広いテーブルの上にどさっと載せていく。

「ひゃー、もう、うち専属のアイテムハンターにならない？　量も質も、相変わらずすごいよ。〝シビレ胡桃《くるみ》〟なんていま品薄で、取引価格が三倍になってるのに、この量！」

「喜んでもらえてなによりです。あと、こちらの査定もお願いします」

布袋を取り出して、机に置く。大きめのボウル一杯ぐらいの量の〝ヒーリング・ドロップ〟だ。

袋の中を見たハルリリさんが、絶句した。

「〝ヒーリング・ドロップ〟！　しかも〝ヴァージン・ドロップ〟！」

袋の中のかけらを次々に《鑑定》していくハルリリさん。

その後、深呼吸して、少し考えたあと話を切り出した。

「〝ヒーリング・ドロップ〟は、極微量で、薬の効果を劇的に高める素材として、薬師は常に必要としているの。金の十倍、二十倍っていう高額で取引される一番有名な基本材料。中でも今回メイちゃんが持ってきた、最初に一度だけ作られる結晶の〝ヴァージン・ドロップ〟は、最高級万能回復薬〝エリクサー〟を作るための必須素材のひとつで、戦略物資に指定されているの」

「戦略物資？」

「完全回復は戦場では武器以上の価値があるからね。それに、軽く見積もっても、これだけの〝ヴァージン・ドロップ〟、市場なら大金貨三十枚は下らない。オークションなら、もっと高額になる。というわけで、ここじゃ買い取れないのです。いますぐお金が必要なら、なるべく大きな街の薬問屋に持ち込めば、喜んで買い取ってくれるだろうけど、いろいろ面倒に巻き込まれることもありえるよ。モノがモノだけに……」

大金貨三十枚って、確か千ポルが百万円相当で一金貨相当だったよね。で、金貨十枚で大金貨相当だから、えっ、三億円……とんでもないものを取ってきてしまった。ハルリリさんが茶飲み話で〝ヒーリング・ドロップ〟の不足を嘆いていたので、助けになればと思って探してみたんだけど、まさかそんなトンデモレア素材だったとは！

　ここでひとつ咳払いをして、ちょっと照れ臭そうにハルリリさんが切り出した。

「で、相談なんですが、少しでいいので、この〝ヒーリング・ドロップ〟を、売ってもらえないかな。できれば友だち価格で……」

　いつもは厳密に適正価格での買い取りをしてくれるハルリリさんだけど、さすがにそれでは厳しいらしい。

（でも、薬師としては、なんとしても欲しいよね。しかも、とびきりの貴重品らしいし。次にいつ手に入るかわからないしね。わかります、その気持ち）

「ハルリリさんには、ものすごーくお世話になっていますし、お好きなだけ差し上げてもいいと思ってます」

「え、それはだめだよ」

「最後まで聞いてください。ただし、条件があります」

「じょう……けん？」

「私に薬の作り方を教えてください。そして、一回でいいので、〝エリクサー〟を作らせてほしいんです」

「メイちゃん、薬師になりたいの？」

「いえ、そうじゃないんです。でも、興味はあります。特に〝エリクサー〟に。素材が集まったら、ぜひ作ってみたいです」

一瞬キョトンとしていたハルリリさんだが、すぐに楽しそうな顔になって頷いてくれた。

「いいよ。危険な薬もあるけど、私が作るのは癒すものだけだから。それに、私以外に作れる人がいてくれたら、なにかと安心だしね。でも、〝エリクサー〟の材料集めは大変だよ。何年かかるかわからないけど、大きな夢だね。協力するから、頑張って！」

ハルリリさんは、あっさり快諾してくれた。

それでは、と〝ヒーリング・ドロップ〟をごっそり渡そうとする私を止めて、ハルリリさんは小さな袋を持ってくると、それに一粒ずつ丁寧に数えて十粒を入れた。

「これでも、かなり貰い過ぎだけど、教師代込みということで、いただきます」

ハルリリさんは大事そうに、袋を金庫へ入れた。

（本当に貴重品なんだな～）

金庫から戻ってきたハルリリさんは思い出したように、語り出した。

「ここに来るとき、入口で、可愛い赤ちゃんを抱いた人に会ったでしょ」

「ええ、刺繍《ししゅう》のおくるみが素敵でした。大事に育てられている感じで元気そうに見えましたけど、どこか悪いんですか？」

あの子は、実はおくるみに包《くる》まれるような、生後すぐの赤ちゃんではないそうだ。成長が極端に遅い上、食が細く体調が安定しない、常にどこかに病気を抱えた状態だったという。

生後しばらくしてから、両親が異常に気づき、定期的にハルリリさんのところに通ってきていた。《ヒール》と〝ポーション〟でなんとか命を繋《つな》いでいる状態で、経済的にも厳しく、一歳を超えてこの状態が続けば、先はない状況だったのだという。

「《ヒール》はともかく、〝ポーション〟はタダでは売れないし……気の毒だったんだけど」

（ハルリリさん、無料で癒し治療してたんだな）

私がハルリリさんの絶不調を治した次の日、久しぶりに母子が治療にやってきた。

そのとき、ハルリリさんは、私の作り置きしたニンジン・ジャムをパンに山盛りに塗って堪能していたところだったらしく（私は少しずつ食べてくださいと言ったはずですが？）、思いつきで、ジャムを火にかけて伸ばし、さらに柔らかくして冷ましたあと、赤ちゃんに与えてみたのだそうだ。

少しでも食べて食欲が出てくれれば、と思ってのことだったが、これが、劇的に効いた。

二口、三口と食べ進むうちに、血色が良くなり、手足の動きが良くなっていった。その様子に、母親と手を取り合って喜び、ふたりで泣きながら、少しずつ、少しずつ、ジャムを食べさせたのだという。

ハルリリさんは、(多分世界で一番好きな)ニンジン・ジャムをひと瓶《びん》母親に渡し、少しずつ赤ちゃんに食べさせるように指示した。そして今日の診察で、その子の健康が回復し、順調な成長が始まっていることがわかったそうだ。

初めて元気に泣かれて、あやすのに苦労した、と嬉しそうにしている。

「私が《鑑定》しても、あのニンジンのことはなにもわからなかった。それぐらい特別なものだったんだね。それを私のために使ってくれてありがとう。私、あの赤ちゃんをずっと診てきて、治せなくて、辛くて……」

また、ハルリリさんが涙目になっている。

治せない病気と向き合うのは辛い。優しい人は特に。

ずっと苦しんできた赤ちゃんと家族とハルリリさんが救われたなら、なにも悪いことはない。もう辛い人は誰もいない。

「でも、治ったんでしょう?」

私が笑うと、ハルリリさんもいい笑顔をした。それからとっても元気になって大きな声で泣くようになり、家族中で一生懸命あやしているという〝テート〟というワンパクに育ちそうな男の子の話を楽しそうにしてくれた。

第四章　食材探しの旅に出る聖人候補

「牛って、そんなにおいしいものですか？」

ソーヤは、私が帝都の乳製品事情について、ハルリリさんから聞いた話をすると、不思議そうに聞いてきた。

「硬くて、スジが多くて、おいしいという記憶があまりないです」

（ということは食べてるのね。さすが美食妖精）

「肉には、おいしくする方法がいろいろあるの。知識がないとおいしくならないものもある。この世界の牛の肉質はわからないけど、食べ方次第だと思うな。でもいま、私が欲しいのは、肉より乳製品なんだけどね」

「乳製品って牛の乳ですか？　あれも生ぬるいだけで、さほどおいしいものではなかったですよ」

「なんでも食べてるね。感心するわー。でも、まだまだ甘いよ。牛乳はね、加工できるの。バターやチーズ、プリンに使った生クリームもそうだよ。バターと生クリームがあったら、菓子には無限のバリエーションが生まれるの」

「無限⁉」

ソーヤの目が爛々《らんらん》と輝く。

「ハード系のチーズはちょっと時間がかかるけど、フレッシュチーズなら、牛乳さえ手に入ればすぐにできるよ。パンケーキもフワフワの生クリームを添えたらとてもおいしくなるし、バターは野菜と合わせてもいい。いまは我慢できなくなると、〝外〟から買っちゃうけど、理想は、この世界での完全再現なんだ。一度作れれば、いくらでも〝生産〟できるからね。食べ放題だよ、ソーヤ」

「……」

私の言葉にソーヤがなにか考え込んでいる。食べ物が絡むと、この子はいつも真剣だ。きっといまはチーズやバターが食べてみたくて仕方がないに違いない。

「遠出する必要がありますが、牛の乳を手に入れられる場所に心当たりがございます。お行きになりますか？」

「行きます」

「即答ですか。さすがわが主人」

ソーヤは嬉しそうに笑って、ここから片道五日ほどかかる、ある魔法使いの小さな牧場のことを教えてくれた。

それからの私の行動は早かった。

すでにかなり在庫を積んでいた、私しか作れない商品は、さらにその量を増やし三か月は大丈夫なほどになった。そして新製品としてペペロンチーノ用のにんにくと鷹の爪の入った調味オイルと同時に生パスタの販売も開始したので、これも大量に作り置きして《無限回廊の扉》へと保管しておいた。

《無限回廊の扉》は、セーヤとソーヤを私の付属物とみなしているらしく、扉が開いていればふたりはいつでも出入り自由だ。一度、大きな羽虫が回廊に入ろうとして、透明な壁に激突していたので、ほかの生物は扉が開いていても入れないのだろう。

なので、今回は鍵のかかる部屋の中にある扉を使って《無限回廊の扉》を開き、その部屋の鍵をセーヤに預け、回廊は開けたままにしておくことにした。これで回廊内の在庫をセーヤが管理しながら自由に動かせるので、雑貨店の商品のための補給は問題なし。

〝メイロードの雑貨店〟には、新しい取引先も増えた。人口が増えてきたことで、この村にも初めて本格的な料理を出す居酒屋ができたのだ。店主は村の若い夫婦で、私の雑貨店はそこに業務用サイズのソースとパスタを卸《おろ》してほしいと頼まれた。若夫婦は〝メイロード・ソース〟にさらにアレンジを加え、店の名物にしたいというので、うちのソースは魚介類との相性もいいことをアドバイスしておく。どんな料理ができるのか楽しみだ。村が活気づくならなんでも歓迎。卸売用《おろしうりよう》の大きなガラス瓶《びん》も発注済みだ。

ばたばたしたものの、なんとか三日後には、しばらく留守をしても大丈夫なように、出かける準備が整った。

セーヤは自分も行きたいと強く主張したが、それでは店が開けられないので、異世界から髪のツヤをさらに増す素晴らしい美容オイルを取り寄せることを約束して、なんとか納得してもらった。出発直前、取り寄せた美容オイルを瓶《びん》詰めにしたものを渡すと、

「この新しい美容オイルで、さらにツヤを増したメイロードさまの御髪《おぐし》をまぶたに描いて、ご不在の間の慰《なぐさ》めといたします」

と、ガラス瓶《びん》に頬寄せながら、すごく切ない顔で言われた。ごめんよ、でも、君はホンモノだから、きっと大丈夫だと思うよ。

初めての小旅行。怖くもあるけど、ワクワクが止まらない。旅の途中では、積極的に

採取や《鑑定》もしていこう。スキルを鍛えるいい機会だ。

さあ、新たな食材を求める旅に出かけよう！


村に隣接するひとつ目の山は、これまでの採取アルバイトのおかげで、ほぼ踏破済みだったので、新しい発見は少なかったが、その分すこぶる順調な旅になった。

いい天気に手作りのお弁当と山の幸、ソーヤは上機嫌だ。

「メイロードさまとご一緒だと、どこにいてもおいしいものが食べられて楽しいですね～」

ソーヤはサンドウィッチを両手に持ち、豪快にかぶりついている。

お昼のサンドウィッチは、これでもか！　と野菜をギッチリ詰めるようにパンの間に挟み込み、それを藁《わら》半紙で包んでから半分にカットしたもの。色鮮やかな断面がとても綺麗で、目にも美しく食べるのが楽しいサンドウィッチだ。私のマヨネーズもいい仕事をしている。藁《わら》半紙を使わなければ再生産できるけど、このおいしそうな断面と食べやすさを考えると紙で包むのが最適なのだ。

（紙、素晴らしいね）

前の世界で当たり前だったことの偉大さを、小さなことで日々感じる。

まだ、木や羊皮紙が主流のこの世界で、紙がこんな風に手軽な包み紙に使える日は遠そうだ。私にも、簡単な紙作りの知識はある。和紙の原料になるコウゾに近い植物と粘性の高い植物を見つければ、普段使いの紙を作ることのハードルはそれほど高くないだろう。だが、自分で製紙業を立ち上げるほどの情熱はない。

（資金力がついたら誰かに作ってもらう、っていう手はあるかなぁ）

サンドウィッチが野菜系なので、スープはいろいろな動物の骨を長時間煮込んで作ったコッテリ味にしてみた。肉団子がたくさん入って、食べ応え抜群。野菜もたくさん入っているが、ここまで煮込むと影も形もなく、最後に散らした香味《こうみ》野菜以外は、ただ旨味だけになっている。

実は、村に初めてできた例の居酒屋から、メニュー開発のアドバイスが欲しいと言われ、このスープはその試作品として作ってみたものだ。うちの雑貨屋は食品に力を入れているし、目新しい料理を提供しているので、〝ぜひなにかヒントを〟と泣きつかれたのだ。せっかく本格的な飲食店ができたのだから、協力したいと思い、いろいろやってみている。うちのお客様でもあるしね。

この肉団子のスープも、ラーメンができないかと思い、試作したスープのうちのひとつ。まだまだ中華麺の商品化は遠い感じだが、骨を長時間煮込むという料理法が、こってり濃い味好きのこちらの人の嗜好《しこう》に合うのは確実なので、とりあえずスープとして提案してみようと思う。

（もともと低加水の細麺を使う博多《はかた》の豚骨ラーメンなら、再現できる気がするんだけどね。麺を作るために必要なかん水、なんとかならないかなぁ）

私が考えを巡らせながら、サンドウィッチを食べている間に、ソーヤはすでに三杯目のスープの肉団子にかじりついている。

「それを食べ終わったら出発するよ」

小さなピクニックシートを畳《たた》んだら、もうひとつ山を越えよう。

ふたつ目の山を下り始めた辺りで、夕方になった。

すでに村からはかなり離れた。見知らぬ山中にはどんな魔物がいるかわからない。こんな場所でのキャンプはやっぱり怖いので、《無限回廊の扉》の中で寝るという手が使えないかと考えたが、あの中は時間が進まないので、寝たことにもならないし、夜も明けない。

（使えない奴め）

とブツブツ言いながら、夕食の材料を取り出そうと《無限回廊の扉》を開けるためののドア代わりにしている籠《かご》のフタを開けると、そこにセーヤがいた。

「おお、メイロードさま、お早いお帰りで」

「ええ‼　これどうなってるの」

「どうなってる、と申されましても……私は在庫管理と明日搬入する商品の確認に回廊に入っただけなのですが。どうやら開けたままにしたドアの間は移動できるようでございますね」

「つまりここの回廊を閉じずにおけば、明日はここから出発できて、毎日家で寝られるわけ？」

偶然判明した《無限回廊の扉》の機能。

「意外に使える奴だったみたいね」

とりあえず、目立たない草陰にドアを移動して設置しなおし、中に入っても閉じずにおく。

〝開けたら閉める〟という動作が染《し》みついているので、いままで開けたままにしておくという発想すらなかった。この旅行に出なければ、この使い方はなかなか気づかなかっただろう。

回廊内に、私が閉じずにおいた工房倉庫の扉が見えたのでそこから回廊の外へ出てみると、そこは見慣れたシラン村の私の工房だった。

（ネコ型ロボットが出してくれる、ピンクのドアみたい！）

その後は、普通に家で食事をしてマイ温泉に浸かり、セーヤがヘアオイルの効果の素晴らしさに打ち震えながら髪を梳《す》くのに付き合い、自分のベッドで寝た。

（なんという快適さだろう）

そして翌日。

お昼のお弁当を作り、朝食を食べながらセーヤに店についての指示を出し、準備を終えた私は、ソーヤとともに自分の部屋のドアから回廊に入り、昨日開けたままにしておいた山中のドアから出た。

（なんという便利さだろう）

《無限回廊の扉》をこのまま開けておくべきか少し考えたが、こんな山中に開け放しておくのは良くない気がして閉じてしまった。一時的ならともかく、恒常的に配置するなら、安全な場所を確保して設置する方がいい。

昨日の道の続きから快適に旅を続け、次の山に入ると明らかに植物の種類が変わり始めた。私は新しく目にする動植物や鉱物の《鑑定》と《索敵》を繰り返し、かなりの経験値と大量の有益な物資を手に入れた。これからの薬作りの勉強にも必要となるので、気合を入れて、しっかり採取を行った。今回は働き者のソーヤがいてくれるので、採取できる量は桁違いに増えたのに、私はあまり体力を使わずにすみ、とても助かっている。

夕方まで山を進み、日が暮れたら家に帰ってゆっくり休んで、翌日また《無限回廊の扉》を使って、昨日の場所から移動開始。これを二日繰り返し、順調に旅は進んでいった。もちろん、旅の間は常に《鑑定》と《索敵》、そして採取を繰り返していく。

昼近くなり、そろそろソーヤが騒ぎ出す時間が近いと思いながら、さらに進もうとすると、私の《索敵》が前方の山に歪《ゆが》みを感じた。

「ソーヤ、ここから数キロ先、おかしな気配があるけど、なにかわかる?」

すると、嬉しそうな顔で私を振り返ったソーヤは、目的地が近いことを告げた。

「さすがはメイロードさま、お見事な推察です。あれは《幻影魔法》による結界です。知らぬ者は、あの内側に入ることはできません」

さらに歪《ゆが》みの強い場所へ近づいていくと、一見、どこも変わったところはないが、地形に対する違和感は徐々に増していく。

そんな風景の違和感に戸惑う私の周りで、ソーヤはせわしなくあちこち見て回り、なにかを探していた。やがて、目的の場所を見つけたらしいソーヤに呼ばれて、高く伸びた草むらをかき分けていくと、そこには巨大な岩が壁のように立っていた。

「トトです。通していただけますか、博士」

ソーヤがそう言うと、岩の一部が消え、そこに通路が現れた。

勝手知ったるという感じでその通路を進むソーヤに、おそるおそるついていくと、先ほどまで見ていた鬱蒼《うっそう》とした森の中とは思えない開けた高原が目の前に広がっていた。

そこは、たくさんの動物が放牧された見事な高原の牧場だった。


高原の風が爽やかに吹き渡るその広い牧場には、いろいろな大きさも模様も違う牛が放牧され、ほかにも、様々な品種の鳥やイノシシと思われる動物など、それぞれの数は多くないものの、かなりの数の家畜が飼われていた。

（この世界に来て、初めて牧場に出会えた）

私が感動していると、ソーヤが長いローブを着た白髪の、いかにも魔法使い然とした男性を連れてきた。

「トトの……いや、いまはソーヤというのだな。この大食漢で口うるさい悪食《あくじき》妖精の主人になったというのは、お前かい？」

口は悪いが、愛情に溢れた様子から、ふたりがいい関係だったことが読み取れる。

「はい。お初にお目にかかります。私はメイロード・マリス。シラン村で雑貨店を営ん

でおります」

できるだけ優雅に見えるようにお辞儀をする。

「ハカセ、博士！　メイロードさまのところには珍しくておいしいものが、たくさんあるのですよ。博士の飼っている動物の乳や肉をおいしくする方法もたくさんご存知なのです。でね……」

「こらこら、そう性急になにもかも話そうとするな。落ち着きのないのは性分とはいえ、お前の悪い癖だ」

その人は諭すようにそう言うと、ソーヤの頭をポンと軽く叩き、牧場の仕事が終わったら話を聞くので待つように、と言った。

「腹が空いているならば、家の中のものは適当に食べて構わんから、好きにおし。食材のことはト……ソーヤに聞けばわかる」

そう言うと、その人は牧場の方に向かって去っていった。

ソーヤがお腹が空いたと言って、私を母屋に引っ張っていく。確かに、もうお昼に近い時間だ。仕事の邪魔になってもいけないので、母屋で昼食をとることに決めた。

ソーヤに導かれて入ったその家は、なかなかのシロモノだった。その雑然とした埃《ほこり》っぽさに私は顔をしかめる。部屋の半分は、なにかの資料が大量に積まれた書斎のようで、リビングとキッチン、ベッドもあることはあるのだが、書斎から溢れ出た資料が生活空間を完全に侵食してしまっている。

「ソーヤ、あの方がグッケンス博士なのね」

　事前情報を確認してみる。

「そうです。私が以前、短い間でしたがお仕えした、農学博士のハンス・グッケンス様です。博士にはとてもたくさん、いろいろな動物のお肉を食べさせていただきました。私としては、牛よりも、野生のイノシシを家畜化したものの方がオススメで……」

「その話はあとで！　まず博士についての情報を確認したいの」

　そう言いながら、私はバケツに水を汲《く》み、リビングのテーブル周りの掃除を始めた。このままでは、とても食事はできないし、三人分の居場所が確保できない。できるだけ資料には触れないよう注意しつつ、埃《ほこり》をとって拭き掃除する。

「グッケンス博士は、この国、シド帝国の魔法学校の教授であり、農業分野の研究でも第一人者でした。特に家畜の改良と普及について研究されていたのですが、講義する暇《ひま》があったら研究がしたいと、突然職を辞して、姿を消したのです」

「それから、ここで隠遁《いんとん》して、研究を続けているわけね」

　広いテーブルにも資料が山積みだったが、なんとか半分の面積を確保して、拭き上げたあと、テーブルクロスをかける。やっと食事ができそうだ。

よく見ればキッチンも、かなりの汚れ具合なのだが……

(これに手をつけると、お昼の時間がなくなりそう)

見なかったことにし、コンロの上の鍋《なべ》を開けてみる。肉の塊を煮ているようだ。野菜もかなり豪快に切って入れている。こわごわスープを一口飲んでみると、塩味《えんみ》が強すぎる上に、旨味もなく、えぐみだけはタップリ……

「マズ！　ひどいよ、これ。なんでこんな味に」

思わず口をついて出た。

ソーヤが、困ったような、ちょっと悲しげな顔をしている。

「それが、私がここを出た理由です。博士は絶望的に料理が下手なのです。しかも、研究のために、いつも食べることを後回しにする。おいしい素材だけがあっても、私は満たされません」

家事妖精は優秀な料理人だが、料理は主人から習ったもの以外は作れない。記憶の中にはあっても、以前の主人の味を新たな主人に引き継ぐことはできないという。

ここではおいしい料理を作ることができず、新しいレシピもなく、ソーヤの求めるものはすぐになくなってしまった。日々淡々と家事と牧場を手伝いながら、徐々に憔悴《しょうすい》していくソーヤの様子に、博士が〝新しい主人を探した方がいい〟と言って契約を解いてくれたのだという。

「博士はとても優しい方で、私を孫のように可愛がってくださったのです。お別れするときまで、私のことを考えてくださいました」

仲良しだけど、求めるものが違うために、一緒にはいられなかったふたり。

「よし、料理を作るよ、ソーヤ！」

鍋《なべ》のスープは全部捨て、塊肉を取り出し様子を見る。なんの下拵《したごしら》えもしていない塊肉。串を刺《さ》すと、透明な肉汁がじんわりと上がってくるので、火は中まで通っている。刺し身の少ない赤身肉、小さく分割しても十分な食べ応えはありそうだ。

部屋のドアを開けて《無限回廊の扉》に繋《つな》ぐ。米を取り出し、鍋《なべ》で炊く準備。ストックしてあった、骨からとった濃厚スープも取り出す。

さらに、異世界から買っておいた〝カレー粉〟を取り出す。自分で火入れしたり、調合する必要のあるカレースパイスセットで前の世界でのお気に入り。家族から、よそのカレーは食べられない、と言わしめた逸品だ。

「それはなんでございますか？　すごく不思議でいろいろな香りがいたします」

いつもなら、食事時間がズレると大騒ぎのソーヤだが、いまは新たな食材への興味で忘れているようだ。

「カレーっていうのよ。ご飯にもパンにも合う、躰《からだ》にいい香辛料をたくさん使って調理するの。私も大好きなんだけど、この香りは強烈だから、いままで作るのを我慢してたの」

肉を大きめの一口大に切り分ける。火は通っているとはいえ、中はまだかなり赤い状態だ。串で刺してたくさん穴を開けたあと、揉み込むようにして油を吸わせ、鍋《なべ》で表面に焼き色をつける。

「〝メイラード反応〟、こうやって焼きつかせることで、糖とアミノ酸が反応して香りが良くなり、旨味が増すの」

「おお、良い香りがしてまいりました。お手伝いはなにをいたしましょう」

「じゃあ、野菜を食べやすい大きさに切ってね。今日は時間がないので、野菜は素揚げにしたものを乗せます」

香ばしくなった肉が入った鍋《なべ》に骨からとったスープを入れ、さらに肉を柔らかくするため、すりおろした玉ねぎを投入。アクを取りつつしばらく煮る。

副菜をどうしようかと考えて、食料庫らしい場所を開けると、中がひんやり冷たい。

「え！　これ冷蔵庫!?」

綺麗に大きさを揃えて野菜を包丁で切っていたソーヤは、これも魔石を使ったものだと教えてくれた。〝氷の魔石〟を弱く反応させ、冷気を保っているそうだ。

（これは、早急に手に入れたい）

欲しいもののリストに追加するものがまたひとつ増えた。

デザートには、牛乳がタップリあるので、牛乳寒天《かんてん》を作ることにした。溶かした寒天《かんてん》の半分には、牛乳の上澄みにあった生クリームを泡立てて混ぜ、もう半分にクラッシュした野イチゴを加えて、白・ピンクの二層にしてみた。

あらかた準備が終わり、部屋中にカレーの香りが充満したあたりで、グッケンス博士が母屋へ戻ってきた。

さて、お食事と交渉の始まりだ。


少しお疲れの様子のグッケンス博士は、それでもにこやかに席に着いた。

博士は魔法使いとしても超一流で、高等魔法の多くを使いこなす。それらの魔法を酪農に応用することで、手間を最小限に抑えているらしい。それも研究の一環だというが、それでもこれだけの牧場をひとりで維持するのは、かなり重労働に違いない。

「机がこんなに綺麗になっているのは久しぶりだ。ソーヤがいなくなってからは、誰も片付けないからな。研究以外のことに時間を割くのが、どうも億劫《おっくう》で……つい後回しになってしまう」

　お母さんに怒られた息子のような口ぶりで、頭を掻きながら言いわけめいたことを言う博士。なんだか、この人もソーヤと同じ自分の興味最優先タイプのようだ。

「それにしても不思議な香りがしているな。ソーヤの我慢も限界のようだから、まずはソーヤが褒める、そなたの料理をいただこうか」

　隣を見ると、確かにソーヤの〝早く食べさせろ〟という無言の圧力がすごい。私は、ひとつため息をついて、カレーをよそう。大きめの肉はなんとか博士の激マズ鍋《なべ》から救出した牛肉だが、その後の煮込みでうまく味も出て、柔らかくいい歯応えになっている。素揚げにした野菜は、ツヤツヤで目にも鮮やかな色合い。博士のコンロには、研究用なのか水温を測れる温度計が置いてあったので、温度管理ができないと失敗しやすい温泉卵を作り、トッピングに加えた。

「お肉は、博士が煮ていたものを流用させていただきました。お昼のメニューはカレー、私の住んでいた異世界で、大変親しまれていたメニューです」

　私はこの博士に自分の正体を隠すことはやめた。話を聞き部屋を見て、彼はソーヤと同じで自分のやりたいこと以外に興味のない人だ、という確信めいたものがあった。むしろ、彼の興味を引き交渉を有利に進めるには、私の出自を明かす方が、話が早いと判断した。こういう人に嘘は通じない。

「添えられた米を、カレーと混ぜ召し上がっていただきます。この米も異世界のものです。私のいた国の主食でした。辛めの味付けをしておりますが、この温泉卵を混ぜることで、マイルドになります。微調整しながらお楽しみください」

飲み物はよく冷やした牛乳にハチミツを少し、と隠し味に白胡椒《こしょう》を一振りしてある。

「イタダキマス！」

最近、私の真似をして〝いただきます〟を言うようになったソーヤが、一気にカレーを口に入れる。

「辛い！　でもうまい！　辛ウマ！　なんですかこれ？　この香辛料の複雑な旨味、これはなんですか⁉　それに博士の牧場のお肉はこんなにおいしかったんですね。肉の繊維がほろほろとくずれて、絶妙な食感です！　オンセンタマゴとカレーと肉とゴハンが一体となって、ああ、永遠に食べていたいです！」

大口で頰張りながら、大声で喋《しゃべ》るという器用なことをしつつ、ソーヤはあっという間に一杯目を完食。二杯目をよそいに席を離れた。動きがほとんど踊っているようだ。お気に召してなにより。

「おお、これはなんという不思議な、心を掴まれる味だ。このように複雑に香辛料を組み合わせた料理は、確かにこの世界では知られていない。《鑑定》しても、未知の香辛料をブレンドしたものであることしかわからないとは、まさに異世界の味だな」

博士はおいしそうに、少しずつ吟味《ぎんみ》するように食べながら、スパイスの味を確かめている。

「カレーは、先ほども申し上げましたように、異世界では知らぬ者がないほど日常的に食べられております。スパイスの配合は無数にあり、その多くは単体での薬効も認められる素材なのです。消化を促進し、内臓の機能を高め、美肌を作って脳機能を活性化させます」

「それはすごい。食べながら躰《からだ》を健康にし、自らを癒すとは。そして、この肉のうまさはどうだ！　私の育てた牛は、こんなにもうまいものだったのだな」

博士もカレーを気に入ったらしく、どんどん食が進む。

「言ったでしょう、博士！　メイロードさまは、謎と美食の女神なのです。博士が使い道のないまま、アイテムボックスに何十年も溜《た》め込んでいる肉や牛乳も、きっと素晴らしい料理や食材にしてくださいます！」

最初の二倍盛りのカレーを頬張りながら、得意げにソーヤが言う。

「お前は自分がうまいものを食べたかっただけだろうが、まったく……」

そう言いながら、博士もカレーをすくう手は止まらない。このふたりは食い意地の張り方までそっくりだ。

さて交渉を始めよう。

「ソーヤからグッケンス博士のことをお聞きし、連れてきてもらいました。私は雑貨店を経営しておりますが、もともとは異世界の者。私は自分の食生活の充実のために、ぜひ博士の牧場の素材を使わせていただきたいのです」

「皆のためではなく、自分のためか？」

「多くの人たちのための研究は、それこそ博士のお仕事です。それに、この牧場の規模では、少し普及し始めただけで、あっという間に生産が間に合わなくなりますよ。ただし、私の能力があれば別ですが、その話はいずれまた……ともかく、私は、私の食生活の充実のために必要な乳製品を売っていただきたいのです！」

しばし、呆気にとられて私を見た博士は、そのあと、豪快に笑った。

「わははは！　そうか、そうか。自分がおいしいモノを作りたい、そして食べたい、それだけなのだな。ソーヤ、お前の主人は面白い！」

「当たり前でございます。私のご主人様ですから！」

「いいだろう。好きなだけ持っていくといい」

楽しげに笑いながら、ふたりは私を見ている。

(自分たちと同類だと思われてるな、きっと)

ソーヤがさらに二杯、博士もお代わりをして、デザートタイムへ。

二層の寒天《かんてん》は、思った以上に美しいでき映え。これもセーヤの分をちゃんと残しておこう。

「これが牛乳とその上澄みからできているとは、料理というのは奥が深いの。わしは料理が苦手なせいか、加工にもいまひとつ熱心になれなかった。研究者としては、問題だったな」

「それについてご相談させていただきたいのですが、博士は《無限回廊の扉》についてご存知ですか?」

「なんと、お前さん回廊持ちか！　そりゃまたすごいの。アイテムボックスのように、空間を広げる術はあるが、無限の容量を持つ回廊は、まったくレベルが違う。神からよほどの加護を受けているのだろうが、なるべく秘密にしておくのが良いと思うぞ」

博士の苦い顔で、これも狙われやすい能力なのだと悟る。

「私も大変便利に使っていますが、知られないよう気をつけております。それでですね、新鮮な食材のために、納屋でもどこでも構いませんので、回廊の扉を開けた状態でこちらに置かせていただきたいのです」

「それは構わんが、それならばわしにも許可を出せ」

「許可？」

「なんだ、知らんのか」

私の《鑑定》が未熟で知らなかったが、回廊に入る許可を与える方法があった。私の躰《からだ》の一部ならばなんでもいいのだが、扱いやすいので髪の毛で行う。まず一本抜いた髪を、許可を与えたい人と互いに端を持つ。それから、

〝これを持ちし者をわが回廊の散歩者と認める〟

と念じると、髪が小さな光の玉になり、その人物の中に吸い込まれる。これで、私が開けた状態で設置した回廊への出入りが自由にできるようになるのだ。

「やれやれ、本当にそういうところは六歳の子供だな。知識不足は、自らを危険に晒《さら》すぞ。特にお前さんのような者はの。田舎の村では、どうせ魔法力の使い道も教わらないままなんだろう？　ときどき、お前さんのうまい食事をご馳走してくれるなら、少し使い方を教えてやろう」

私はこの願ったり叶ったりの提案によろしくお願いします、と深々と頭を下げた。ど

うやら乳製品と一緒に魔法の先生も手に入れたようだ。

「ソーヤにもときどきこちらの家事をさせるようにしますね。いいわね、ソーヤ」

「かしこまりましたー！」

寒天《かんてん》デザートを口いっぱいに頬張りながら、元気な返事。おいしいもののためならばどこまでも頑張れる、それがソーヤ。

その後、博士が大量に保存していた牛乳、卵、鳥肉、猪肉、牛肉を無限回廊に移動。お金はいらないそうだ。

そして、その日の夕食。

わが家のリビングに、ちゃっかりグッケンス博士が座っていた。

博士の秘密牧場産の猪肉と牛乳を使ったクリームシチューを食べ、ソーヤとふたりで、うまいうまいと大騒ぎしながら、とても満足そうに、お代わりをしていた。

第五章　商人になった聖人候補

シド帝国。

大陸を統《す》べる最大の国。

魔法と軍事力を両輪に、安定した政権を長く維持する世界の覇者《はしゃ》。十五代目となる現皇帝、テスル・シドは、賢帝として名高く、優れた多くの寵臣《ちょうしん》と八人の皇子に恵まれ、文化の発展と政治の安定に力を注いでいた。


第五皇子、ユリシル・シドは、退屈していた。

北東部国境警備隊総本部の年に一度の式典に参加する、これがユリシル皇子に課せられた、今回の仕事だった。わずか六分たらずの祝辞のために長い行軍に耐え、彼はようやく帰途につこうとしていた。

自分ひとりであれば、軍部や国家魔術師の力を借りて高速移動もできるが、警備隊の交代要員の二個大隊およそ五百名を引き連れての行軍では、そんな手段は使えない。

もちろん、この行軍も魔術師の力を借りて、全体のスピードを上げてはいるが、大都会イスに着くまではまだまだ野営が続く。

ユリシル皇子は、わずか九歳の少年指揮官だが、この隊を率いるのは自分なのだという自覚はある。退屈な仕事も皇家の義務と理解もしている。だが少年の身には、この退屈な行軍はあまりにも長かった。

「ユリシル殿下《でんか》、本日の野営地が決まりました。予定通り、イス東の平地に陣を張り一泊いたします」

生まれたときから彼に付き随《したが》う家臣のひとり、タイラール准将《じゅんしょう》が地図を広げ、現状についての定時報告を伝える。つまらなそうに地図に目を落としたユリシルだったが、ふいに好奇の目が光る。

「シラン村……近くに村があるではないか。なぜ逗留《とうりゅう》しない」

「辺境の小さな村でございます。宿屋の一軒もございませんし、わが大隊が補給できる量の物資などございません」

(それでも、ここでなにもせず、また無為に過ごすよりマシだ)

「視察に行く」

呆れ顔のタイラール准将《じゅんしょう》と目も合わせず、再度言う。

「視察に行く。身分は隠す。どんな村か見るだけで良い」

子供の頃から見慣れた頑固な駄々っ子顔に、タイラールはため息をつく。

「イスまで我慢……は、していただけないのでしょうね」

「いますぐ行く」

こうなったら、下手をすればひとりでも行きかねない。これは付き合うしかないと、タイラールは覚悟を決めた。

「わかりました。旅の裕福な貴族ということにいたしましょう。本当に少しご覧になられたらお戻りいただきますからね」

その辺境の小さな村は、意外なほど活気に溢れていた。まだ日も高い時間だが、居酒屋には人が溢れ、午後のおやつ向けの果物をはじめとする物売りの屋台が声を張り上げ、雑貨店の前のテラス席でも、女子供がなにかを食べて楽しそうにしている。どれも見たことのない食べ物だ。

「タイラール、あれが食べたい」

確かにいつもならば、お茶とお菓子が供される時間だが、こんな田舎の怪しい食べ物を皇子に差し上げるわけにはいくまい。

「ユリシル殿《でん》……様、それはできません」

「買ってこい」

いつものことだが、この駄々っ子皇子、絶対に折れない。説得を諦めて、タイラールが雑貨屋へ入る。

「いま、外で子供が食べていた白い菓子のようなものだが、あれはなんだ」

やけに品のいい、少年店員に聞く。

「お客様、あれは〝ショート・ケーキ〟と申しまして、当店の名物のひとつにございます。最近販売を始めたばかりのものですが、限定生産とさせていただいております。申しわけございませんが、本日分はすでに完売いたしました」

見ると、確かに食べ物用の陳列ケースの中は、ほとんど空になっていた。すると困り顔で立ち尽くすタイラールの横から買い物中の女性が声をかけてきた。

「ここの甘いものや惣菜が食べたかったら、午後一番に来なくちゃ、あっという間に売り切れてしまうよ。あ、セーヤちゃん、マヨネーズをお願い、瓶《びん》はここに置くよ」

慣れた調子で、店員の少年は空の瓶《びん》と、黄色のなにかが入った瓶《びん》を交換し料金を受け取る。それはきちんとした品のある接客対応で、まるで上流階級専門の高級店のように丁寧だった。

「いつもありがとうございます。モーヌ様」

彼女が言うには、ここの店員は村人すべての顔と名前を記憶しているそうだ。そんなことがありうるだろうか？　少ないとはいえ村民全員となれば百、二百人程度の数ではないはずだ。

「どうした。遅いぞ」

しびれを切らしたユリシル皇子が店に入ってきた。

「なにをしているのだ。早くしろ。そっちの黄色いのや赤いのも食べ物か？　それも食したい。すぐに用意させろ」

「いま聞きましたところ、あれは限定品でもう売り切れているそうです」

「作らせればよかろう、早く言え」

ふたりのやりとりを、困った顔で聞いていた少年は、少し考え込んだような顔をしたあとこう言った。

「お客様、店主が特別に〝ショート・ケーキ〟を用意するとのことでございます。また大変申しわけございませんが、こちらの瓶《びん》のソースは、生産が追いつかず、村の方以外にはお売りできないことになっております。村の居酒屋には、これらを使ったメニューがございますので、もしよろしければ、そちらをご利用ください」

従業員の少年の丁寧な説明を受けている間に、すぐに奥から、これまたよく似た美形の元気な少年が盆に〝ショート・ケーキ〟とハーブティーのセットを持って現れ、皇子をテラス席に誘導していった。

ホッとして、会計をしていると少年からこう言われた。

「店主からの伝言でございます。自分のわがままがすべて通ると思っている子供の相手は大変だと思います。今回は、あなたのためにケーキを用意いたしました。居酒屋では、麺類やチキンナンバンがおそらくお口に合われるでしょう、とのことです」

（ここの主人はなかなかの苦労人のようだ。恐れ入った）

「ご店主に、お心遣い痛み入る、とお伝え願いたい」

タイラールは姿を現さない店主に心から感謝して頭を下げた。それにしても、いつの間に店主と連絡を取ったのか、まったくわからないのが不思議だ。

テラス席に行くと、ユリシル皇子が口の周りを真っ白にしてガツガツと食べながら興奮している。

「こんなケーキは、帝都でも食べたことがないぞ。全体がフワフワとして、甘酸っぱいのだ。こんな田舎にこのような上質な甘味があるとは思わなかった。今度皇宮でも作らせよう」

さっきまでの騒ぎが嘘のような上機嫌だ。

（ユリシル皇子、あなたという人はまったく）

その後、謎の雑貨店主の勧めに従い居酒屋で頼んだ、〝チキンナンバン〟と〝トンコツラーメン〟もユリシル皇子はいたく気に入り、完食したあと、麺のお代わりまでしていた。確かにその店の料理はほかでは食べたことのないもので、タイラールにとっても忘れがたい美味だった。そして、日が暮れかけた頃、やっと居酒屋をあとにした。田舎ののどかな村で、危険はなさそうだったため、タイラールは馬を連れてくるまで皇子に目の前の広場で待ってもらうことにした。

「すぐに戻りますから絶対に動かないでくださいよ」

「わかったから早く行け」

満腹だからなのか、ユリシル皇子は気だるそうに公園のベンチに腰をかけて手を振る。タイラールが去ったあと、皇子が村の商店を眺めていると、薬屋らしい店からひとりの少女が出てきた。

一瞬で目を奪われる。

それは、とてもこんな田舎の村の娘とは思えない佇《たたず》まいをした美少女だった。埃《ほこり》っぽい田舎では、その真っ白な肌と清潔感に溢れた上質な服だけでもかなり目立つ。しかも、深い緑の髪の尋常ならざる美しさ。

王侯貴族でも、あそこまで美しい状態の髪を守ることは大変だろう。ユリシル皇子は皇宮の女たちを思い浮かべたが、この少女より美しい髪をした者を見つけることはできなかった。そして好奇心を抑えきれず駆け出し、気づけば声をかけていた。

「お前は誰だ？」

「あなたはどなたですか？」

間髪《かんはつ》をいれずに返された。

「私は旅の貴族だ。そなたも何処ぞの貴族の娘であろう？」

「いいえ、私はちょっとほかの人より清潔好きなだけの、ただの田舎の村の子供です。貴族などではありません」

急に話しかけられたにもかかわらずまったく動じていない少女は、落ち着いた声でそう言った。

「それは嘘だろう。ああ、どこかの貴族の外戚か。イスの金持ちに傅《かしず》くまでこの村で育つのだな」

上流階級の関係強化のための結婚では、婚姻の年齢に達しない者でも、婚家に近い土地で監視されながら育てられることがある。だが、少女は少し笑ってこう言った。

「私に結婚の予定はありません。したくもございません。まだ六歳ですから」

（どうやら本当に村の子供のようだが、それにしても美しい上に物言いも上品で聡明。この子は、私が皇子だと知ったらどう思うだろう）

「相手が皇子でも望まないか？」

「皇子様が与えられるものに、私の欲しいものはひとつもないと思います」

「な、ならばお前はなにを望む！」

「自由です！　ただ自由であることを望みます」

少女に真っ直ぐ見つめられ、皇子は動けなくなった。少女の欲するものに対する強い意志に、それ以上なにも言えなくなってしまったのだ。

確かにあらゆるものを手に入れられても、王侯貴族に真の意味の自由はない。それ以外に欲しいものがないと言われれば、皇子に与えられるものはなかった。

少女は再び、にっこり笑うと、美しい髪を揺らしながらこう言って去っていった。

「さようなら、良い旅を」

自分よりも小さな少女にあなたにはなんの価値もないと言われたような気がした。たったひとりの少女の自由を保障することすらできない、子供じみた自分が猛烈に恥ずかしくなった。

帰りの馬に揺られながら、ユリシル皇子は妙に寡黙《かもく》だった。

「殿下《でんか》、どうかなさいましたか」

タイラールの問いかけにも答えない。

ユリシル皇子は、小さな少女に自分にはない意志を見て、自分の子供っぽさを恥じて

いた。そして、自分の生き方について深く考えようとしていた。

この旅先での小さな経験は、ユリシル皇子を大きく変えることになるのだが、メイロードはそれを知らない。

◆　◆　◆

「お前の魔法力は、一体どこまで伸びるのかね？」

「そんなこと私にもわかりません」

グッケンス博士に呆れられても、そんなことはわからないとしか答えられない。やたらと魔法力の多い私が、極小の魔法力で使うことのできる《基礎魔法》の練習を始めると、いつまでも詠唱を続けられてしまう。いつも時間切れで終了の毎日だ。

このところそれを延々と続けているので、博士も私もお互いウンザリしている。

限界値まで魔法力を上げる、という目標があるため、《基礎魔法》の訓練で使いきれない分は、異世界召喚と〝タネ石〟を育てることに使っている。でも、まだ全然限界値ではない様子。

しかも、いつの間にかスキルも増えている。

どうやら《幻影魔法》で隠された、博士の農場の位置がわかったのは、《鑑定》のレベルが上がり《地形探査》スキルが加わったせいだったらしい。ますます採取が捗《はかど》るね。

そして私は、いつの間にか七歳になっていた。どこかに誕生日があったんだな……。自分の誕生日もはっきりしないって、どうなの？　とは思うけど、聞く相手もいない。

博士から魔法について、基礎の基礎から教わり始めて二か月、私はまだ魔法使いの弟子の、その見習いレベルだ。ただ、私のやたらと多い魔法力のおかげで、練習し放題なので、徐々に形にはなってきている。しかも、私はすべての系統の魔法に適性がある。望めば、どの系統の魔法でも覚えられるのだ。

「高位の魔法は、《基礎魔法》の複雑な組み合わせから成るものだ。基礎のないところに、高位の魔法はない。しかも、お前さんの場合、全系統の魔法を組み合わせられるという、かなり面倒な状況だ」

確かに、博士の言う通り、基本五系統の《基礎魔法》はそれぞれ百から百五十種類。基礎を全部覚えようとすれば、最低でも六百以上の魔法を習得しなければならない。しかも、この六百超の基礎魔法は、単体ではほぼ作用しない。

例えばロウソクに火をつける場合、火の魔法力を流す、位置を指定する、炎の量を指定する、最低でもこの作業が必要で、この細かい魔法が《基礎魔法》。火をつけられるのは、最低でも三種の《基礎魔法》習得後だし、火を使ったなにかを行うためにはもっといろいろな《基礎魔法》が必要になる。

全属性適性を持つ私は、魔術師的には、どんな魔法も覚え放題、夢のような才能の持ち主ということなんだろうけど、なんだろうけど……道が遠いよ。

「普通ならば、進みたい系統の魔法を集中的に鍛えるという選択を与えるところだが、お前さんの馬鹿みたいな桁外れの魔法力量ならば、全系統完全制覇もある気がしての。まだそんなバケモノには会ったことがないので、面白いからやって見せてくれ」

「博士、面白がらないでください！」

ひたすら地味な訓練を続けながら、私が叫ぶ。

馬鹿みたいとかバケモノとか、ひどい言われようだが、期待はされている……と思う。この二か月で百はモノにした。覚えるコツも掴んできている。このまま頑張って、早く魔術師の弟子に昇格したいものだ。

地味な努力は、わりと得意なので、頑張ります。

メイロード・マリス　７歳

ＨＰ：51

ＭＰ：５７００
スキル：鑑定（+2）・緑の手・癒しの手・無限回廊の扉・索敵・地形探査
ユニークスキル：生産の陣・異世界召喚の陣
加護：生産と豊穣
字名：護る者
属性：全属性耐性・全属性適性

◆　◆　◆

以前、悪質な転売騒動があったこともあり〝メイロード・ソース〟は、シラン村の特産品として、周辺の町や村に認知されるようになった。

知名度が上がるにつれ、取引を持ちかけてくる業者が増え、特に最近、まるで陳情のように何度もやってくるようになってきた。特にイスからはるばるやってくる大商店の使者たちの粘り強さには、呆れるを通り越して感心している。私としては、これ以上の業務拡大は、もっと大人になってからにしたいし、いまは魔法の修業、薬作りの勉強、店の仕事、家事で手一杯だ。

もう収入の心配はあまりなくなってきているのだから、子供の私は、仕事より勉強をするべき時期だと思う。だが、そんな私の気持ちには関係なく、イス陳情団は、ついに今回、村長のタルクさんに泣きつき、村長は困った顔で陳情団一行と一緒に私の店にやってきた。

商談用の応接スペースに通し向かい合うと、イスからはるばるやってきた大店《おおだな》の名代たちは、我先にと話を始める。

「お願いですから〝メイロード・ソース〟を販売させてください」

「お得意様から、何度も入荷がないのか聞かれまして、このままでは商売全体に差し障りが！」

「もう評判は、イスの街にまで広がっておりましてですね。富裕層の方々からは、権利ごと買ってこいと言われておりまして……」

「値段は問いません。とにかく商品を並べなければ、店の評判に関わるのです」

〝メイロード・ソース〟が評判になり始めた最初のうちは、彼らはあからさまに〝買ってやる〟という上から目線だった。子供だと見くびり、無茶な取引を押しつけようとしたり、脅《おど》しまがいのことを言ったり、随分横柄《おうへい》な態度だったのだ。

だが品質と顧客（村人）第一主義の私は、販路を広げるどころか、悪質な転売者一掃のために、村人以外には一切売らない方向に動いて、村外への販売をすべて凍結した。その結果、ブームと言ってもいい状態で評判だけを聞かされ、手に入れることができない状況となっているのだ。

その上でどうしても食べたい人たちはシラン村をわざわざ訪れ、村の居酒屋で味を体験し、自分の町や村で、いかにおいしかったかを吹聴し自慢しているらしい。それによってさらに需要が高まる、しかし商品は入荷しない。

意図したわけではないが、現在の状態は完全に〝飢餓《きが》商法〟だ。

「どうします？　村長」

わかってはいるんだけどそこに踏み出したくない気持ちがあるので、村長に話を振る。

「もう、村だけの名物にしておかせてはくれないようだなぁ。多くの村人を巻き込むことになるが、村にとっては、悪くない仕事だ。やるしかなかろう」

「ですよねー」

正直なところ私は、賞味期限の短い商品を目の届かないところで売りたくないという気持ちが強い。だが、少なくともイスの街までは流通させないと、いろいろな人に迷惑がかかる。これ以上の先延ばしは、より大きな権力のからんだ、権利を売れだの、店ごと買収だのという剣呑な話に発展する可能性も高い。

「わかりました。大規模な工場を作るために〝早急に〟動きます。早期稼働のために必要な大量の瓶《びん》の発注に関しては、ぜひ皆さまもご協力ください。ただし、イスでの販売価格は、卸売価格の三倍までに統制させていただきます。違反者には、一切商品は卸《おろ》しませんのでそのおつもりで。ほかの瓶《びん》に移し替えての販売も衛生上危険ですので禁止いたします。そのほかの、不正や衛生上の問題が発覚した場合も同様です」

七歳の子供の言うことに真剣に耳を傾け、頷く大人たち。

「イスには、食品卸売部門〝マリス商会〟を設立し、供給の窓口といたします。工場稼働までの間も、少量となりますが、商品は供給させていただきます」

少量でも、すぐに購入できることに安堵《あんど》し、そしてあからさまにホッとする大人たち。

（よっぽど追い詰められていたのね）

「では皆さま、これからも末長く〝マリス商会〟とお付き合いくださいますよう、お願い申し上げます。個々の契約につきましては、詳細が決まりましてからといたしましょう」

話しながら、セーヤに念話を飛ばす。

〈セーヤ。いま、ソース二種ワンセットでいくつ用意できる？〉

〈今日いらしている四名様に、各二十セットご用意いたしました〉

〈聞いてたのね。仕事が早くて助かるわ〉

「本日マジックバッグをお持ちの方には、二十セットでよろしければ販売できますが、いかがなさいますか？」

「もちろん頼む。大きくはないが、それぐらいなら十分入る」

マジックバッグは高額なアイテムだが、この世界の商人には必携品でもある。大商人ならもちろん、そうでなくても借金してでも買うものらしい。確かに、これがあれば遠方のナマモノも痛むことなく輸送可能だ。今回のような賞味期限の短い商品の輸送には必需品と言える。

「では、後ほど工房の方へおいでください」

悲願の商品が手に入ることへの高揚感からか、皆笑顔でタルク村長に礼を言いながら部屋を出ていった。

ひとつため息をつき、椅子に座り直すと、なんとも言えない表情で笑うタルク村長が見えた。

「子供にこんな腹芸をさせてすまんな」

「自分の蒔《ま》いた種ですから」

実は、タルク村長と私は事前に相談していた。商人たちが村長に話を持っていくようになったら、販路拡大路線に切り替えようと。

タルク村長は〝メイロード・ソース〟の危うい状況について、以前から心配してくれていた。商人が交渉を自分たちですることを放棄したら、あとは権力者を使った圧力になる。それ以上拒否すれば、面倒な連中の登場となることは自明の理だ。

とりあえず作戦通り、こちらの条件をすべて呑ませた上で、相手の欲するものを与え、満足感を作り出すことには成功した。彼らはトロフィーのように商品を抱いて帰るだろう。

実は、新工場と雇用に関してはだいぶ前から計画を進めている。あとはイスに行き〝マリス商会〟のための店を整えなければならない。

(近いうちに行かなきゃね)

村長に挨拶して、席を外す。

今日も修業をしなくては！

——このときメイロードは知らないが、イスに滞在していたユリシル皇子が、

「〝メイロード・ソース〟を食べたい」

とチョロッと言ったことで、上流階級からの注文依頼が爆発的に増え、とんでもない

圧力が御用商人にかかっていた。それこそ、早急に用意できなければ、店の取り潰《つぶ》しもありうる状況だったのだ。

さらに余談だが、それからしばらくの間、ユリシル皇子が北東部州で食べたという料理を皇宮でも食べたがり、皇宮に仕える料理人たちは〝トンコツ・ラーメン〟と〝チキンナンバン〟という謎の料理の再現ができずに頭を抱えたのだった。

「ソーヤぁ、腕が痛いよぉ、辛いよ〜！」

自作の割烹着と三角巾でバッチリ決めた姿で、盛大に泣きごとを言いながら、異世界から取り寄せたプロ仕様の手動泡立て器をガシガシ回し続ける。

「メイロードさま、もう少しの辛抱です。これができないと、工場は動きませんよ！」

私の横で、大きなボウルに細く油を継ぎ足しながら、ソーヤが叱咤激励《しったげきれい》する。

「わかっている！　わかってるけど、マヨネーズ作り、キツすぎ！」

そう、いま私は大量のマヨネーズを一気に作ることに挑戦している。

私のスキル《生産の陣》は、この世界の材料で私が作ったあらゆるものを複製できる。

そして、複製できる量は、作ったことのある最大量に準ずるのだ。私がいままで作ったマヨネーズの最大量はおよそ一リットルで、それで十分間に合っていた。でも、工場での大量生産が始まると、この量では《生産》に時間がかかりすぎる。

そこで、高校時代を思い出しながら計算したところ、直径約三十センチの球体で《生産》できる最大量はおよそ十四リットル。ならば、と無理を承知でこの限界値まで作ってみることにしたのだ。これからのことを考えれば、ここで作れる量を増やして時短しておかないと私が工場に張り付かなければならなくなる。

もちろん、本格的な工場の稼働に伴って人力生産も試みる予定だが、これから売ろうとしている量は、付け焼き刃の人力で賄《まかな》えるような量ではないのだ。

すでに工場生産予定の五種類のうち三種の量産はできている。トマトソース、ペペロンチーノ、具だくさんのラー油（モドキ）、あとはこのマヨネーズとそれをベースにしたタルタルソース。この世界の人たち好みの濃い味ラインナップだ。

ペペロンチーノと具だくさんのラー油（モドキ）を作れたのは、この世界にも唐辛子とニンニクがあったからだ。ハルリリさんの薬局で《鑑定》しまくったときに見つけたのだが、唐辛子はあまり流通しておらず、食品としても認知されていなかったのを見つけ出した。

最初はタネを少しハルリリさんから購入し、ちょっと魔法力を流しながら庭に蒔《ま》いたところ、一日で収穫できた。しかも大量に。《緑の手》、いい仕事をしてくれる。

魔法力を使っても、この世界の植物なら問題なく《生産》できたので、これを使ってラー油を作り、さらにいろいろ足して具だくさんのラー油っぽいものを作ったのだ。足りない素材があるので、いまは〝モドキ〟だが。もし今後見つかればアップデートしようと思っている。

この具だくさんのラー油、村の居酒屋でラーメンのトッピングとして、試しに出してもらったところ、大好評だったので、今回大量生産してみることにした。かなりクセになる、常習性の強い味らしい。

なんとか大量のマヨネーズができ上がったときには、もう腕がまったくあがらなくなっていた。マラソンを走りきったような脱力感で動けない。マヨネーズができ上がった途端に、早速味見したソーヤが、過去最高のできと太鼓判を押してくれたので、品質も大丈夫そうだ。

（大量調理は得意だったけど、子供の躰《からだ》じゃ、キツすぎ）

自分が食べるつもりの一部を残して《無限回廊の扉》にマヨネーズを仕舞ってきたソーヤが、腕のマッサージをしてくれる。

「新しいガラス瓶《びん》の工房誘致も完了しましたので、いよいよあとは〝マリス商会〟設立準備に、イスに行くだけですね」

「あの街道には、いい思い出がないけど、行かなきゃどうにもならないよね」

私が私になる前の、マリス一家が住んでいたイスの街。

（一応、事件のショックで記憶がないという設定は機能しているはずだけど、知り合いに会ったりすると面倒だな）

大規模工場を運営し、大都市で会社を設立して代表になる。

きっと悪目立ちする、きっとする。どう考えても七歳の女の子のすることじゃないし、したくない。

イス名物のおいしい食べ物の話を楽しげに教えてくれるソーヤに、マヨネーズ作りの疲れを癒してもらいながら、

（どうしてこうなった！）

と、私は遠い目になってしまうのだった。

◆　◆　◆

イスは帝国北東部州の中心的な役割を担う大都市である。

帝国の重要な施設を結ぶハブの役割を果たしており、軍事的には、後方支援・補給の要でもある。

また、夏の気候が穏やかで、風光明媚《ふうこうめいび》な高原地帯にあり、海岸線の保養地にも近接しているので、多くの富裕層や貴族が避暑用の屋敷を構えている。彼らはここを拠点として、社交をしながら、山に川に海にと出かけていくのだ。

イスの政治・経済のまとめ役は、商人ギルド統括幹事サガン・サイデム。

イスは、街の治安維持から、貿易の統括、法整備、人々を楽しませるための興行まで、〝サイデム商会〟を中心とした商人ギルドがすべてにおいて大きな影響力を持っている商人中心の街だ。

商人ギルドにここまでの権力が与えられている背景として、イスから帝国に上納される莫大な税金とそれを上回る献金がある。これが〝維持される〟ことが最も重要という点でイスと帝国の利害は一致しているのだ。

現在のイスは、莫大な利益を生み出す商業活動を阻害しないよう帝国側が配慮している、一種の特区であり、自由都市であるとも言えた。

「さて、行きましょうか」

最小の荷物で、気軽なお出かけと変わらないテンションの私はイスに向かう馬車に乗る。今日の御者はソーヤだ。

セーヤとも約束しているので、《無限回廊の扉》を使い、夜は家に戻ることになっている（じゃないと、絶対今度はついていくときかないのだ）。

長い旅支度はいらないし、気軽なものだ。馬車は借り物。

先日契約を決めたイスの商人たちは、〝マリス商会〟の商品を一刻も早く大量に売りたいと待ち構えているらしく、一般市民には夢の許可証だという、サガン・サイデムのサインが入ったイスへの無条件通行証と、この立派な馬車を早々に送りつけてきていた。

あちらからもこちらからも、事業を早く大きくしろと圧力をかけられ、背中を押されて無理やり走らされている気分だ。

（とにかく、いまはこの騒動をとっとと決着させて、できれば早々に丸投げ人任せにし、のんびり生活を取り戻す！）

心の中で決意を新たに、私とソーヤはイスへ向かった。

毎日ピクニック気分、でも乗り続けるのに飽きがきた八日後、イスの東門が見えてきた。

旅の疲労もない上、素晴らしい馬車だったこともあって予定よりかなり早く到着できた。

「私の手綱《たづな》捌《さば》きも褒めてください」

「ハイハイ、ありがとう。ソーヤのおかげで早く着いたわ」

以前、旅の途中で手に入れた桃のような味の果実で作ったタルトを、一切れソーヤの手に載せる。

「新作よ。博士の牧場のおかげで、いままで作れなかった料理が、この世界の材料だけで作れるようになったの。オーブン料理も試作中」

村のパン屋〝ソルター工房〟にお願いして、オーブンの一部を借り試作した焼き菓子のひとつだ。

最近、ソルター工房から、サンドウィッチの販売を始めたいと相談を受け、親しく話すようになっていた。

私の作る焼き菓子にも、店主のソルターさんは興味津々で、フィナンシェ（アーモンドはほかのナッツで代用）やパウンドケーキのおいしさに驚愕していた。ぜひ作ってみたいとレシピを聞いてきたが、大量の乳製品が必要だとわかると、すぐに悲しげな表情になり諦め顔になった。

（まぁ、そうだよね。手に入らない上、買えても高価すぎて使えないよね）

そんなこの世界では超貴重なケーキも、ソーヤにかかれば一口の味見にしかならない。

ソーヤは、バターの香りと焼き色の美しさを例によって大げさに讃《たた》えたあと、あっという間に完食。

恨めしそうに私を見る。

「まだ味見だけよ。あとで食べさせるから、いまは行きましょう」

ソーヤの恨めしそうな視線を切って、たくさんの人でごった返す、通行証と通行税の窓口に向かう。馬車のまま手続きできる列に並ぼうとすると、係員が別の入り口へ誘導する。

「〝マリス商会〟の方ですね。ギルドから連絡は受けております。通行証を確認させていただいたあと、こちらからお通りください」

どうやら、この馬車についていた紋章は商人ギルドのものだったらしく、たくさんの人が待っている横を、さっさと通されてしまった。

ものすごい列だったから助かったけど、心苦しくもある。

（すいません、すいません）

通るときずっと心の中で謝ってしまう、小市民な私なのだった。

「やっぱり覚えてないかー！　そうか～」

「以前のことは、なにも覚えていないんです。ごめんなさい」

「いや、謝ることじゃないから！　でも、そうか〜、覚えてないか〜！」

私が覚えていないことに、ものすごくショックを受けている目の前にいる人は、名実ともにこの街イスの代表者、商人ギルド統括幹事サガン・サイデム氏だ。

思ったよりずっと若々しい人で、洗練された出で立ちだが口は悪く、全体の雰囲気はなんか軽い。怖いおじいさんを想像していたので拍子抜けだ。でも、放っている空気には、なんともいえない圧力があって、抗い難い雰囲気を持っている。意識的に人を圧倒しようとしているのではなく、むしろ極めて柔和で明るいのだが、なんというか迫力が違うのだ。

「俺はお前の生まれる前からお前のことを知ってるのに……傷つくよなぁ、本当に忘れちまったのかよ。散々遊んでやったのにさぁ。お前のお馬さん遊びに付き合って腰痛になったこともあるんだぞ！」

（親友の娘との再会になにを期待していたのかわからないけど、そんなこと言われても、知らないし、知るわけがないんだよね）

イスの街に入ると、待ち構えていたように、商人ギルドの使いが現れ、案内されるまま、ギルドの豪華な応接室に通された。随分手回しがいいと感心していると、部屋にやってきたのは、申請担当者ではなく、彼、この街を仕切るサガン・サイデム氏だった。

そこで判明したのは、メイロードの父は彼の親友で、しかも〝サイデム商会〟の幹事代行という要職にあったということだ。

（ってことは、メイロードの父はイスの実質的なナンバーツーだったってこと⁉）

「アーサー・マリスは実に有能な男だった。彼の死を聞いたときは、目の前が真っ暗になったよ。正直、いまでも彼の抜けた穴はまったく埋まっていない。本当に残念だ」

どうやらサイデム商会も、サガン・サイデム自身もまだまだアーサー・マリスを失った痛みが続いているようだ。それでもサイデム氏は、軽くため息をついて話を続ける。

「メイロード、あの凄惨《せいさん》な事件の直後、お前が瀕死《ひんし》の重傷で、過去の記憶の一切も失っていると聞いたときは驚いた。イスに連れ帰ることも考えたが、アーサーを急に失ったことで俺の店もギルドも手のつけられない混乱状態になってしまった。指示の出し直しに計画の延期・変更、ほとんど家にも帰れない数か月だったんだ。そんな側にもいられない俺とイスで過ごすより、療養のための場所として、あの田舎の村の方がいいとも思った」

そこで、状況を説明しに来たタルク村長に私の後見人を頼み、当座の生活に困らない金を渡したのだという。本当の資産については、落ち着いてから、詳しく話したあと、私に考えさせようと思っていたらしい。

「メイロードの両親が残した屋敷と資産は、そのまま残してある。必要なら、すぐに住むことも可能だ。イスにいる間は使うといい。今回の事業拡大の資金も、アーサーの資産を使えばいい。あいつも喜ぶだろう」

やはりイスでの私の家族は、資産家だったようだ。しかも、私の真の後見人が、この国でも屈指の力を持つギルドマスターだったとは……

（神様もやってくれるね）

「ご配慮ありがとうございます。屋敷はありがたく使わせていただきますが、資金につきましては別にご相談がございます」

私は以前採取したまま保管していた〝ヒーリング・ドロップ〟の半分が入った布袋を机に置く。

「これを私の素性を隠して現金にすることは可能でしょうか？」

袋の中身を確かめ、さすがのサイデム氏も少し驚いたようだが、すぐに笑顔になった。

「資金はすべて自ら用意するか！　その意気や良し。いいだろう。できるだけ高く売りさばいてやる。その年齢でここまで準備するとは、まったく恐れ入ったよ。おとなしい少女だと思っていたが、変わったな、メイロード」

「ええ、変わりました」

にっこり微笑んで、ハンサムな後見人を見上げる。

「この商人ギルドの代表登録者最年少記録だな。書類は用意してある。店の場所の候補も出させてあるから、すぐに動け。お前の作るソースの飢餓《きが》状態はそろそろ限界だ。迅速に頼む」

それだけ言うと席を立ち、サイデム氏は去っていった。

私は頭を下げて挨拶し、彼を見送りながら思った。

彼ならば私の誕生日を知っているだろうか、と。


トップダウンで物事が動くと、こうもあっさりいくものか。

必要な人員、必要な許可、必要な書類、なにもかもが〝あっ〟という間に準備され、話が進む。イスに着いた次の日には、店の看板がつけられ、改装が完了し（事務所だけなので大きな工事はなかったが）、営業許可証が額に入って飾られた。

あとは商品の搬入が済めば、いつでも開店できる。

「初めての街だからどうしようかと思っていたことが、全部クリアされちゃったよ。権力ってコワいわ～」

「そこはサイデム様の後見人としてのご厚意ということでよろしいかと」

セーヤが笑いながら、開店準備を進める。

すでに店の奥に《無限回廊の扉》への入り口を作ってあるので、シラン村との行き来は問題ない。それでも、こちらの準備のためにセーヤとソーヤが必要なので、村の雑貨店は数日休業とした。

イスでは小売は行わないので、受注・発注管理、大量の商品の移動・整理が主になる。商品を運ぶ人たちはすでに確保した。最終的には、事務仕事も含めイスの仕事のほとんどは人に任せるつもりだ。

開業や開店時につきものの振る舞いもしないし、宣伝活動もしない。むしろ宣伝などできない。まだ正式な営業も開始していないのに、すでに受注数は生産限界を超えた危険水域に入ってきているのだ。どれだけの予約が各店舗に入っているのか、考えるだけでもいやになる。

だが無理なものは無理なので当初は百パーセント供給を諦め、納品数に制限をかけた。しばらくはこんな状態が続くだろうが、ゼロ回答よりマシと思ってもらうしかない。

「本日は、イスのお屋敷においでになるそうで」

セーヤはテキパキと働きながら、私のことも気遣ってくれる。

「ちょっと探したいものがあってね。それに、どんな家か気になるし」

「では、ソーヤを先に行かせて、空気の入れ替えと掃除をさせましょう」

本当にうちの妖精さんたちは働き者だ。ちゃんと労《ねぎら》ってあげなくては。

営業開始は二日後、明日は搬入日と決まった。

今日の仕事は終わり。

では、私が住んでいたという家に行ってみよう。


高級住宅街の一角にあるその家は、思ったよりずっと質素だった。周りの家が、どこも〝これでもか！〟という感じの豪華さを競う中、わが家は、これ以上質素にしたら周りとのバランスが悪くなるギリギリのシンプルさだ。

（華美なものが肌に合わないんだろうな。親近感が湧くなぁ）

「お帰りなさいませ、メイロードさま」

私が着くとすぐ、ドアを開けてソーヤが迎えてくれた。

「お飲み物もご用意しておりますが、まずは邸内をご案内いたしましょうか」

「そうしてくれる？」

ソーヤは掃除をしながらすでに完璧に家の構造を把握したようだ。

リビングも客間も、シンプルでありながら職人技が光る調度品で、落ち着いた上品さに満ちている。居住空間も広すぎず狭すぎず、ベッドは極上、お風呂も完璧。

そしてキッチンの素晴らしさ。

使用人ではなく自分で料理していた跡がある使い込まれたキッチン道具、普段使いのカトラリー、幼い私のための小さな食器。この人たちは、とても実《ジツ》のある人たちだったのだと想像できた。

そして、ここには家庭用オーブンがあった！　ついに発見、家庭用オーブン！

この家の女性陣、料理は得意そうだと思っていたので期待していたが、本当にあるとは。しかも魔石使用で温度調節可能の超高級品。

ここが、私の調理実験室になること決定です。

早速、オーブンが手に入ったときのために準備していたパン生地で、少しだけパンを焼いてみる。そして、焼いている間に一仕事。

書斎の金庫を開けに行くことにする。番号と鍵は貰っている。これは現金以外の貴重品の入った金庫で、中には私が期待していたものが入っていた。三つのマジックバッグだ。

空間を広げる魔法と時間を止める魔法、両方がかけられたマジックボックスやマジックバッグは、商人として活動するための必須アイテム。とはいえ、これを手に入れられるようになるまではなかなか大変らしい。ひとつ目のものは、見るからに古い。中のサイズも軽トラックの荷台ほど。おそらくまだ駆け出しの頃に手に入れたのだろう。ふたつ目は、かなり大きくトレーラー一台分、三つ目は大型倉庫に匹敵する空間を有していた。

(このマジックバッグは、この家の発展の歴史だな)

三つのバッグは、商人としてアーサー・マリスが成功していく過程を見るようだった。

「《無限回廊の扉》をお持ちのメイロードさまが、なぜマジックバッグをお探しに?」

ソーヤは不思議そうだ。

「容量の問題じゃなくてね。《無限回廊の扉》というスキルは人になるべく知られない方がいいの。でも、いまのやり方のままイスで営業を始めたら、私が回廊持ちなのが丸わかりでしょう?」

「確かにそうでございますね」

「だから、商品はある程度マジックバッグを使って移動させて、《無限回廊の扉》の存在を隠さないといけないのよ」

「なるほど。面倒なものでございますね」

確かに面倒だが、私のスキルが知られればこの程度の面倒では済まない。

そろそろパンが焼ける、セーヤも呼んで食事にしよう。

天然酵母を使ったフワフワの自家製食パンが香ばしい音を立てている。焼きたてのときにだけ聞けるおいしい音だ。どうやら〝魔石オーブン〟の温度管理は問題なし、すぐに使えそうだ。焼きたては水分量が多すぎて、サンドウィッチには向かない、と言われるけど、今回は、作りたてのふわふわ食感が欲しいので、これで問題ない。

時間を見てじっくり作ってあったフォンドボーを卵に合わせ、ボリュームのあるフワフワの出汁《だし》巻きを作る。そしてマヨネーズをタップリ塗ったパンに、厚さ二センチはあるこの出汁《だし》巻きを載せ、同じ厚さのパンで挟み、耳を切る。十字に切って食べやすいスクエアに。

「はいソーヤ、〝自家製パンを使った洋風出汁《だし》巻き玉子サンドウィッチ〟よ。これが作りたかったの」

お皿を差し出すと、すごい勢いでソーヤの手が伸びる。

「イタダキマス！　おお、おおおお！　なんという美しい白と黄色の断面でしょう。メイロードさまのパン作りへの情熱はこの美しい断面に凝縮されております。そして、この食感！　ふたつのフワフワの奇跡の融合！　出汁《だし》巻きはフォンドボーの旨味でさらなる高みへ！　マヨネーズ至高！　美味です、感激です！」

相変わらず、食べながら大声で喋《しゃべ》ってる。器用だ。どうやら、ソーヤの慰労はできたみたい。

あとは、スープとサラダを作って、デザートのタルトを添えて博士にも届けさせよう。セーヤは、最近リボンでのヘアアレンジに凝《こ》っているから、異世界のリボンをいくつか取り寄せてみよう。きっとどれを使うか悩みながら楽しんでくれるだろう（なにせ、ホンモノだから）。

事前準備は完了した。

では、〝マリス商会〟いよいよ始動だ。

「甘かった」

開店前日深夜から、店の前に行列ができていると聞いて、イヤな予感はしたのだ。

小売りに対応しない卸売店は、事前に発注された商品を納入するのが仕事だ。店の前に人が並んで待つということは普通ありえない。しかもシラン村まで入れ替わりで陳情に来ていた大店《おおだな》十七店舗への納品も八割で我慢してもらっている。当然、新規受注は一切受けないと告知し、すべての問い合わせにも、そのように伝えているのだ。なのに……なぜ並ぶ。

「村まで陳情に来ていたのは、上流階級御用達の大商店ばかりでしたからね。中・小規模の店にそこまでのことはできません。いま並んでいる商人は、そういう店の方々です。

イス中で話題沸騰の商品ですからね。なんとかねじ込んで確保さえできれば、確実な儲《もう》けが見込めるとなれば、ただ待ってはいませんよ。生き馬の目を抜くイスの商人《あきんど》ですからね。とは言っても、こちらにはそこに対応できる余裕はないのですが……」

セーヤは在庫表を睨《にら》んでこめかみを押さえている。

「とにかく、いまは予約は受けられない、商品もないので、並ばないでくださいとお願いして。うーん、それじゃ、絶対引かないよね。予約は受け付けない代わりに、サンプル販売十個まで、限定五十組。これで対応してくれる？」

「わかりました。それを売り切ったら、とりあえず店の表口は閉めましょう」

そこからは発注内容を確認して品物を出す、を延々と繰り返す。

予約品の準備は昨日完璧にしてあったが、慣れないことでの不手際や、ミスはどうしても起こる。さらに、早々に五十セットを売り切って閉めた表口には、しばらく怒号が飛び交い、それが収まったと思ったらもう次の日の分の行列をし始める。しかも、一部の強引な客はバックヤードに入り込んで無理やり買おうとする始末。

「大規模なガラス工房が稼働し始めたのは最近だし、イスでの需要は当分リフィルじゃなくて、ガラス瓶《びん》入り先行になるから、これ以上は作れないっつーの！」

思わず叫ぶ私だったが、セーヤにやんわり慰《なぐさ》められた。

「私、この街についてはよく知っておりますが、このぐらいおとなしい方です。店の前にサガン・サイデム様からの、大きな花輪が来ていたでしょう。あれが、牽制《けんせい》になってくれているのです。この街に彼に盾突きたい者はいませんから」

なるほど。あれにはそんな効果があったのか。とはいえ、それでもゴリ押し連中の相手は精神的に溜まるものがある。

とにかく、粛々《しゅくしゅく》と仕事をこなし、午後には今日売れる商品がなくなったため強制閉店。

店前に並んでいる人たちを見ると胃がキリキリするので、イスから逃げることにする。

（落ち着いたら、迷惑をかけた周りのお店にもお詫びに行かないとなぁ）

「いま、ここでできることはないし、あの人たちに見つかって、いろいろ言われるのもウンザリ！　シラン村に戻りましょう」

後片付けをセーヤに頼み、回廊を抜けてシラン村の私の雑貨店に戻る。

〝マリス商会〟開店初日なんとか終了。

シラン村に帰ってきただけで、なんだか力が抜けた。もう、ここが私の家なんだと実感する。躰《からだ》はものすごく疲れているけど、それ以上に精神的に疲れている。こういうときこそ、おいしいものを作ろう。

博士のところから大量の肉が手に入るようになったときに、異世界から買った最もシンプルな金属製の手回しの挽肉製造機《ひきにくせいぞうき》。今日はこれで餃子パーティーをしよう。

グッケンス博士新開発の、かなり家畜寄りになった、とても脂身の甘い猪豚をまずはミンチにしよう。機械を通さない全量の三分の一はソーヤに包丁で叩いてもらって細かくする。こうすると食感が複雑になって、食べ応えも出るからね。

ニラとネギに近い香りと食感の香味《こうみ》野菜と葉野菜を大量にみじん切り、葉野菜は塩をしてしばらく置いたあと、水気を絞る。味を整え、鳥で濃厚に取ってあったゼラチン質の出汁《だし》を加える。そして、全部が一体化するまで、練りに練る。

皮は本当に簡単。強力粉と薄力粉を同量ボウルに入れ熱湯を少しずつ注ぎながら、ヘラで混ぜる。まとまってきたら台の上で練る。お餅のように耳たぶの硬さまでまた練りに練る。その後、水を絞ったふきんをかけてしばしお休みいただく。その後、細い筒状に成形して、それを皮ひとつ分相当にカットしたものを、細い丸棒で餃子の皮らしく平らにしていく。ソーヤも私も打ち粉まみれだけど、楽しい。焼き用はやや薄め、茹でる方はやや厚めに。中心にちょっとだけ厚みを出して、丸く丸く作っていく。

店の仕事を終えて帰ってきたセーヤも巻き込んで、今度は大量の餃子を包んでいく。

「それでは、行きます！」

気合を入れて、大きなフライパンに油を引き、火をつける。全体に火が回ったところで、一旦カマドから外して濡れ布巾の上に置き、再び火にかける。こうすると大きなフライパン全体に均一に火が回るのだ。

手早く、でもびっしりと餃子を並べると、用意しておいた小麦粉入りの水をヒタヒタに注ぎ、フタをする。弱火から中火で数分、チリチリと音がしたら水分の飛んだ合図。フタを取り、強火で一気に焼き色を入れ、お皿をフタのように被せて、フライパンをひっくり返す。

皿の上には、綺麗な羽根つき焼き餃子がびっしり。皮からパリパリといい音がしている。次に自家製ラー油に醤油と酢を混ぜてタレを作る。さっきからずっと、ソーヤが騒々しくまとわりついているのはいつものこと。

「じゃ、味見してね、ソーヤ。できれば最初はなにもつけず、ふたつ目からはお好きに。この酢醤油で食べるとご飯がおいしいのよ。次は、茹で餃子を作るね」

茹で餃子の準備を始めると、大きな声で〝イタダキマス〟が聞こえ、その後しばし無音。振り返ると、泣いてるし。

「皮がアッツアツでカリッとモチっと、噛むと肉汁がジュワッと……野菜と挽肉《ひきにく》の食感が渾然《こんぜん》一体となり、肉の中に閉じ込められた極上のスープが染《し》み出してくる。これは素晴らしいです。挽肉《ひきにく》という素材の新たな可能性を見ました。これは発見です！　生まれてきてよかった。メイロードさまと出会えて本当によかった」

今日は、感動系でくるようだ。でも、食べる速さは落ちないんだよね、いつも通り本当に速い。

「今日はこれから従業員の人たちと、〝マリス商会の設立記念餃子パーティー〟をするから、セーヤと準備よろしくね。もちろん、好きなだけ食べていいから。あと、タルク村長とハルリリさん、博士にも声をかけておいてね」

現在五十名に増えた従業員は、よく頑張ってくれている。祝うならば、彼らと祝いたい。

あと一時間ぐらいで工場の仕事が終わる。それまでに、焼き餃子と水餃子を百五十人分ぐらい生産しておこう。出汁《だし》巻《ま》きサンドも同じぐらい作っておこうかな。この間作ったフルーツジュースがおいしかったから、これも生産して……

皿とフォーク、スプーン、ナイフ、コップは、すでに村の木材で自作を試みている。まだ、まったく不恰好だが、今日一日使い物になればいいので、人数分の皿とコップ、それにフォークを生産。

すべての生産品をソーヤたちに、回廊経由で、工場前の空き地に運んでもらう。

テーブルに使えそうなものは、ソーヤたちがすでに用意してくれていた。さすが。

〔ありがと、セーヤ・ソーヤ〕

〔メイロードさまにお仕えするものとして当然です〕

〔メイロードさまにお仕えするものとして当然です〕

いつものように綺麗にハモる。

集まった人たちの前で、私は短く挨拶する。

「本日〝マリス商会〟が誕生いたしました。このシラン村で皆さまに愛されたソースが大都会イスでも熱狂を持って迎えられています。これからも誇りを持って、この村のソースを作っていきましょう。皆さん、メイロード・ソースをよろしくお願いします！　乾杯！」

ジュースでの乾杯だが、皆不満はなさそうだ。おいしそうに飲んでくれている。

あとは好きに飲み食いしてくれたらいい。皆には酢醤油が出せないのは残念だけど、そのままでもおいしいし、トマトソースや具だくさんのラー油でもおいしいからね。

ハルリリさんには、こっそり人参を使った創作餃子を提供した。

ものすごく幸せそうだ。

よかった。

怒涛の三か月が過ぎた。

〝マリス商会〟の卸売事業は、やっと需給バランスが整ってきて、店前の行列も少なくなってきた。完全解消までもう少しだ。

〝メイロード・ソース〟は、シラン村と違い全体的に収入の高いイスでは、三倍の小売値でも飛ぶように売れている。私としては、早く二倍以下ぐらいの価格で落ち着いてもらいたいのだが、人気が高過ぎてなかなか買いやすい値段にならない。

これは、時間が解決してくれる、と期待しよう。

そして契約時にあれほど言ったのに、販売を始めてまもなく違反者が出た。うちのセーヤとソーヤの調査力を舐めていたらしい六店舗が、三倍以上の値段で販売していたことが判明、そのうち二店舗はより高級感を出そうと器の入れ替えもやっていた。

これらの店舗に対しては、もちろん契約通り、即刻取引停止にした。

大商店だろうが関係なく即刻切ったことは、すぐにイス中に伝わり、いまのところその後の違反はない。さらに余禄として、〝マリス商会〟の消費者を守る姿勢が話題となり、ブランドイメージが高まった。

そもそも、たとえ契約があっても、大商店に毅然《きぜん》とした態度で正論をぶつけるというのは、この世界ではやりたくてもなかなかできない痛快なできごとだったらしい。もともと評判の良くなかったいけすかない大店《おおだな》を懲らしめたと評判になり、妙なところで〝マリス商会〟は名を上げてしまった。

そしてほどなくイスにあるレストランや惣菜店で、マヨネーズやソースを使った料理が出始め、サンドウィッチにマヨネーズも珍しいことではなくなり始めた。

業務用サイズの注文もやっと受けられる体制になり、〝メイロード・ソース〟が定着し始めたという手応えを感じたので、次の段階へ移行することにした。まず《無限回廊の扉》を使った物流を段階的に、マジックバッグやマジックボックスでの輸送に切り替えることにした。私の手元にある三つと、さらにイスで買い求めたひとつ（金貨十五枚＝一千五百万円）の計四つで、順次輸送をスタート。

次に、サガン・サイデム氏に紹介してもらった、信用の置ける人材を、経理担当と輸送担当の責任者に据え〝マリス商会〟のイスでの仕事を任せた。

そして、工場計画時から鍛冶《かじ》工房に発注していた〝水の魔石〟の水力を利用した半自動の大型攪拌《かくはん》器の導入とそれに伴う村人によるソース製造の開始。〝水の魔石〟を含めたら億単位の投資なんだろうが、私が時間をかけて魔石化した手持ちの〝水のタネ石〟を使っているので金貨三十枚程度の投資で、素晴らしい設備ができた。

私の生産とは違って、大量の素材が必要になるため、村には酢を植物から搾《しぼ》る工場、養鶏場、油を搾《しぼ》る工場が建設され、そのほかにはソースの材料を栽培する専門農家を増やした。この時点で、多くの農家も〝メイロード・ソース〟と関わることとなり、この村の地場産業として認知され、名実ともにシラン村名物となった。

村の人口はますます増え、新たなレストランや宿泊施設もオープンし、どこも盛況の状態が続いた。

さらに半年後、ついに製造、運搬、卸売のすべてが、私が関わることなくなされる体制が確立した。

そして本日、タルク村長と〝ソース事業を村営事業として引き継ぐ〟という契約を交わした。私は純益の十二パーセントを貰い、今後は経営顧問として関わることになる。

タルク村長は最初純益の五割で契約しようとしたけれど、私は断固拒否。その後、ジリジリ交渉をしてこの数字に落ち着いた。

もうブランド名として浸透しているため〝メイロード・ソース〟の名前は残るが、イスの卸売全権は〝シラン村営組合〟に移行する。

「やった!!　ようやく解放された!!」

すべての契約を済ませると、つい声が出た。

私の喜びようにタルク村長が苦笑している。莫大な利益を生み出す事業を手放したのに喜ぶって、やっぱりおかしいのかな？　でも、私は事業家になりたかったわけじゃない。ひとりで自由に暮らすための資金が欲しかっただけだ。

これからは、またやりたかったことができる。作りたいものは山ほどあるし、魔法修業と薬作り、それに旅にも出たい。金銭にも時間にも縛《しば》られる必要がなくなったいま、私は本当にこの世界で自由になったのだ。

私がこの世界で生きていくための、ひとつ目の長い戦いがようやく終わった……気がする。

第六章　北へ向かう聖人候補

「北に行きたいんだよね」

朝食の席で、セーヤとソーヤに旅の目的を話す。

今日の朝食は、アメリカン・ブレックファスト風。フワフワのチーズ・オムレツに、スパイスを効かせた皮なしソーセージ、茹でた芋、サラダもたっぷりと、それに〝魔石オーブン〟で試作中のペストリーにクロワッサン。コーヒーは異世界から、柑橘《かんきつ》のジュースも添えて。今日はチーズ・オムレツが出色のできだったらしく、ソーヤがお代わり、お代わりとうるさい。作るけど。

「ならば、わしの牧場から北へ向かうのが近いぞ」

一緒に朝食を食べていたグッケンス博士が教えてくれる。

博士も、私の異世界素材混じりの料理を食べると、疲れにくくなり、研究が捗《はかど》るそうで（自分で作るのが嫌なだけかも）本当によく食べに来る。《無限回廊の扉》で繋《つな》がっている博士の牧場とは距離の隔たりもないので、ここは自分の家の食堂と変わらないのだろう。

博士はコーヒーがお気に入りで、ソーヤによく出前をさせている。コーヒーを飲みながら研究をしていると新たな着想があるそうで、最近はポットに数杯分のコーヒーを淹《い》れて、博士のアイテムボックスに置いておくのが習慣化している。自分で淹《い》れることも試みたそうだが、例によって〝ドウシテコウナッタ〟というレベルの不味《まず》さに仕上がったそうで、ソーヤがため息をついていた。

（なにもかも不味《まず》くできるっていらない〝才能〟だよね）

そんな博士だが、乳製品の加工は別なようで、私が小牛や小羊の胃からとれる〝レンネット〟という抽出物を使うとできるチーズの製法について話すと、バリバリ研究を始めた。今朝使ったモッツァレラチーズも博士の農場製だが、とてもいいできだ。

（この才能があってどうして……以下同文）

もう少しチーズの種類が増えたら、ピザ窯を作ってできたてアツアツのピザを皆で食べようと思う。

躰《からだ》にもよくておいしいチーズ。この世界の人は絶対好きな味。できれば村の皆にも食べさせたい。タルク村長に、村営牧場を提案してみようか。そのためにも、今回の北への旅は重要なのだ。

新しい環境への旅では、きっとたくさんの未知のものと出会える。そうすれば《鑑定》を磨《みが》けるし、薬の素材についての知識も増える。ハルリリさんに新しい素材も提供できる。まだ限界の見えない私の魔法力量も上昇するだろう。

「では、博士の牧場を起点にして北へ向かう旅に出たいと思います」

「お前さんの場合、どこでも即座に帰宅できるのだから心配はせんが、人のあまり入らない高い山にはなにがいるかわからん。相応の準備はして行くように」

博士から北の山についての情報をいろいろ教わり、約二十日の長い旅行計画ができた

（まぁ、毎日家に帰るけどね）。

考えてみたら、毎日行軍する必要もないので、間に魔法修業と薬作りの勉強も混ぜて

いこう。

北でまたおいしいものと出会えるかもしれない。今度はどこかよその村にも行ってみたいものだ。

遠足前の子供のような（いや、子供だけど）私のはしゃぎっぷりを、三人はなんとも言えない顔で見ている。

（絶対なにかやらかす）

口には出さないけれど、三人がそう思っているのが伝わってきた。失礼な！

◆◆◆

ハルリリさんの薬局での〝初めての薬作り教室〟も十一回を数え、村人に売るような定番薬は、ほぼ作れるようになった。

腹痛薬や頭痛薬。切り傷などの軽い傷薬。湿布薬、目薬。火傷《やけど》用の練り薬。この辺りは、ほぼ近隣の山から取れる材料だけでできているので、買いやすい値段だ。使っている魔法力も極小で、魔法薬と呼べるかどうかも微妙なレベルの常備薬だ。

一番身近な万能薬と言える〝ポーション〟は、魔法力も素材もしっかり必要なので、それなりに高価だ。通常三十から五十ポルが相場と言われているが、微妙な質の差や物価によってこの価格はかなり変動する。高い薬効と回復力はあるが、本当に重篤《じゅうとく》な状態でないと村人は使わない。

稼ぎのいい冒険者にとっては必携薬なので、薬屋の利益に一番貢献してくれるのは、〝ポーション〟〝解毒薬〟〝麻痺《まひ》解除薬〟といったコンスタントに売れていく冒険者向けの薬だ。

ハルリリさんに教えてもらったことの中で驚いたのは、魔法で作るこういった薬は人のためのものだけではなかったことだ。農作物のための虫除けや、肥料のような効果の薬、花の開花を早める薬など、農業をする人たち向けの薬もいろいろ作られているのだ。そういう薬が手に入れやすくなったことは村人たちの大きな助けになり、ハルリリさんがこの村にいることは、村の主産業である農業にも大きく貢献している。

「薬作りは奥が深いですね」

「そうだねー。深いよねー」

のんびり癒し系だけど、すごい人なのだ、ハルリリさん。

「ここから先の薬作りは、魔法力量も必要だし、材料も貴重で高価なものになるよ。それに、魔法の知識がないと作れない。知識があったとしても、生まれ持った属性のあるなしで使えない魔法も出てくるから、教えたからといってなにもかも作れるわけじゃないことはわかってね」

（知ってます。全系統で六百を超える《基礎魔法》ですよね）

普通は自分の持つ属性にあった魔法を中心に覚えていくもので、この膨大な《基礎魔法》の半分が使えれば、魔法学校も卒業できるそうだ。でも、《基礎魔法》の七割を習得済みって言ったときのハルリリさんの顔がなんとなく想像つくので、このことは言わないでおこう。もちろん全系統が使えるということも秘密だ。

「《基礎魔法》は、人が驚くような派手な魔法を使えるわけじゃないけど、微妙なさじ加減の必要な薬作りには、必要なものなの。私は水風系統の聖なる力が強いので、その系統の《基礎魔法》はほとんどマスターしてる。だから浄化したり悪いものを払う薬は、かなりうまいと思う。私のアンデッド攻撃用の浄化薬は強力なんだから」

ベーシックな薬の上の段階になると、ハルリリさんのように得意分野を伸ばしていくため、いろいろな系統の薬師の様々な効能の薬が、バラバラの場所で作られる。それらは薬問屋に集められてから、注文に応じて個々の薬屋に販売されるのだそうだ。

ハルリリさんも〝アンデッド用浄化薬〟のような村での需要はないが必要とされる薬は、イスの薬問屋に定期的に売って、ほかの薬を買っているそうだ。こういった中級魔法薬は利益になるし、薬師の個性が出るところだという。
その上になってくると、高すぎてなかなか売れないものになり、オーダーで作られるものがほとんどになる。〝ハイポーション〟〝ハイパーポーション〟〝エリクサー〟といった高級回復薬や広域攻撃用の薬、浄化薬は、貴族や上級冒険者がお抱えの薬師に作らせるもので、一般の薬問屋の扱う量は、微々たるものだという。効果の大きい魔法薬になるほど材料を探し当てることが困難で、購入しようとすればとんでもない高値なのだそうだ。

「……ということで、本日は薬作り基礎編最後の難関、〝ポーション〟です。ここまでできれば、もう薬師を名乗っていいと思うよ」

（浄化、粉砕、撹拌《かくはん》、濾過《ろか》、滅菌《めっきん》、手順は覚えた。使うのは〝いやし草〟と〝慈雨石〟と〝滅菌《めっきん》水〟、効果を高めたいなら極微量の〝ヒーリング・ドロップ〟）

ハルリリさんに促され、私は机全体に《剥離《はくり》》を薄く展開、汚れが浮いたところで《着火》すると汚れは一瞬光って消えた。これで、あたりの消毒完了。次に、使う材料を計量し、小さく作った空気の玉《エア・バブル》に入れ、《振動》させる。そして、数分後、《エア・バブル》の中の材料は、すべて綺麗に粉砕された。
そこに、完全滅菌《めっきん》された水を加え、さらに《撹拌《かくはん》》の魔法を使い混ぜ合わせる。十分ほどで、色に青みが出てくれば撹拌《かくはん》終了。ビーカーのような形のガラス瓶《びん》を下に置き、《エア・バブル》の下側に《ドット》という、細かい穴を開ける魔法を展開。無数に開いた極小の穴から、濾過《ろか》抽出された〝ポーション〟が少しずつビーカーに溜まっていく。

抽出された青い溶液を、試験管のような細い容器に移し、ガラスのフタをして密閉。そこで、内側に、一瞬だけ《着火》を展開し完全滅菌《めっきん》。これで中身が悪くなることはほぼないそうだ。

「メイちゃんすご〜い！　完璧だよ、完璧！」

ハルリリさんの言葉にひと安心だ。

「難しい《基礎魔法》じゃないとはいえ、正確に過不足なく使うのには修業がいるのに、まったく危なげなかったね。私がメイちゃんの年には、こんなのまったくできなかったよ。うん、すごくいいできの〝ポーション〟！」

ハルリリさんは、青い〝ポーション〟を光にかざす。

「あれ？」

「どうかしました？」

「いや、なんだか、青みが強いような……《鑑定》」

なんだか、ハルリリさんが引きつったような笑いになってる。

「メイちゃん！　これ〝ポーション〟じゃない！　〝ハイポーション〟‼」

（げっ‼）

慌てて自分を《鑑定》すると、いまの作業で五十の魔法力を消費してる。

「ハルリリさんすみません。〝ポーション〟作成の魔法力使用量は全体で十から十五でしたよね。私、それよりかなり多く魔法力を流してます。それに、反応剤には、例の〝ヴァージン・ドロップ〟を使いました」

ハルリリさん、しばし絶句。

だがそれで納得したらしく〝ヴァージン・ドロップ〟は授業では使用禁止となった。

（〝エリクサー〟を作る素材を〝ポーション〟に使っちゃマズかったか。だって、それしか持ってなかったんだもん）

再度、普通の〝ヒーリング・ドロップ〟（ハルリリさんから購入）を使い、魔法力量に注意しながらやってみたところ、ちゃんと〝ポーション〟も作ることができた。

やっぱり薬は、用法用量を守って正しく使わないとダメ、絶対。

◆　◆　◆

「それじゃ、気をつけてな〜」

のんびりした声のグッケンス博士に見送られて、私はソーヤと牧場から北へ向かう。

《鑑定》の進化で《地形探査》に続いて獲得した《地形把握》によって、いままで私が行ったことのある場所は、すべて私の頭の中の地図に正確に書き込まれるようになった。《索敵》範囲も集中すれば十キロ四方が見通せる。これなら、レア材料でも見落とすことなく採取できるだろう。ハルリリさんの言う通り、いまの私はアイテムハンターとして、かなり優秀だ。

(残念なのは体力がまだまだ足りないことかなぁ。それもソーヤたちがいれば、あんまり困らないんだけどね)

目的地である北の山までの道は遠く、しばらくは人里も少ないなだらかな草原地帯を進んでいくことになる。見通しの良いところは、魔物に狙われやすいので注意が必要だが、私の《索敵》能力があれば、特に問題ない。こちらに攻撃力はないのだから、見つかる前にとっとと逃げるだけだ。

地味な徒歩での移動が八日目を過ぎると、頬に当たる風が冷たくなってきた。標高も徐々に高くなってきている。見かける動物も毛並みのふっくらしたものが多くなり始め、植物も見たこともない種類が出始めている。そろそろ、本格的な冬支度での移動が必要になってくるだろう。

三キロほど先に、旅人のための休憩スペースが見えた。もともと、どこかのキャラバンや冒険者たちが数日野営するために作ったらしい。ほかの旅人にも利用されるうち、過ごしやすいように徐々に整備されたこのような場所は、民家や宿の少ない街道沿いでよく見られる休憩所で、誰でも使っていいのだそうだ。

どうやらここは地元の猟師や行商人が使うものらしく、小さいがカマドや簡易テーブルがあり、コの字型に壁があって、風除けができる。私はここでお昼にすることにして、かなり年季の入ったぼろぼろの机に背負っていた荷物を下ろした。

「ソーヤ、カマド用と焚《た》き火もしたいから、少し燃えそうな枝を集めてくれる？」

「了解です！」

どこからか取ってきた木の実を食べながら、ソーヤはすぐに薪《まき》を集めてきてくれた。

私は《無限回廊の扉》を開き、大きめの鍋《なべ》に入った干し野菜と鶏の出汁《だし》、かぼちゃに芋に葉野菜、味噌、ほうとうを取り出す。下処理はしてあるので、あとは煮るだけだ。

私のアイテムハンター能力は、食生活改善にも大きく寄与している。この世界で、あまり食料と見られていない野生種の中に、ネギ、にんにく、里芋、白菜、大豆などの野菜によく似たものを、すでに発見している。しかも私が栽培すれば、いずれも最高品質の食材に育ってくれるのだ。

「あとは味噌と醬油なんだけどなぁ」

私はため息をつく。昼食にするつもりのこのほうとうも〝味噌・醬油問題〟が解決しないかぎり、〝生産〟はできない。こうした発酵食の技術は元の世界の先人たちが磨《みが》いてきたいろいろな要素が組み合わさっているので、再現は簡単にはいかない。麴《こうじ》も見つからないこの世界では、まだ到底満足のいくものにはならないのだ。

（結局、麴《こうじ》から作るという、とんでもなく手間のかかるところからやるしかないのかぁ。お金はあるのだから、《異世界召喚の陣》にお願いして買えばいいんだけど、こう、なんか悔しいし、それじゃ再生産もできないからなぁ）

カマドに《着火》魔法で火を入れ、ときどき《撹拌《かくはん》》の魔法をかけつつ、テーブル周りを《清浄》。《基礎魔法》は本格的な魔法習得のための基礎で応用しづらいというけれど、日常生活にこれほど使える魔法があったのか、とむしろ驚きだ。例えば雑巾を絞るにも、子供の私は非常に苦労するのだが、《圧縮》で、あっという間に、きっちり絞れてしまう。

（まぁ、魔法をこんな所帯くさいことに嬉々として使う魔法使いはいないだろうけど）

鍋《なべ》をかき混ぜながらも薄く展開していた《索敵》に反応がある。遠くで感知していた人物が三キロ圏内に近づいてきていた。どうやら若い人、それにふたり連れ。旅装をしていて、ひとりは若いというより子供のようだ。危険はなさそうなので、そのままお昼を食べることにする。

「はい、ソーヤ、これはほうとう。寒いときには温まっていいのよ」

「イタダキマス！　おお、熱い！　おいしい！　確かに温まります。すべての具材が、味噌と出汁《だし》のこってりとした旨味をまとってホクホクと、そして、この太い麺が、野菜や肉の旨味を吸って、このコシ！　この食べ応え！　絶品です。いつもながらお見事でございます。この寒さまでも、味の引き立て役とは！」

いつもの見事な喋《しゃべ》り食いで、上手に箸を使って食べる幸せそうなソーヤを見ながら私も食べ始めてしばらくすると、声をかけられた。

「あの、私たちもこちらで休憩させていただいていいですか？」

さっきから《索敵》に引っかかっていたふたり連れだ。拒む理由もない。にっこり笑って、火の側で休むよう勧める。

少女はソーヤに話しかけたつもりだったらしく、小さい子供の私が答えたことに少し驚いていたが、すぐににっこり笑って礼を言い、ふたりで火の横に座った。

少女は十四、五歳、少年は十歳以下に見える。少女は、小さな包みに入った干し肉と乾燥した白いパン、それに木の実を少しずつ出して食べている。とても昼食と言えるような量ではない。

「あの、もしよかったら、これ食べてみませんか？　私の国の料理なんですが、少し作りすぎてしまって……」

〔なにをおっしゃっているのですか!!　私が余すところなくいただきます！　余ってなどおりません!!〕

ソーヤから念話が速攻で飛んできた。

〔口に出さなかったのは褒めておくわね。でも、この寒空に、あれっぽっちの携帯食しかない子供に、ここにある料理を食べさせないなんてありえない。大丈夫、ソーヤには、すぐ別のおいしい料理を作るし、ジャンボプリンも作ってあるから〕

なんとかソーヤをなだめて、ふたりの前にアツアツのほうとうをタップリ入れた器とフォークを置く。少女は、しっかりお礼を言ってから、少年にフォークを持たせ自分も食べ始めた。

「食べたことのない味ですが、とても温かくておいしいです」

少女は大事そうに器を持ち、温かい食事に気持ちが弛《ゆる》んだのか、笑顔を見せる。少年は無言ながら、ハイスピードで食べ進めている。

「熱いからゆっくり食べてね。おかわりもあるからね」

いつの間にか、両手で器を持ったまま少女は涙ぐんでいた。

「こんな風に温かくておいしいご飯を食べたのは、本当に久しぶりで……」

少女は、泣きながらもおいしいと言ってほうとうを食べ、ふたりで旅に出た理由を話してくれた。


ふたりは、ここから歩いてイスに行こうとしていた。

〔このふたりは馬鹿ですか？　こんな軽装で、子供の足では片道二か月以上かかるイスに行けるわけがないでしょう〕

ソーヤは、三種類のサンドウィッチをたいらげジャンボプリンを食べながら、念話してきた。確かにソーヤの意見は正しい。呆れるほどの無謀さだ。

「私たちにはお母さんしかいません。その母が病気で、治す方法もわからないんです」

お腹が満たされ、緊張の糸が弛《ゆる》んだのか泣きじゃくる彼女によると、ふたりの名はレイラとウルス。

彼女の一家が住むのは、ここから北東五十キロほどにあるガラガルという町。北の山を越える人たちの集まる要所のひとつで、帝国軍の連絡基地に隣接する人口二万人ほどの商業と狩猟の町だ。

（お？　脳内地図に赤で〝ガラガル〟が書き込まれた。伝聞情報も赤で書き込まれるんだね。便利だな～）

パン職人だった父親を早くに亡くし、残されたパン工房を引き継いだレイラたちの母も、高級なパンを専門に焼く腕のいい職人だった。ところが一年ほど前から、母の手足に痺れが出始め、腰痛も併発。無理して工房に出ても、めまいを起こして倒れてしまう。最近では食欲もなくなり胃腸も弱り、目つきもおかしく、精神状態も不安定だという。

「もう工房も数か月休んでいます。母を治す方法もわかりません。このままでは死を待つだけだと、町の薬師に言われました。でも、イスの高名な薬師なら母を治す薬を持っているかもしれないと、町の人に聞いたんです」

「その薬をどうやって買うつもりですか？」

「私を売るつもりです。田舎者ですが、それなりに魔法力もあります。奴隷でも酌婦《しゃくふ》でも遊女でもなんでもいいです。そのお金で買った薬を弟に持たせます。それで母が助かるなら構いません！」

ボロボロと涙をこぼしながら話す姉のレイラを、心配そうに見上げるウルス。

「イスに着くこと自体まず無理でしょうけど、着けたとしても騙《だま》されてヒドイ目に遭うとしか考えられないですね。無謀にもほどがあります。第一そんな薬があったとしても、子供が身を売ったぐらいではとても……」

「あなたたちのお母さんは普段どんなものを食べていましたか？」

ソーヤの念話を無視して、私はレイラに聞いた。

「母はお金持ち向けに、白いパンを作っていました。ほかの工房より柔らかくておいしいと評判で。うちでは、売れ残った白パンが主食です。母はこんな高級な売れ残りはないと言って、喜んで食べていました。私と弟は母のいない朝と昼は、普通のパンを食べていましたが」

「猪肉はどう？」

「母は肉全般あまり好きではなく、食べるとしても鳥の肉でした」

「豆や野菜はどうかな」

「もともと食が細い人ですが、豆も好んでは食べませんでした。野菜も煮てあると食べますが、たくさんは食べていなかったような……」

（これは間違いなくあれだ）

「ソーヤ、ふたりにお茶とこのパウンドケーキを出してあげて」

そう指示を出してから、ふたりからは見えない休憩スペースの裏手へ回る。

そしてそこに《無限回廊の扉》を作り、中から滅菌《めっきん》済みの小さなコルク付きの瓶《びん》を取り出し、コルクを外して展開しておいた《生産の陣》の光る輪の中に入れる。

（〝ハイポーション〟）

念ずると、器は青い薬で満たされた。コルクもしっかりハメたので、これで持ち運んでも大丈夫だろう。

（それにしても、こうあっさり作れると庶民の年収を軽く超える貴重薬だってことを忘れちゃうね）

さらに、《無限回廊の扉》から常に買い置きしてある無農薬玄米二キロを取り出す。

そして、私はそれらを抱えて、休憩スペースへ戻っていった。

「あなた方のお母さんの病気に心当たりがあります」

米袋を抱えた仁王立ちの子供から発せられた言葉が俄《にわ》かには信じられないのか、呆気にとられたような表情だ。だが、構わず続ける。

「この病は私が昔住んでいた国でも大流行したことがあります。原因もわかっていますし、治療法もお教えできます」

信じられない希望の言葉に、ふたりはぎゅっと手をつなぎ、溢れ出す涙を拭うこともせず私を見つめている。

「そんな……町の人の誰もわからなかったのに、なぜ？　本当に治るの？」

「レイラ、しっかり聞いて。あなたのすることは三つ。まず、この青い薬をお母さんに飲ませなさい。いまのお母さんは弱りすぎている。まず、この薬で治るための力を躰《からだ》に取り戻させて」

私は先ほど作った〝ハイポーション〟と玄米の袋をふたりの前の机に置いた。

「これは〝玄米〟というの。次に、この〝玄米〟の炊き方を覚えて。最初は、コップ半分ほどの玄米を炒《い》って丁寧にすり潰《つぶ》し、お湯で五分ほど煮た粥を食べさせてください。次の段階では、水の中で揉んで表面に傷をつけ十分水を吸わせた玄米を、鍋《なべ》で炊きます。最初は水の量を多く、徐々に形のある状態にして食べさせてね。食欲が戻ってきたら、並行して、豆、野菜、猪肉も十分取るように」

私はレイラたちの理解が追いつくよう、ゆっくりと丁寧に説明を続けた。

「そして三つ目、お母さんの食生活は、あなた方が管理してください。多分お母さんは自分の仕事に誇りを持ちすぎて、自分の健康に気を配る暇《ひま》がないのです。ちゃんと食べていれば二度とこの病気にはかかりません」

私はふたりが持ちやすいよう、薬と玄米を背負い籠《かご》に入れてレイラに渡した。

「早く治るといいですね」

にっこり笑う私を、ふたりはなんだか神様を見るような目で見ている。

（え～、ど、どうしよう）

居たたまれなくなった私は、急がなきゃいけなかった演技をして、ソソクサとその場を去った。

「じゃ、急ぐので！　早くお母さんのところに行ってあげてね！　お大事に」

逃げるように立ち去る私の後ろで、いままで一言も話さなかったウルスが大きな声で叫んでいる。

「ありがとう聖女様！　ありがとー！」

（イヤイヤ、そんなんじゃないから、ただのビタミンB1欠乏症だから）

栄養学をかじったことのある人ならば、誰でも知っている栄養不足が原因の病気。ビタミンの概念のない時代には不治の病いだった。魔法薬と栄養指導のコンボならきっと治ると思う。

頑張ってね、レイラとウルス！

――その後、誰も治せなかった母の病を癒した姉と弟は町で評判となる。〝高原の聖女〟から授けられたというふたりの治療法は、この病に苦しんでいた多くの富裕層や貴族を助けることになった。やがて姉と弟の逸話とともに、長い翠《みどり》の髪をした小さな少女の姿の〝高原の聖女〟を讃《たた》える荘厳な教会がガラガルの町に建ち、信仰を集めることになるのだが、メイロードがそのことを知るのはかなり先のことになる。


今回の旅の目的のひとつは、まだ見ぬ〝タネ石〟の採取だ。

北のしかも山岳部で主に採取される〝氷石〟と〝雷石〟。この二種類を多く確保したいのだ。〝氷石〟は、以前博士の牧場で見た魔石冷蔵庫を作るため。自分用に欲しいのはもちろんだが、工場や店にもあった方がいいと思う。マジックバッグをすべて輸送の方に回せれば、輸送効率は大幅に上がるはずだ。出荷まで工場や店で数時間保管しておくために、冷蔵庫が使えればこれに勝るものはない。

旅も十日目、そろそろ周りには雪の気配が出てきた。

標高もさらに上がり、植生《しょくせい》も明らかに変化している。

連続で《鑑定》を続けながら、並行して《索敵》で次の素材を探すと、小石サイズの〝タネ石〟がいくつか見える。

「ソーヤ、左前方大きな岩の横に〝タネ石〟の小さいのがいくつかあるから、回収をお願い」

「かしこまりました！」

また、なにか食べながらだが、素早く回収してくれる。

（いま食べていたのは、ちょっと虫っぽかった気が……）

ソーヤの口の端からちらっと見えたのはなかったことにしよう。私はレーダー役に徹して、素材を見落とさないよう、危険なものに遭遇しないよう気を配る。

すぐに戻ったソーヤが報告してくれたところによると、あったのは、〝風石〟〝氷石〟の二種類。どちらも六つあったが、どれも小石サイズ。だが家庭用の小型冷蔵庫ならば十分使えそうだ。そして想定外の〝風石〟が手に入ったことで、新たな魔石家電の可能性も出てきた。この調子で、どんどん見つけていこう。この世界はまだまだ私の知らないものだらけだ。

旅が十五日目に入ると、本格的な登山になってきた。

季節は秋の半ば、極寒ではないのだが、強い風に天気の急変、悪い足場と強い勾配《こうばい》、まだ体力に自信のない私には、なかなか厳しい行軍だ。その代わり〝風石〟〝雷石〟〝氷石〟は、大きいものがごろごろ見つかる。《無限回廊の扉》と力持ちの妖精さんのおかげで、いくらでも持ち帰れるのだからありがたい。

「ソーヤ、ここじゃ風が強すぎて火も使えないから、昼食は家へ戻りましょう」

私は道を少し外れた場所に《無限回廊の扉》を開き、家へ戻る。

モコモコの防寒着で顔まで覆《おお》った姿で、家に到着。私の帰宅に気づいたセーヤがすぐに顔を見せる。

「お帰りなさいませ、メイロードさま。なかなかに厳しい旅路のようでございますね」

帽子、コート、マフラーを受け取りハンガーにかけながら、すかさず髪の状態チェック。

「ああ、御髪《おぐし》にこんなにもうねりと絡まりが……。お出かけ前に十分でよろしいですから、お直しさせてくださいませ。よろしいですね」

有無を言わさない迫力に、ただ頷く私。

さて、お昼を作ろう。

中華の麺に欠かせないかん水。まだこの世界では見つけていない。そのため、以前、村の居酒屋のために用意した麺は、中華麺ではなく細い素麺のようなものにせざるを得なかった。

だが、私は旅の前に受けた最後の授業でハルリリさんの薬局へ行ったとき、薬棚から重曹を発見した。たまにしか入荷しないそうだが、天然物で化石層から取れるという。私はもちろんすぐ購入した。

かん水は、ほぼ炭酸ナトリウム、重曹は炭酸水素ナトリウム。熱湯に溶かすことで、水素が抜けてかん水と同じような成分になる。

こうして私は、ついに中華麺を作るための素材をこの世界ですべて手に入れた。重曹の入手ルートを本格的に確保しないと村の居酒屋ではまだ出せないが、ともかく中華麺は作れるようになった。

というわけで、本日はあったかい汁あり坦々麺。

坦々麺は中国では汁なしが主流、日本では汁ありが主流。でも、正解なんてないのではないかと思われるほどバリエーションがある。私の作れる坦々麺も何種類かあるが、今日は定番の肉味噌とコクのあるゴマだれに、鳥と野菜のアッサリ出汁《だし》を合わせ、香味《こうみ》野菜をたくさん載せたものにしてみた。寒かったので、とにかく熱い汁物が欲しかったのだ。辛さはラー油でお好みに。

辛くて深みのある味。とても温まる。セーヤとソーヤも大変気に入ったようだ。あ、博士も来た。

麺を茹で、三杯目を作っているソーヤに、博士の分も頼む。

「かしこまり！」

湯切りも一度教えただけなのにうまいものだ。さすが家事妖精。

「また面白いものを食べておるな」

「ええ、新しい麺を作れるようになったので、それに合う温かい麺料理にしました」

早速食べた博士もかなり気に入ったようで、ぜひまた食べたいとリクエストされた。思っていた通り、中華系の麺類はかなり好評なので、これからはラーメンに本格的に挑戦していこう。

調味料や出汁《だし》の材料は、ほとんど異世界産になってしまうのが悩ましいけど、自分たちだけで楽しむならいいよね。

まずは私の愛してやまない濃厚な和風出汁《だし》の節系醤油ラーメンを作りたいな！

その日、極寒の山中を歩き続けて冷えた躰《からだ》をマイ魔石温泉で温め、ほっとした私の髪をセーヤがいつものように乾かしに来た。

「セーヤ！　私の世界にあった髪を乾かすための道具が再現できるかもしれないの」

セーヤのリクエストで異世界から取り寄せた、吸水性抜群の日本が誇る高品質のタオルで丁寧に髪を乾かしていたセーヤの瞳が輝く。

「私のいた世界での研究によると、まず、髪の毛の表面は根元から毛先に向かって鱗状になっているの」

「ほう、それは興味深いです」

セーヤはじっと髪を見て、なにかを確認しているようだ。

「その鱗状の部分をキューティクルと言って、髪のツヤを美しく保つには、これが綺麗に整っていることが重要なの。でも、髪の毛を洗うとどうしても、キューティクルは反り返って剥がれたり、傷つきやすくなるの」

「洗髪直後の髪の抵抗感はそれが原因でしたか」

セーヤが丁寧に拭きながら、髪を観察している。

「でも、解決法は簡単なの」

「それはぜひ教えていただきたいですね」

セーヤの食いつきに、私は得意げに話を続けた。

「とにかく早く乾かして、髪の水分量を適量に戻す。そうすれば、キューティクルは綺麗に元の状態に戻るの」

二枚目のタオルで、さらに水気を吸い取りながら、セーヤが〝なるほど〟という顔で頷く。

ちなみに、一枚買ってあげたら、どうしても一週間分欲しいと、高級バスタオルは七枚買わされた。八倍の補正がついて、二百ポル（二十万円）近く。

超高額タオルになったけど、普段なにも欲しがらない彼の望みなので、〝セーヤ貯金〟から買ってあげた。

吸水性と肌触りの良さは、やはりこの世界では得難いものらしく、セーヤのいまの宝物だ。確かに、この世界で、こんな素晴らしいタオルを持っているのは、この子だけだろう。

ふたりの妖精さんが私と契約して働き始めたとき、お金はいらないという彼らがなにか欲しくなったときのために、〝セーヤ貯金〟と〝ソーヤ貯金〟のふたつの貯金箱を作り、給与換算した額を毎月貯めている。

これはいつか、彼らが私のもとから去るときに持たせてあげたいと思っている。お金がダメならモノにしてもいいし。それに、今回のような高額なおねだりのときも、彼のお金だと思えば出しやすい。

ちなみにソーヤとは、今回の旅で十分な〝氷石〟が手に入ったら、手動のアイスクリームメーカーとカキ氷機を買うことを約束している。おかげで旅の間はいつも以上に働いてくれ、〝タネ石〟集めは順調だ。

「このふたつの素材を使って、ドライヤーに挑戦してみたいと思うの」

私は髪を乾かすための温風と冷風が出せて、さらにこの温冷を組み合わせることで、髪にいろいろなスタイリングをすることができるドライヤーについて説明した。

そして兼ねてから用意していた金属の筒と木の筒を重ねて、持ち手をつけ、筒の端に、魔石化しておいた小石サイズの〝風石〟〝火石〟を装着。両方の魔石に少しだけ魔法力を送ると筒の先端から温風が出てきた。

「おー、いい感じ。これがあれば、いままでよりずっと速く……」

「メイロードさま！！！！」

セーヤが悲鳴のような声を上げる。見ると火がちょっと強すぎたのか、前髪が数本縮《ちぢ》れていた。

「あちゃ、調整が難しいね〜」

苦笑いしながらセーヤを見ると、気絶寸前の白目。

「メイロードさまの……、メイロードさまの……お、御髪《おぐし》が燃えて、あ、あああ」

どうやら、大パニックのようだ。

「ご、ごめんねセーヤ、でもちょっとだから、すぐ生えてくるし」

セーヤ、パニックで過呼吸状態になり、しばらくフリーズ。ここまでショックを受けるとは思わなかった。やはりホンモノは違う。

オロオロする私を前に、いきなり立ち直ったセーヤは、すぐにドライヤーを最適温度で使えるよう慎重に調整し、燃えた髪周辺をハサミでそれは丁寧に切りそろえた。

その後、注意力が足りないと、私はずっと説教されながら、いつもより長いブラッシングに耐え、就寝したのだった。

もちろん私が自分でドライヤーを使うことは禁止された。

「一瞬、心臓が止まりましたよ。天に召されたかと思いました」

ごめんね、セーヤ。

◆◆◆

旅もいよいよ終盤、冬山の山頂近くは気候が安定せず、二日ほど移動を諦めた。

(回廊を開けて天気が悪かったら、家に戻って普通に生活するだけなので、登山の悲壮感はあまりないんだけどね)

三日目、猛吹雪のあと、快晴になったので、やっと登山再開。この山頂は、昔伝説の龍族が住んでいた場所で、いまでも〝聖龍の鱗〟と呼ばれる、貴重な素材が取れるという(噂をセーヤから聞いた)。

これが、ひとつでいいので欲しい。噂話にすがるほど欲しい。なぜなら、〝エリクサー〟を作るのにどうしても必要だから!

大概の材料は、金に糸目さえつけなければ、大きな薬種問屋《やくしゅどんや》をいくつか回れば手に入る。でもそうもいかない素材というものはあって、〝エリクサー〟ともなるとそんな貴重な素材がいろいろと必要になる。そして、その中でも最も入手が難しいのが、神の使いといわれる聖なる力を持つ龍族からしか得られない〝聖龍の鱗〟だ。

千年の昔、〝エリクサー〟に目の眩んだ冒険者によって、何匹もの聖龍が殺され、鱗を剥がされた。

この事件のあと、龍族は皆、人が容易には近づけない場所に住むようになり、それまで唯一の採取法だった〝生活していた場所でたまたま剥がれたものをいただく〟という手段さえ難しくなってしまった。

過去の愚かな蛮行の報いだが、いま〝聖龍の鱗〟は、事件後もごく少数だけ人里に近い場所に残った龍族の提供によるものしか素材がない。

この残った龍族は国によってものすごく厳重に保護されているだけでなく、信仰の対象として崇《あが》められている。彼らは人里に近いとは言っても霊山の奥で暮らし、決して下界には現れないし、生活の中で剥がれたその貴重な鱗は国によって厳重に管理されている。もちろん一般人にはその姿すら見る機会はない。

そんな聖なる龍がこの山に隠れ住んだという伝説がある。その龍はこの地域の山岳民族に神として崇《あが》められ、隠されて長く生きた、と言われている。妖精族には有名な話らしくセーヤもソーヤも知っていた。それも聖なる龍を狩った者たちが、どんな非業《ひごう》の最期を遂げたか、という話とワンセットで。

「神の使いを殺すなど、あってはならないことです。この〝強欲の龍殺し〟は人族すべてが罰せられても不思議ではないほどの大罪なのです」

セーヤたちの言うことはもっともだと思う。自分たちが見守ってあげていたものに殺されるなんて、本当にひどい。願わくば、お亡くなりになった龍たちにはいまは安らかに眠っていてほしいと思う。

もう、この伝説そのものが数百年前の話だし、私には龍を殺すような攻撃力もないし、する気もない。でも、ここにかつて龍がいたことは確かなようなので、鱗の一枚ぐらいなら、私の《索敵》スキルを使えば見つけられるかもしれないと、微《かす》かな希望を持ってここまでやってきた。

山頂間近の少し開けた場所で、周囲の状況を探っていたとき《索敵》と《地形探査》が同時に反応した。足元の地面に巨大な岩が埋まっている。

その中心付近からとても弱い魔法力の流れを感じる。巨大な〝タネ石〟だろうか。

「メイロードさま、石の中心から、私にも聞き取れないほど微《かす》かですが、声が聞こえます」

ソーヤたち妖精族はものすごく耳がいい（よすぎてうるさいらしく、普段は聞こえすぎないようにロックしているらしい）。そんなソーヤがロック解除しても聞き取れないほど小さな声。やっぱり妖精か。でも、その気配はない。

私は《生産の陣》を展開し、〝大きな耳〟の薬を作り、取り出す。この薬の製法は必要だと思ったので、すでにハルリリさんから学んでいる。製法は簡単だった。普通は耳の遠くなったお年寄りに処方する薬だそうだ。

それを飲み、耳に《増幅》の魔法をかける。習ったばかりの《基礎魔法》のひとつだが、これでさらに効果が上がるはずだ。

土に埋もれた大きな石の上を慎重に歩きながら、声の位置を探っていく。

（……さ、酒《ささ》）

小さな声は、いまにも消えそうな声で繰り返している。

（聖なるもの……に……酒《ささ》を……捧げ……よ）

「聖なるものに捧げる酒、御神酒《おみき》か……」

ふふん、舐めてもらっては困る。私は酒にはそこそこ詳しいのだ。

前世のわが家には、贈り物、お礼として、山ほどの極上酒があった。私はお礼状を書いたり返礼品を考えるため、いただいたものについてかなり調べたし、二十歳を越えてからは味見もしていた。うちは飲兵衛《のんべえ》の家系だ。ここが龍の聖地ならふさわしい酒に心当たりがある。

直接岩にかけるなら器もいらない。石の上に《異世界召喚の陣》を展開。私は龍の名前のついた最高の日本酒を陣の中から呼び出した。

異世界から現れた最高の吟醸酒は、そのまま岩の中にフルーティな香りを残しつつ吸い込まれていく。そして岩がすべての酒を飲み込んだ直後、無数の亀裂が入り、中心が陥没し始めた。慌てて岩の上から離れると、今度は亀裂の中心から勢いよく人が出てきた。

「うわ！　この酒スゴ！　二、三十年御神酒《おみき》を捧げてもらえたら出られるかな、って思ってたのに一発復活かー！　ありえないわー、君何者？」

海のように青い髪をたなびかせた青い目の長身の男性は、全身銀色の貴族風の衣装にマント姿で、私を見下ろした。なかなかに神々《こうごう》しい出で立ちだ。

「お初にお目にかかります。私の名はメイロード・マリス。ここから南に下った小さな村で雑貨店を営んでおります」

男性は値踏みをするように私を見る。

「雑貨店ねぇ……。さっきこの上を君が通ったとき、ここ何百年も感じたことがなかった莫大な魔法力放射を感じたんだ。あ、聖なる龍の力で、強い力は見えるというか感じられるんだよね。だからすごい魔術師が来たと思った。で、一か八か声を上げてみたわけ。届くとは思ってなかったけど。僕、もうほとんど自然に帰りかけてたし。なに、僕を倒しに来たの？　死んだ方がマシなぐらい退屈してたからそれでもいいけど」

小さな私を見下ろしながら、そうまくし立てた伝説の龍は、やさぐれ気味で、どことなく投げやりな感じだ。

それにしても、本当にこの人が伝説の龍族なんだろうか。

「ご覧いただければわかると思いますが、私は子供です。確かに魔法力は馬鹿みたいにあるのですが、まだ魔法はほとんど使えません。攻撃できる魔法も知りません。ここには、〝聖龍の鱗〟があるかもしれないと思い、来てみただけです」

「〝エリクサー〟か」

「そうです。私が〝エリクサー〟を作ることに意味があるのです」

私は再び《生産の陣》を展開。荷物の中からコップを出して陣に入れ、〝ハイポーションン〟を作り、彼に渡した。

彼は中身を見て一瞬驚いた顔を見せたが、すぐニヤッと笑って一気に飲み干した。

「おお、効く、効く！　いい〝ハイポーション〟だ。なるほど、一度作れば二度目からは材料すら必要としないか。恐ろしい能力だな。だが、先ほどの酒はなんだ」

説明のため、《異世界召喚の陣》を再び展開。同時に《無限回廊の扉》を開け、中から大きめのボウルを取り出す。

「山田錦　純米大吟醸」

ボウルになみなみと注がれた酒を彼に渡す。

「先ほどの御神酒《おみき》と同じ工房で作られたものです。こちらは野趣のある味ですね」

彼は一口飲んで目を剥いた。

「なんだコレ⁉」

そして、一升の酒をボウルから一気に飲み干す。

飲んでいる途中から、彼の全身は鱗に覆《おお》われ始め徐々に大きさを増し始めた。そして、空になったボウルから手が離れたとき、それは美しい巨大な一匹の青と銀色に覆《おお》われた伝説の龍が、静かにこちらを見下ろしていた。

一瞬の沈黙のあと、龍は饒舌《じょうぜつ》に話し始めた。

「うわっ、これはまさに神の酒だね、驚いたな」

龍の姿になっても口調は変わらないようだ。

ハルリリさんには異世界ニンジン、龍族には異世界酒が〝エリクサー〟に匹敵する回復力を発揮する、ということらしい。異世界のものが、こちらの世界の人たちに強い影響を与えるのは、なんとなくわかっていたけど、ここまで顕著な影響が出るのは珍しい。

「僕はもうこの姿に戻れる力はないと思っていたんだけど、どうやら君のおかげで朽《く》ちかけたこの身は癒されて、完全に元の状態の〝聖なる龍〟に復活したみたいだ。ありがとう」

先ほどまでと違う穏やかな声だ。

「僕はね。〝エリクサー〟を求める人のすべてが強欲に支配されているわけじゃないと知っていた。〝エリクサー〟という魔法薬がなければ死ぬ運命にある人たちが、運命に抗うために選んだ愚かな選択を、僕は許してたよ。彼らはただ死にたくなかっただけさ。むしろ、善良であった人を変えてしまったのは、僕の方かもしれないとさえ考えていた」

神々《こうごう》しい姿と似つかわしくない軽い口調だが、人を見守りときに導くといわれた聖なる龍が、人の心に闇を落とす原因になってしまうというのは、とても辛いことだと思う。

「僕が逃げるようにここに来た当初は、花や酒を捧げる人もいたけれど、いつの間にか彼らも山を去った。僕は、もうここでこのまま朽《く》ちてしまう方がいい気がして、人に見つからないよう、石の中へ入ってしまったんだ。それからは数百年をかけて徐々に朽《く》ちる自分を感じてた。僕はあと数か月で、完全に消えていたはず……なのに」

彼は大声で笑いながら話を続ける。

「笑っちゃうよね。君の大きくて温かい魔法力の波動を感じた途端、必死に叫んでた！　僕に生きる力をもう一度与えてくれって」

私は彼が落とした酒の入っていたボウルを拾い上げる。

「それが〝御神酒《おみき》〟だったのですね」

「そう、捧げられた酒で、徐々に回復できれば、と思ったんだけど。なに？　コレ」

（あー、このやりとり前にもあったなぁ）

私は自分が異世界から転生し、加護により異世界のものを対価を支払うことでこの世界に召喚できる能力を貰ったことを話した。

「私の経験上、異世界の食品はこの世界の人に強い薬のような影響を与えるようです。私の選択がよかったせいかもしれませんが、このお酒はぴったり合ったようですね」

ちょっと得意げに、言ってみる。

「そっかー。なんか、以前より力が湧いている気がするのもそのせいか。すげーわ」

躰《からだ》の動きを確かめるように、龍は腕を伸ばしたあと、その巨体を揺らした。

カツンカツンと音がした方を見ると鱗が落ちていた。薬師垂涎《すいぜん》のお宝が無造作に散らばっている。

「僕らにとっては、鱗が剥がれるのは日常なんだけど必要なら持っていって」

再び人の姿に戻った彼は、剥がれた数枚の鱗を集めて私が手にしていたボウルに入れてくれた。鱗は青みがかった銀の光を放っている。私の手のひらより大きく、おそらく一枚で数十本の〝エリクサー〟の材料になるものだ。

「ありがとうございます。あ、あの、なんとお呼びしたらよろしいですか？」

「うーん、そうだ。君が名前をつけてよ」

「は？」

「君の妖精たちのようにいつも側にいるわけじゃないけど、君の守りになってあげる。これでも、僕はそこそこ強いんだよ。ただし……」

「ただし、なにか条件があるんですね？」

私が身構えると、彼の出した条件は〝ときどき酒を飲ませること〟だった。

私は彼を〝セイリュウ〟と名付け、〝回廊の散歩者〟として登録した。

「私の家に来るときは、人間の姿で来てくださいね。家が壊れますから。お酒とおいしいおつまみはいつでも用意しておきますので、気軽に食べに来てください」

こうして私の北への旅は終わり、新しい家族が増えた。

聖なる龍と契約をしたと話したら、博士には心底呆れられたが、セイリュウと博士はすぐに飲み友だちになった。

変人同士気が合うらしい。

そしてふたりして私のことをバケモノ扱いする。

まぁ、私に与えられた加護や魔法力がイロイロと常識外れなのは認めるにやぶさかではないが、ウチのテーブルに陣取って、熱燗《あつかん》でおでんを食べている人たちには言われたくない、と切に思う。

◆　◆　◆

「メイロード、お前さんの魔法力に上限があると、最近思えなくなってきているのだが……」

うんざり顔のグッケンス博士は、ウッドデッキのテーブルで優雅にコーヒーを飲んでいる。

私は、ただいま博士の牧場で、《土系基礎魔法》最後の五つを並行して習得中。特に難しくはないのだが、植物のタネに発芽の力を送る魔法が曲者で、気を抜くと〝緑の手〟が発動して、発芽どころかイキナリ育ってしまうのだ。

（石を砕く、土をほぐす、土の中に脈を作る、土を成形する、で、蒔《ま》いたタネに発芽を……）

そこで一気に、また花がポポーンっと咲いた。今度はなんか派手で大きな牡丹みたいな花がワサッと。

私のエンドレス魔法修業のせいで、牧場の一角が、大量の花で埋め尽くされ、季節無視のわけのわからないお花畑状態になっている。タネは店にあった園芸用のやつを適当に持ってきたので、季節感は考えていなかった。

わ～、なんてきれーなお花畑なんでしょう（棒読み）。

「まぁ、めちゃくちゃではあるが、発動条件は満たしておるし、習得した、と言っても良かろう。メイロード、やっぱりお前はバケモノだな」

ため息をつく博士の横で、セイリュウが大笑いしている。

「ひー、メイロード、お前、本当に《基礎魔法》全部覚えたのかよ。信じられない。ありえないよね、博士！」

「まさか一年たらずで覚えるとは、もう呆れるしかないな」

普通は三年ぐらいかけて、二、三系統覚えきるだけでも厳しく、博士のいた魔法学校でも、毎年基礎クラスは、落第者続出のものすごくハードな授業だったそうだ。

「いつの間にか、《基礎魔法》に必要な魔法力は私の回復率より低くなってしまったので、文字通り無限に練習できるんですよね」

「うわっ！　やっぱりコイツ、どうかしてるわ」

（セイリュウ、今度はコイツ呼ばわりですか。もう）

ともあれ、《基礎魔法》六百二十二種、全部覚えた。

グッケンス博士の魔法修業《基礎魔法》編、ついに完結だ。

とりあえずバンザイしてみた。

「おわったよーー！」

いまの私はこんな感じのステータス。

メイロード・マリス　８歳
ＨＰ：73
ＭＰ：９８１０
スキル：鑑定（+3）・緑の手・癒しの手・無限回廊の扉（+1）・索敵・地形探査・地形
把握
ユニークスキル：生産の陣・異世界召喚の陣
加護：生産と豊穣
字名：護る者
属性：全属性耐性・全属性適性（完全なる礎《いしずえ》）

《鑑定》がようやく次のレベルに進んだ。ちょっと詳しい情報までアクセス可能になったようだ。博士によると、このレベルまで《鑑定》を極めるには、素質があっても普通は二十年コースらしい。

《無限回廊の扉》のレベルも上がり、回廊内に個室が作れるようになった。個室内の時間の進み方は変更できるので、熟成ができる。しかも時間の進み方は百倍速まで可能。個室にものを入れその部屋の扉を閉じて、ドアに手を当て時間の進み方を指定する。時間の逆行はできない。

これは味噌と醤油を仕込みたい！　とりあえず麦味噌からやってみよう。麦麹《こうじ》作りから挑戦だ。

私が《基礎魔法》の完全制覇に感動している頃、博士とセイリュウは……

「博士、どうすんの、このあと？」

「うーん、つい面白がって教えてみたが、思った以上に規格外だったわ。どうしてやるのがいいかの」

「僕が少し《聖魔法》を教えようかと思うんだけど、どう？」

「おいおい、神職でもお前のように神に連なる眷属《けんぞく》でもないものが、《聖魔法》を使えるなど、聞いたことがないぞ」

「そりゃ、そうだよ。僕も条件満たした奴初めて見たし」

「なるほど、そういうことか」

私のステータスに現れた（完全なる礎《いしずえ》）＝《基礎魔法》コンプリート、は普通の人間が《聖魔法》を扱えるようになる数少ない方法、らしい。

セイリュウに言わせると、私に害をなそうとするものは、まず闇に染まっているので、《聖魔法》で対抗するのが、最も早道で、面倒が少ないそうだ。

「《聖魔法》は攻撃より防御重視なんで、アホみたいに魔法力だけはあるコドモのお前には合ってんじゃない？」

言い方は気に入らないが、その通りだと思う。

大きな手で私の髪の毛をグシャグシャにしながら、セイリュウは、私の先生をしてくれると言い出した。

（ヤメて！　髪の毛をいじるのはだめだって！　セーヤに怒られる）

「よろしくお願いします。セイリュウ先生」

「おう、任せとけ！　で、今日のつまみはなんだ？」

（ときどきと言ってた割に、ほぼ毎日飲みに来るよね）

「いい形の白身魚があったので、塩と卵白を混ぜたものを全体に被せてオーブンで焼き上げる〝塩釜〟に、野菜は煮物各種にサラダ、それに、たっぷりの泡盛で煮込んだ沖縄風豚角煮〝ラフテー〟。酒は泡盛の名酒を《無限回廊の扉》の新機能、時短機能を使ってナンチャッテ古酒に仕立ててみましたので、味の違いなども、お楽しみください」

にやけるセイリュウ。酒飲みはこれだから……

「おー、うまそうだ。博士、早く帰って飲もうぜ」

もうふたりとも晩酌のことしか頭にない。

博士に、そこの季節がメチャクチャな巨大花壇をなんとかしておけ、と言われたので、風の気を流し、できた風の塊を上下から圧縮し、薄い円盤状にして回転をかけ〝風の刃〟を作った。それを花壇の上で位置を変えながら数往復させることで、すべての草花を細かくして刈り取った。

そのあと花壇の広さで土の下に脈を作り、振動を与えて根を掘り起こす。発酵を促すために、土の温度を少しだけ上げ、水の気を流して、花壇の上を指定し、水を撒く。再び振動を与えて撹拌《かくはん》し、植物は完全に土に埋める。最後は上から圧力をかけて、軽く固めて終了。しばらくすれば、いい堆肥になるはずだ。

満足して帰ろうとすると、博士とセイリュウが変な顔をして、こちらを見ていた。

「《基礎魔法》を教えただけで、これだけ応用の利く奴に教えることなんかねーわ！　お前はおかしい‼」

今度はふたりでゲラゲラ笑っている。

失礼な！　……でも、そうなの……かな？

◆　◆　◆

一緒に食事をする人数が増えてきて、雑貨店のキッチンでは手狭になってきたので、最近の食堂は、イスのマリス邸になっている。

調理用具や食器も充実しているので作業もしやすい。私の身長に合わせて、キッチンの床を上げたので、さらに使いやすくなった。魔石化した〝氷石〟を使った冷蔵庫と冷凍庫も絶賛稼働中だ。

目の前のカウンターでは、皆で晩酌。セーヤとソーヤもちゃっかり泡盛を楽しんでいる。

氷があるので、皆ロックだ。

「このアワモリという酒は、初めてです。なんというスッキリした味わいでしょう。冷たく氷で冷やされているからでしょうか。強い酒でありながら爽快。そして、このラフテーとの奇跡の出会い！　ホロホロととろけるような肉に染《し》み込んだ甘辛さとアワモリの滋味《じみ》。素晴らしいです！　シオガマという調理法も初めてです。このふわりとした食感に絶妙の塩加減、うますぎます！　そしてアワモリをメイロードさまが熟成したという古酒の味わいたるや……酒を寝かせることの意味を知った思いがいたします！」

美食妖精、今日も飛ばしてます。

「ありがとう、ソーヤ。気に入ってくれてよかった」

皆で賑やかな食事をしていると、閉店した店の前に誰かいると、セイリュウが教えてくれた。

「これでも一応、君の守りを引き受けてるからね〜。いろいろアミは張ってるのさ」

さすがセイリュウ、ただの酒好きじゃない。

店に戻ってみると、タルク村長とハルリリさんが揃って店の前にいた。どうやら相談事らしいので、雑貨店内の商談用の小さな応接室に通す。

〔ソーヤ、セーヤ〕

〔はい、メイロードさま、ただいまハーブティーを用意しております。お茶菓子は、ニンジンのパウンドケーキなどいかがでしょう〕

〔ありがとう。それでお願い。ケーキには生クリームを添えてね〕

〔承知いたしました〕

念話でお茶の用意の確認もしたので、話を聞くことにする。

「お金の使い道ですか？」

ニンジンケーキに夢中のハルリリさんは置いといて、タルク村長と話をする。まだ日は浅いが、〃メイロード・ソース〃の権利を村に譲ったことで、名実ともに村の地場産業として稼働し始めている。この利益により村の収入がいままでの数十倍になり、今後も増えることが確実になってきた。その使い道についての相談だという。

「これからさらに人やモノの移動が増えますから、道路整備は必要でしょうね」

「そうだな。確かにそれは急務だ」

村が大きくなれば、インフラ整備のためのお金が必要になる。それは当たり前だ。ただ、この世界の常識や技術は私の知っているものとは違う。

電気・ガスなどのことは考えても仕方がない。水道についても、井戸用のポンプの開発や普及からだろう。これは私の得意分野ではないし……

「学校と村営浴場を作りませんか？」

「それはいいと思います！」

ニンジンケーキに夢中だったハルリリさんが賛成する。

「子供たちが学ぶための場所が必要だと私も思っていたの。でもどうしたらいいのかわからなかったし、資金も捻出《ねんしゅつ》できなくて、何度も立ち消えになっていたのよ。そうね、いまならできるかもしれない」

私は村長に、初等教育の重要性と衛生観念の向上が健康にいかに大切かを訴えた。

「この村では、多くの子供たちが自分の名前も書けません。それでは、できる仕事が限定されてしまいます。〝メイロード・ソース〟の顧問としても、読み書きと計算のできる人材がこれからもっと必要になると考えています。これは未来への投資とお考えいただけないでしょうか」

タルク村長も〝メイロード・ソース〟の責任者となったことで、村内に事務方の能力が不足していることを感じているらしく、学校設立に賛同してくれた。

現状、特に村人の半数を占める農家の子供たちはまったくといっていいほど学ぶ機会がない。工房に入った子供たちも、仕事のために必要な最低限の読み書きを教えてもらえるだけだ。シラン村の中だけで、ほとんど自給自足に近い生活をしている分にはそれでも成り立つのだろうが、私としてはもっといろいろな仕事が増えてくるだろうこれからのシラン村で、そういった仕事を担えるような知識のある子供たちを増やしたい。

実際、村に事業を移管したものの、いざ仕事となると経理を任せられる人材が村にいないということになり、サイデムおじさまに紹介をお願いして、イスから人材を呼ばなければならなかった。

「ありがたいことだが、最初は三年の期限付きで来てくれていた経理責任者のガリオンさんも、ここの生活を気に入ってくれてね。これからも発展していく活気のある村だから、娘たち夫婦も呼ぼうかと思っているとまで言ってくれているんだ」

タルク村長は、このガリオンさんに全幅の信頼を寄せているようで、彼に評価されたことをとても喜んでいた。もちろん私もイスから来た人が評価してくれるほど、この村が発展傾向にあることは嬉しいが、だからこそ、このままにしてはおけない。村の人間の教育水準を上げることは、その発展を支えるためにも急務なのだ。

「だが、村のほとんどの家では子供の労働力をあてにしている。そんな親たちが子供を学校へ行かせるかどうか……」

「それについては、秘策があります」

セーヤとソーヤが顧客名簿作成のために村人について調べたところによれば、この村の子供たちの仕事は、午前中に集中している。朝が早いせいもあるが、子供にできる単純作業は朝のうちが多いのだ。

そして親や工房にとって、食べ盛りの子供たちの昼食は手間も時間も金もかかる。

特に村の人口の五割を占める農家の半数は、〝メイロード・ソース〟を買うこともままならないほど貧しいという悲しい現実がある。

「学校の授業は午後から行うことにして、その前に給食を出してみてはどうでしょうか」

第七章　改革を始める聖人候補

「給食とはなんだろうか?」

タルク村長の疑問は当然だ。

「子供たちのお昼ご飯を学校で提供するということです。それによって親や工房は子供にかかる時間とお金を節約できます。これは子供を学校に行かせる積極的な理由になります」

タルク村長は感心しきりだ。

でも、これは私のアイディアではない。前世での父の話の受け売りだ。海外医療ボランティアだった父は、生きることが厳しい土地にばかり行っていた。そういった貧しい国では、満足な食事を与えられない家庭が多い。そこで〝ごはんを食べさせる〟ということを親にアピールし、勉強することの意味や価値がわからなくとも、とにかく学校へ子供を通わせるのだ。

最初は食事目的でも、それが習慣化すると〝子供は学校へ行くもの〟という意識が芽生え、通わせることに徐々に抵抗がなくなってくると聞いた。

「少し前に村民について調べたのですが、六歳から十四歳の子供が三百六十三人いました。この子たちを対象にしたいと思います。最初は毎日ではなく週の前半と後半に分け、いずれは週五日にしたいと思います。もちろん働く子供たちに最大限配慮して」

とはいっても校舎も足りないだろうし、まずは完璧を目指すのではなく、ともかく〝学校に行く〟ということを生活の一部として村中に共有してもらうことが大切だ。

「原資が足りないようなら、私の個人資産を使ってもらって構いません」

タルク村長は慌てて首を振る。

「とんでもない！　この村に入ってきている収入は元はすべてメイちゃんのものだ。もちろん学校に関するものはすべて村の収入で賄うよ。大丈夫だ」

（最低でも十人の先生と事務二名、給食担当も五人は必要。校長は当面タルク村長の兼任でいいか。先生と事務のリクルートはイスのサイデム商会に頼めば大丈夫だろう。私は当面、給食の献立係だな）

「まずは二百名が授業を受けられる建物の建設、五部屋は教室が必要です。給食室も作ります。ハルリリさんには校医をお願いしますね。それと、筆記用の小さい黒板を人数分工房に発注しないと。ああ、制服は私がプレゼントします」

スカートをはく村の子供はあまりいない（街育ちの私の服はスカートが多かったけれど）ので、男女兼用で五サイズ作ることにしよう。あとはひたすら〝生産〟すればいい。可愛い制服作りますとも。

ミシンがないのでオール手縫《てぬ》いなのがきついが、準備期間内には十分間に合う。シャツとパンツのセットぐらいなら余裕だ。

制服も可愛いからだけじゃなく、とても大事。服装によって、親や工房の人たちにも、はっきり学校の存在を認識させることができるからだ。それに、服装で子供たちの貧富の差があからさまになるのも良くない。同じ服装をすることで、帰属意識を持ってもらうことも、学校の運営上大切なことだ。

私がいま考えている学校は寺子屋に近いかもしれない。必要なのは系統立てた知識よりまずは生活に役立つものから。識字率と計算能力の向上を第一に考えたいと思う。もちろんさらに学びたい子供には奨学金制度もいずれは用意したいと思っている。

（でも考えてみたら学校を作ろうとしている私も、いま八歳で学校に通う方の年齢なんだけどな。皆それは忘れているのか忘れたふりをしてるのか……。まぁ、すでに起業して事業を大きくして譲渡までしてるからね。普通の子供だと思われないのは仕方のないことだ。それに実年齢は二十歳《ハタチ》過ぎなんだから、子供扱いされたら、それはそれで困るけどね）

そういえば私がこの村に来てから、同年代の子供たちとほとんど接触していない。忙しかったということが大きいが、内面は二十歳《ハタチ》過ぎなので、話が合うのか不安だったというのも確かだ。

（子供らしいコミュニケーション取れるかなぁ）

いまの私には同年代（？）の友だちとの付き合いが一番悩ましいのだった。

村営浴場プロジェクトは、学校に比べれば簡単に決まった。

田舎の村なので土地は安いし、大工仕事は工房以外の村人もお手のモノなので、設計さえ決まれば、仕事は早かった。建設に参加した村人から、皆が使える風呂ができるらしいという噂が広まり、建物のできる様子を毎日見に来ている人が出てくるほど楽しみにしていた。

庶民にとっては、風呂そのものが贅沢品であり、大きな風呂や温泉は、夢のような娯楽の一種と考えられているらしく、実際風呂に浸かるという経験のある村人はほとんどいないそうだ。大人も子供も建設中の建物を見るだけでワクワクしている様子が、雑貨店のお客様の噂話からも伝わってきて、良い施設にしなければ、と改めて思ったほどだ。

従業員も村の人を雇用できたし、水と火は私が〝タネ石〟に魔法力を入れて育てた魔石を利用し、基本掛け流しだ。光熱費いらずで手入れも楽。

（この構造については、村の人たちには内緒）

私が大量の大型魔石を持っていることに、村長やハルリリさんが目を丸くしていたが、提供が私であることは三人の秘密にしてもらった。

（多分買えば億単位だろうけどね）

風呂の製作は石を扱う工房に依頼した。こんな仕事は初めてだと言っていたが、でき上がりは高級旅館のように立派な素晴らしい浴室になった。室内と半露天風呂を男女ひとつずつ。入り口は男女別だが休憩所は共用なので、入浴後には家族で涼むこともできる。

露天の庭には四季を感じられる草木を配置し、なかなかの風情となった。

半年間は無料にし、その後、メンテナンスと従業員にかかる費用が捻出《ねんしゅつ》できる程度の料金を設定。案の定、三か月も経つ頃には、風呂に入る気持ちの良さに多くの人が目覚め始めた。

早急に増築（こうなると思っていたので発注済みだった）し、休憩所も拡張した。村人同士のコミュニケーションを高める役にも大いに立っているそうだ。

村人から十カル（百円）の料金を取るようになった頃には、近隣の村から人がやってくるようになった。村人以外には一ポル（千円）の料金を設定した。村営の村人のための施設だからね。

やがて村営浴場の周囲には、簡易宿や食堂、土産物屋まで登場し、いまでは湯治客もいるそうだ。神経痛が良くなったとか、内臓の調子が良くなったとか、いろいろ言われている。

（魔石温泉の効能については不明……。でも魔石の水はとても綺麗だから、衛生的にはきっといいはず）

私の雑貨店も活況。

休憩所にカフェ風の売店を併設して、サンドウィッチやお菓子、飲み物を販売している。魔石化した〝氷石〟を使ってよく冷やしたアイス・ハーブティーが好評だ。お土産にできるクッキーやジャムもよく売れている。

〝マリスの湯〟

マリス商会のイスでの成功が資金になっていることを知っている村人からは、いつの間にかそんな呼ばれ方をするようになっていた。不思議なもので、自分たちが清潔になると周囲の汚れが気になるようになるらしく、村営浴場ができてからは村全体が周辺の掃除などに気を配り始め、定期的な公共施設の清掃も自発的に始まっている。

とても良い傾向だと思う。

そろそろ学校の建物も完成する。それに伴い第一回入学説明会と制服の配布もスタートした。セーヤとソーヤにも協力してもらい、できるだけよい生地を使ったサイズ分の制服を縫《ぬ》い終わったあとは、《生産の陣》を使ってじゃんじゃん複製したので、数も余裕を持って揃えられた。

やはり給食への食いつきはすごく、親や工房の負担を減らすことを強調した結果、村の総意としてすべての子供が学校に通えることになった。

私は陰の協力者であり、表には出ない。

タルク村長やハルリリさんと何度も打ち合わせをしたり、助言もしたけれど、学校を作るのに子供が先頭に立っているというのは、かなりおかしなことだ。たとえ発案者であっても一線は引く。

おそらくこの村の勘のいい人たちは、私が関わっていることを感じはするだろうけど、あくまで私は表には出ない。これは村のための村営の学校なのだから。

（私が直接関わるのは給食だけにしておこうっと）

健康によくておいしいものを食べて、楽しく勉強してくれるといいなぁ。

◆　◆　◆

〔宿題　あなたの生活について作文を書きなさい〕

私の名前はルーシャといいます。八さいです。

私が住んでいるのはシラン村です。

家族は、お父さんとお母さんと九つ上のお兄ちゃんと私、三つ下の弟がいます。

お兄ちゃんはお父さんと畑の仕事をしていますが、いまは午後だけ工場ではたらいています。

村の作った工場で、おいしいソースをたくさん作っているのです。このソースは、少し前に村にあるお店の二代目さんが売りに出したものです。とってもおいしくて家族皆も大好きなのですが、ちょっと高いのであまり食べられませんでした。でも、お兄ちゃんがはたらくようになったおかげで、安く買えるようになりました。いまはときどきお兄ちゃんが買ってきてくれます。

私はパンにトマトソースをぬってから、卵を焼いてのせて食べるのが大好きです。お兄ちゃんと弟は、いつもマヨネーズを取り合ってケンカになります。

私は今年から、染め物の工房にお弟子に入りました。まだ水くみや軽い荷物運び、掃除がお仕事の下ばたらきです。

午前中のお仕事が終わると、同じ工房の子たちと一緒に、制服に着がえて学校に行きます。まっ白いシャツは私の服の中でも一番上等で、とても動きやすくてお気に入りです。これも学校に入るとき、お祝いとして村からもらいました。学校はまだできたばかりで、木の香りがして、とても綺麗です。

学校に着くと、教室で昼ごはんを食べます。給食というそうです。食べる前に、ごはんのおかずにどんな肉や、野菜が入っているのか、お話があります。とてもいろいろな材料があってびっくりです。材料にはみんなちがう栄養があるので、ひとつのものばかり食べるのは健康に良くないと知りました。

昼ごはんのあと、少し休んでから、勉強します。計算や文字は工房でときどき教えてもらっていましたが、いまは学校で教えてくれるようになりました。学校で先生に教えてもらうと、工房で教えてもらった文字や計算には、〝まちがい〟や〝おぼえちがい〟がたくさんあることがわかってきました。

学校はすごいです。どうしてそうなるのかを教えてもらえるので、思い出すのが楽になりました。まちがいも減ったと思います。

家では、もう私が一番早く足し算と引き算ができるようになりました。家族全員の名前も書けます。村からのお知らせを読むのも私の係になりました。まだ、わからない言葉もありますが、内容を聞きに広場まで出向くよりずっと楽になった、とお父さんがほめてくれました。

四十五分の授業を五分の休みをはさんで三つ受けたあと、掃除をして帰ります。授業のあとには、一度工房に戻る子もいますが、私は家に帰り、着がえたらお家のお手伝いです。最近、給食室で働いているおばさんたちから、給食の料理の作り方が村に広がっているらしくて、お母さんも今度作ってみると言っていました。とても楽しみです。

私の一日は、こんな感じです。

私の生活は学校ができて、とても変わりました。

毎日がすごく楽しいです。

給食のとき、給食室の近くで制服を着ていない同じ年ぐらいの女の子に会いました。綺麗に編み込まれたツヤツヤの緑の髪に、見たことのないふしぎな色の細いリボンが編み込まれた、とても手のかかりそうな、美しい髪型をした小柄な子です。

その子は、給食室の大人の人たちと少し話したあと、こちらに気がついてにっこり笑うと、誰かに呼ばれたらしく、すぐいなくなってしまいました。

あとでお母さんに聞いたところ、その子が〝メイロード・ソース〟を作った雑貨屋さんの二代目、天才少女、メイロード・マリスさんだったようです。私と同じ年の子供にそんなことができるなんて信じられないです。とても綺麗だったけど、ふつうの小さな女の子に見えました。今度、会ったら話しかけてみようと思います。

あの綺麗なリボンのことも教えてほしいな。

◆◆◆

「メイロード、お前はなにを考えているんだ⁉」

イスの商人ギルドに呼び出され、絶賛お小言拝聴中のワタクシ、メイロード。

怒っているのは、私の後見人であり、イスの首領《ドン》である商人ギルド統括幹事サガン・サイデム。

「〝メイロード・ソース〟はこれからいくらでも大きくできる商売だ。まだまだ儲《もう》け口を広げられるのに、製造・販売権をシラン村に権利金も取らずに譲渡した上、たった十二パーセントの利益しか受け取らないとは、お前商売をする気がないのか？」

（確かに、後見人のサイデムおじさまに相談もせずやったのはまずかったと思う。でも、言ったら絶対反対するのがわかっていたから、あえてしなかったのだ）

「サイデムおじさま、ご相談もせず決めてしまい申しわけありませんでした。ですが、すでに〝メイロード・ソース〟の事業は、私の手に余るものだったのです。もし、私が商人として生きると決めていたならば、そこに邁進《まいしん》したかもしれませんが、私はまだ、それも決めてはいないのです。それに、お忘れのようですが、私はまだ八歳ですよ」

（〝メイロード・ソース〟のように生産して販売するだけ、というのは面白みに欠ける。私の生活を経済的に豊かにしてはくれるけど〝より良く〟はしてくれない。するのなら、私の好奇心を刺激するようなことや生活を快適にしてくれる新しいことをしたい）

「お前は商人を志しているわけではないと？　驚きだ！　この歳でこれほどの商才のあるお前が、商人にならないというのか」

おじさまは、本気で驚いていた。商人志望ではないとは信じられないと顔に出ている。

「なんてことだ。もう少し成長したら、サイデム商会に入れて商人の英才教育をするつもりだったんだぞ！」

「私は薬作りも学んでおりますし、魔法の修業も少々ですが始めております。雑貨店ももちろん続けておりますし、あ、村に作った浴場にも出店してます。それに、村の学校給食にも関わっています。どれもいまの私には必要なことで、商人の仕事は私の生活の一部でしかありません」

「なんだと？　薬を作っている？　魔法も使える？　浴場を作った？　あの小さな村に学校⁉　この短期間になにをしているんだ、お前は！　村に産業を作っただけじゃなく、村そのものを変えようとしているのか」

私のしていることの規模の大きさに驚いたおじさまは、しばし絶句したあとこう言った。

「お前、本当に怖いヤツだな、メイロード」

「そうですか？　自分の住む町をよくしたいと思うのは当然だと思いますけどね」

いつものようになるべく可愛らしく微笑みつつ、私は今日の本題を話すタイミングを見計らっていた。

「おじさまは、いまのイスについてどう思っていますか？」

「貿易は極めて順調だ。内需も高い。人口の流出もなく、税収も安定している。特に問題はないと思うが？」

「イスには富裕層の邸宅がたくさんありますが、彼らはイスでなにをしていますか？」

「貴族たちは社交以外は、あまり屋敷にはいない。海辺や高原の別荘に移動する拠点になっているな」

「つまり、イスには滞在する魅力がないということですね」

おじさまは痛いところを突かれたという感じで、眉間にシワをよせる。

「イスには世界中の貿易品が集まる。彼らがイスでするのは、基本買い物だ。上客だが、それ以外の消費は、確かにあまりしてくれんな」

イスには多くの貴族・富裕層が居を構えている。それは、この街に金と物が集まっているからだ。彼らの多くは、商人たちと自領の特産品などの取引をしており、ビジネスと買い物と社交が滞在理由だ。

私は、ひとつ小さく咳をして、おじさまの目を見てにっこり笑った。

ここからプレゼンテーションを始める。大博打《おおばくち》だが勝算はある。

「そこでおじさまにご相談です。私はイスに〝ふたつの文化〟を持ち込みたいと思っています。ご協力いただけませんか？」

「ふたつの文化？　イスでなにを始めたいんだ」

おじさまは椅子に座り直し、話を聞く体勢になった。

大商人サガン・サイデムのセンサーは敏感に商機に反応しているようだ。

「ひとつ目の文化は〝紙と印刷〟です。木板は重く書きにくいし、羊皮紙は高額、ここには多くの人たちが共有できる媒体がありません。そのため多くは口伝えの不確かな情報であり、ごく一部の人しか共有できない状態です。〝知の共有〟がなされていないのです。これでは文化は育ちません」

そこで私は、あるものを取り出す。

「ここに一枚の紙があります」

それは異世界から取り寄せて使っている藁《わら》半紙。私は、その藁《わら》半紙について説明した。いまは捨てられるだけの藁《わら》から、安価な大量の紙ができ、木版を使って印刷することで、多くの人たちが、情報を共有できるようになることを。それは、この世界のどこでも行われていない新しい事業の創設だった。

最初、私は紙作りを趣味として、チマチマひとりで実験しながらやろうかと思っていた。それである程度成果が出たら、誰かに作ってもらう道を探そう、ぐらいのユルイ計画を立てていた。

でも、それでは時間がかかる上、量が作れない。

私は学校を作ったことで、改めて紙の必要性と重要性に気づいたのだ。いま必要なのは、迅速に大量供給への道を作ることだ。そして、こういうことは利に聡い、オトナでしかも資本力と権力をあわせ持つ商売人の仕事だと思い至った。

サガン・サイデムならば、私の一言から、すぐに製紙、印刷、出版という事業の流れまで描くだろう。私はおじさまの商売人としての嗅覚《きゅうかく》を、そしてその行動力を信用している。

それにトップダウンの仕事の速さは〝マリス商会〟設立のときに思い知った。

この人が本気になれば、明日にも製紙工場が立ち上がる。知りうるかぎりの情報を渡す、それだけで彼は動く。

私は和綴《わと》じした藁《わら》半紙に、紙作りと印刷について自分が知っている情報を書き溜《た》めておいたものと、〝ノート〟を知ってもらうため、和綴《わと》じした白紙の紙束をサイデムおじさまに渡した。

これまでの《鑑定》の過程で、和紙に適した植物は見つけてある。

最初は大量生産可能な藁《わら》半紙、その後上質な紙が作られればいい。印刷も最初は木版から、徐々に活版に移行していけばいいだろう。

「で、お前はこの情報の見返りになにが欲しいんだ」

おじさまの頭の中は、このあとの段取りがグルグル回っているようだ。

「この事業は長く、しかも拡大しながら莫大な利益をもたらす。それをお前はわかっていて、俺に話を持ってきた。この見返り、考えていないわけがないだろう」

おじさまはそう言いながら、手書きの和綴《わと》じ本を睨《にら》みつつ、〝ノート〟に羊皮紙用のペンとインクで、これからやるべきことを、片っ端から書いていく。

「藁《わら》の紙が気軽に使えるようになれば、この〝ノート〟で、誰でも記憶やアイディアを簡単に整理し保管できる。なにより木より扱いやすく軽量、羊皮紙より圧倒的に安価だ。いままでなかったことが不思議なほどしっくりくる。このアイディアの生み出す富は計り知れない……」

唸《うな》るように、ぶつぶつと話すおじさまの頭の中は高速回転中。

平静を装っているけれど、さすがのおじさまも、ここまでの大口案件となると興奮を抑えきれない様子だ。

「そうですね。ひとつは、製紙から繋《つな》がる事業を育ててください。おじさまなら、もうおわかりだと思いますが、紙の普及は大きな産業になり、文化を作ります。大事に育ててください。そしてできれば、早く子供たちのために教科書を作りたいです」

「そうか、お前には紙の普及のその先が見えているんだな。ならば、それがもたらす莫大な富はどうするつもりだ」

おじさまは私のアイディアと情報を高く買ってくれるつもりらしい。

ならば、思いっきりふっかけさせてもらおう。

「それが、もうひとつの私が欲しいものであり、もうひとつのイスの〝新しい文化〟のための投資です」

私の計画のために絶対に必要だが、高額な上、揃えるのが困難なもの。

おそらくこの世界最強の商人ギルド幹事であるサガン・サイデム以外には不可能な注文。

「乳牛を三百頭揃えていただけません？」

「さ、三百頭!?」

私は、シレッとすました顔でニッコリ笑って見せる。

だが、この私の突拍子もない要求に、冷静であることを心がけ、表情を崩さない商売人サガン・サイデムの顔も、さすがに引きつらずにはいられないようだ。

私だって無茶な要求なのは承知の上だ。

だが、イスを中心とした北東部州で、乳製品の普及を図るには、最低でもこのぐらいは必要だ。グッケンス博士と試算した結果なので、一頭たりとも譲れない。

すでに資金の概算も出している。この世界では超希少な家畜である乳牛を揃えるには、最低でも百枚の大金貨（十億円）の投資が必要だ。

しかも、乳牛は絶対数が少ない。これだけの頭数を一挙に揃えられるかどうかは、調達人の腕にかかっている。

帝国に比類なき、天下のサイデム商会の力に頼るしかない。

(ここはとにかく押す!)

「帝都以外ではまったく普及していない〝酪農〟を、北東部のこの広い高原地帯で展開したいと思っています。そして帝都より発展させた食文化を作り出し、イスを美食の都として花開かせましょう」

私の合図で側に控えていたソーヤが、しずしずとワゴンを運び入れる。

これまでの博士と私の研究発表だ。私と博士で作り出した乳製品とそれを使った料理をサイデムおじさまの前に並べた。

「どうぞ、ご試食なさってください」

カッテージチーズのサラダに、トマトとモッツァレラのカプレーゼ、クリームシチューにバターが香るグラタン、そしてベリーのタルトとショートケーキ。《無限回廊の扉》の時短機能を使って〝なんちゃって熟成〟をさせたハードチーズ数種。

早速、手を伸ばしたおじさまは、その初めての味に目をむいた。

「俺も帝都にはしばしば行き、王侯貴族の食事もよく知っているつもりだったが、なんだこの料理は！　どれも見たことがないだけじゃない。なんだ、このうまさは！」

控えていたソーヤがたまらず出張《でば》ってくる。

「そうでございましょう、サイデム様！　このカッテージチーズというものは、牛の乳と酢さえあれば、すぐにできてしまう新鮮なチーズでございます。淡白で爽やか、野菜との相性も抜群です。モッツァレラも新鮮な牛乳を使ったものですが、こちらはモチッとした弾力が魅力。火を通しても大変おいしくいただけます。ハードチーズと呼ばれるものは、熟成を経て複雑な旨味を持ち、様々な料理に応用が可能です。もちろんそのままでも滋味《じみ》深く、おいしくお召し上がりいただけます。ご覧ください！　この牛乳をふんだんに使ったグラタンの美しい焼き目を。さらに、生クリームを……」

「はい、ソーヤ、そこまで！　説明ありがとう」

美食妖精の立て板に水の説明は、とても的確なのだが、説明し始めると止まらないのが難点だ。

「サイデムおじさまは、ハンス・グッケンス博士をご存知でしょうか？」

「ああ、名前だけだがな。帝国内に数名しかいない特級魔術師、マスター・ウィザードだ。最も尊敬されていた魔術師だったが、研究に専念したいとか言い出して、十年近く前から行方不明のままだ。グッケンス博士が教鞭《きょうべん》をとっていた魔法学校も軍部も必死に探しているが、まぁ、隠れられたら見つけるのは無理だな」

特に魔法学校は本当に血眼《ちまなこ》になって探しているらしい。なんでもグッケンス博士がいなくなってから、落第率が急上昇し、十年を経ても回復していないという話だ。さすがに最近は諦めぎみだが、それでも月に一度は情報提供の呼びかけが各ギルドに届くのだとか。

「実は私とグッケンス博士は知り合いでして……。説明は面倒なので省きますが、今回の計画について、全面的な支援と技術指導を確約していただいてます」

「はぁ⁉」

さすがのおじさまも絶叫した。

「なんだと！　どうやったら村の子供とマスター・ウィザードの間に接点が生まれるんだ？　行方不明の偏屈博士が、メイロードの協力者？　確かに博士は農学の研究者だったが、なんて名前が出てくるんだ。特級魔術師《マスター・ウィザード》のハンス・グッケンスといえば、皇宮の方々ですら礼をとる国賓《こくひん》格の魔術師だぞ！」

頭を押さえ、状況を呑み込もうとするおじさまの前に、ふらりと人が現れた。

「偏屈博士で悪かったな。頼んだわけでもない国賓《こくひん》扱いなんぞは、手枷足枷《てかせあしかせ》でしかないわ」

突然現れたグッケンス博士を見て、おじさまが後ずさる。

「いきなりですまんな。あまり人に見られたくないので隠れていたのだ。いやいや、すまなかった」

博士が《静移迷彩術《ケハイナキイドウ》》を使ったら、隣にいても普通の人間にはその気配を感じることはできない。博士はほかに真似できる人がないと言われるほどの《幻影魔法》の達人なのだ。

だから、さすがの鉄の心臓サイデムおじさまでも、びっくりするのは当然だし、正直、幽霊より心臓に悪い登場の仕方だと思う。それにグッケンス博士は、今日は見ているだけだと言っていたはず。でも、牧場の話にはやはり言いたいことがあるのだろう。

こうなったら乗るしかない。

「えー、改めまして、こちらがハンス・グッケンス博士です。おそらくこの世界で博士ほど酪農に精通している方はいないでしょう。グッケンス博士監修の世界で唯一の画期的な牧場！　いかがです？　ご興味ありませんか」

（まだまだ、押すよーー！）

「グッケンス博士、お初にお目にかかります。私、イスの商人ギルド統括幹事を務めておりますサガン・サイデムと申します。この良き日に、帝国の至宝《しほう》であり魔術師の頂《いただき》たられる博士にお目にかかれましたことは、わが誉《ほまれ》にございます」

なんとか気持ちを立て直したおじさまは、最高の礼を尽くした挨拶をする。

だが博士は一顧だにせず、めんどくさげに頭を掻いた。

「今更取り繕《つくろ》ってもしょうがあるまい。そういう儀礼に時間を使うのはムダだ。普通に話せ」

私は気の毒になって言い添える。

「こういう方なので、単刀直入にお話しになった方がいいと思います」

切り替えの早いおじさまは、すぐに普段の口調に戻り、今回の計画についてグッケンス博士に質問していく。渡したばかりの藁《わら》半紙ノートもフル活用だ。この柔軟な応用力。おじさまも只者ではない。

三百頭の乳牛は、シラン村を含めた近接する六つの村に分けられ、それぞれに牧場を作り搾乳しつつ繁殖も行う。さらに、この六つの村の中心に、加工工場を建設し、チーズ、バターなどの加工品を製造させる。

イスへの輸送はすでに確立している〝メイロード・ソース〟の運搬システムを拡充して利用することで、新鮮な状態のまま届けることが可能だ。

「で、一番の問題はどう解決するつもりなんだ」

（あ、やっぱり忘れてないね。さすがおじさま）

牧畜が帝都周辺でしか行われていないのは、牛の持つ厄介な特性のためだ。人だけでなく、魔物にとっても、牛は極上の獲物で、誘引性があるとしか思えないほど遠方からでも強く奴らを引きつける。そして、牛のいる場所付近の魔物の密度が上がり、そこに住む人々を危険に晒《さら》す確率が高まる。

メイロードの両親が死ぬことになったのも、血の匂いにオークが反応したことが原因だった。魔物たちは、獲物になりそうなものの匂いにひどく敏感なのだ。〝畜産〟は魔物との戦いであり、強力な魔法と戦士に守られた場所以外では、成立しないというのは、この世界の常識だ。

「ある程度はイスの警備隊が使えるだろうが、それだけの規模となると、駆けつけるまではやられ放題だろう。対策があるというなら聞かせてもらおうか」

その言葉を受けて、私は魔石化を完了したピンポン玉ぐらいの大きさの〝風石〟と〝水石〟を取り出し、おじさまの目の前の机に置いた。

グッケンス博士の研究により、牛の匂いがしなければ、魔物は寄ってこないことがわかっている。そこで〝風石〟を使って牧場全体を周囲に匂いが届かない高さまで、筒状の気流で取り巻くことにした。さらに空気を風に混ぜることでブラインド効果も付与されるので、内側の様子が見えなくなる。乳牛はこの気流の内側に設置した柵《さく》内にいるため、恐怖を感じることも気流に巻き込まれる心配もなく放牧可能だ。

さらに、柵《さく》の外側に〝雷の魔石〟を配置し、電気を通す性質のあるツタ〝シビレッタ〟を這わせた別の柵《さく》で囲む。これはいわゆる〝電柵〟というやつだ。

この〝電柵〟は牛用ではなく外敵用なので、結構キツ目に設定し、触れば火傷《やけど》、越えようとすればとてつもなく痛い目に遭うレベルにする。

「〝シビレッタ〟は傷つけられると発光しますから、柵《さく》に接触すればすぐにわかります。なかなかの優れものですよ」

これも私の採集と《鑑定》の成果のひとつ。〝雷石〟が多く採れる山間部で、この〝シビレッタ〟を見つけてから、大事に《無限回廊の扉》の中に保管してあったものだ。見た目も鉄条網のようにトゲトゲで取るのには苦労したが、役に立ついい子だ。

「すべての牧場は、三交代制で常に人がいる状態にしますので、異変があれば鐘を鳴らして知らせることができます。〝シビレッタ〟で諦めない魔物でも、かなり長い時間足止めが可能なので、その間に排除できます」

グッケンス博士も後押ししてくれる。

「これは言わば壮大な実験だ。この世界で畜産が庶民にまで恩恵をもたらすものになれるかどうかの試金石になるだろう。魔石による防衛は初期投資が大きいが、このシステムでは、稼働後にはそれほど大きな力は必要ない。戦闘力のある魔術師と戦士団を常駐させるより、むしろ安上がりだろう。わしの研究成果である極限まで臭いを抑える飼料も使うといい。それに景観の違和感は、一番簡単な《迷彩魔法》を応用しようかの。石に付与すればそれが稼働している間は維持される。至近距離に近づかなければ、違和感はないはずだ」

おじさまは唸《うな》りながら言う。

「魔物の心配はないとわかった。だが盗賊も防げるか。もちろん警備隊は動くが、魔物と違ってどんな奸計《かんけい》を使ってくるかわからんぞ」

サイデムの問いに、苦笑いをしながら、紹介することにする。

「大勢に来られたら面倒ですが、最終防衛ラインがありますので、大丈夫かと思います。私に敵対する者はすべて排除してくれる契約を結んだ聖なる蒼《あお》き龍族〝セイリュウ〟が守ってくれるでしょう」

「なっ!!　あああ!!」

サイデムおじさま、本日二度目の絶叫です。

博士が持っていた細い杖で、空間を叩くような仕草をすると、そこに満面の笑みで立っているのは、青い髪に青い瞳、銀の衣をまとった背の高い、気持ち悪いぐらいの美形の男性だ。

「どーもー、初めまして！　メイロードを守っているセイリュウですーぅ」

相変わらず、伝説の龍なのに軽い、軽すぎる。ふわっふわだ。その姿を見たおじさまは言葉も出ない。

伝説の魔術師の次は、伝説の聖龍。私の保護者は皆すごすぎる。でも、それはサイデムおじさまも含めてだ。

「あの、驚かれてますよね。そうですよね」

「わかった」

「あの、おじさま？」

「すべて了解した。お前に仇《あだ》なすものはすべて聖なる龍が排除するというのなら、万にひとつの心配もない」

サッパリした顔で私のほっぺたをつねる。

「お前の計画に乗ってやる。これに乗らないのは商売人じゃないからな。ガッチリ儲《もう》けさせてもらうから覚悟しろよ！」

さらにグニグニほっぺたをつねられる。

「ふぁ、ふぁい」

驚きすぎて一瞬思考停止していたおじさまも、覚悟を決めたら力が抜けたようだ。

いつもの余裕の笑顔に戻ったおじさまが言った。

「さすがの俺でも一気に三百頭は無理だ。三か月以内に百頭は必ず用意してやる。あとは六か月待て。一年以内にはすべて揃えると、イスのサガン・サイデムの名にかけて約束しよう。それでいいな、メイロード」

「ファ、ふぁかりました。ありがとうございまふ」

おじさまはやっと、頬をつねるのをやめてくれた。私はまたつねられないように慌てて頬を押さえる。

「明日からしばらく寝る暇《ひま》もなさそうだ。お前がもう少し大きければ飲みに誘うところだが……」

「じゃあ、メイロードのウチで今夜は大宴会といこうぜ！」

（ああ、セイリュウの飲兵衛《のんべえ》魂《だましい》に火がついてしまった。でも世話にもなっちゃったし、これは止めようがないな）

「おじさま、今晩わが家にお招きしてもよろしいですか？」

かなり真剣な顔で続ける。

「ただし、食材やお酒についての質問は一切ナシです。一切答えませんので、それはご承知くださいね」

◆　◆　◆

〔ソーヤ、セーヤ。本日の夜は、私の保護者会をイスのマリス邸ですることになりました〕
〔言い得て妙ですが、壮観ですね〕
〔確かに、なかなかありえない取り合わせよね〕
〔お飲み物はいかがされますか。サイデム様は強いお酒がお好みのようです〕
〔いい情報ありがとうソーヤ。じゃあ、回廊の百倍部屋に寝かせてあるハイランドモルトとアイラのウイスキーを出しておいて〕
〔了解です〕
〔さっきは味見程度だったけど、夜もチーズやバターをふんだんに使って料理するから用意頼むね〕
〔では、万事整えてお待ちしております〕

さて、今夜のお品書きはどうしよう。まずはグッケンス博士力作の〝チーズ盛り合わせ〟はすぐに用意できる。〝クリームチーズの白味噌漬け〟こちらもつまみになる品だ。それから煙をかけて保存しておいたものをバターと合わせたコッテリ風味の〝燻製《くんせい》カマンベールのバターソテー〟も悪くない。あとは、魚介とチーズの相性も見てもらおう。〝魚介のアヒージョ、チーズソース添え〟がいいかな。

ミルフィーユのような断面も綺麗な〝葉野菜の重ね蒸しクリームソース〟も作ることにしよう。生クリームとチーズといえば濃厚〝カルボナーラ〟も〆《しめ》に食べそうかな。

かなり濃い味尽くしだが、今日はなにがなんでも乳製品攻め。

皆甘味もいけるクチなので、食後に柑橘《かんきつ》の風味を足して爽やかに仕上げた〝ベイクドチーズケーキ〟とフルーツと生クリームたっぷりの〝トライフル〟、そしてトドメにウインナーコーヒーを添えよう。

お酒はウイスキーにした。

《無限回廊の扉》の高速熟成の効果を確かめたくて、若めのヴィンテージをいろいろ買いだめしてあったので、ちょうどいい機会だ。味見をしてもらおう。一応、樽《たる》に入れているけど、どうなっているのか、ちょっと楽しみ。

皆強いからロックだね。二本じゃ足りないな、きっと。

日本の国産ウイスキーも出すか。

メニューを考えている横で、すでによだれをたらさんばかりのソーヤ。

「どれもとってもおいしいから、ソーヤもセーヤもたくさん食べてね」

「ありがとうございます。楽しみですね～」

ウイスキー用の丸い氷を、ものすごい速さで作りながら、鼻歌交じりで浮かれている。

「長時間お料理なさるなら、髪を上げましょうか」

いつの間にか背後にセーヤ。

「うん、お願い」

すぐとても楽しそうに、嬉しそうに髪を梳《と》かし始めた。複雑な編み込みでも、綺麗な上にとても手早い。熟練の早業だ。

私が造花やモチーフの作り方を教えてから、セーヤ自作の髪飾りもどんどん増えている。しかも、ものすごく繊細で美しい。すでに私では到底太刀打ちできない職人技だ。才能なのか執念なのか、やっぱりホンモノってことだよね。

最近は、私が旅の途中で拾ってきた綺麗な石や極小の〝タネ石〟を使った櫛《くし》や髪飾りも作っている。この溢れる才能も髪のため限定なのが実に惜しい。

そんなことを考えている間に、料理するためだけにしては、やけにゴージャスな髪飾り付きの髪が仕上がっていた。

「流れるようないつもの御髪《おぐし》も最高ですが、編み込まれて複雑なツヤを見せる御髪《おぐし》も素晴らしいですね。先日いただいた〝すたいりんぐ剤〟も、とても良いです」

セーヤはあちこちから私を眺めて悦に入っている。

……さて、準備を始めよう。

酒飲みは気が短いから、とにかく酒とアテの準備は早めに、あとはゆるゆると。

どうせ、私の保護者たちは、私をネタに盛り上がるのだ。

でも、おじさまにあまり魔法のことやらなんやら言わないように博士とセイリュウに釘を刺しておかないと。これ以上引かれるの嫌だし。

地味に平和に暮らすつもりが、ついに大きな事業を再び始めてしまった。人もお金も、たくさん使っちゃうけど、私は突っ走る。早く製紙業と酪農が軌道に乗り、村の子供たちの勉強が楽しくなり、健康でおいしいものがたくさん食べられるようになってほしい。

それが〝オバちゃん〟のワガママだ。

どこの世界でも、居酒屋で飲み交わすおじさんたちというのは大差ないようだ。

私の三人の保護者、イスの絶対権力者、商人ギルド統括幹事サガン・サイデム、世界に名を知られる特級魔術師《マスター・ウィザード》にして酪農の権威ハンス・グッケンス博士、神の御使い、その聖なる力で人々を守護する清き龍セイリュウ。三人とも出るところに出れば、誰もがひれ伏す大物だ。

でも、いまはうちのキッチンカウンターに陣取って、

「アヒャヒャヒャ！」

と、笑いながら、ひたすら喋《しゃべ》りつつ飲み食いしている。しかもすでに、だいぶゴキゲンだ。

《無限回廊の扉》の中に作った百倍速の高速熟成部屋に寝かせてあった洋酒は、どれもいい感じにこなれていたようで、五人（ソーヤとセーヤも参加中）は、景気良くグラスを空けている。

「メイロード！　この酒、やたらとうまいな。どこの酒だ？　北の海岸沿いの酒に近い気がするが、こんな複雑な香りはなかった。いやうまいぜ、これ」

サイデムおじさまがベタ褒めしたのは、王道のシングルモルトスコッチ。元は十年ものなので、そう高くはない。だが、三か月近く熟成しているので、三十五年相当になっている。〝ナンチャッテ〟ヴィンテージだが、ソーヤによると、味のまろやかさと香り

の複雑さが段違いだそうだ。

「おじさま、言いましたよね。私はなにも教えませんからね」

「わかってるよ。商売人が貴重品の仕入れ先を秘匿《ひとく》するのは当然さ。でも、これうますぎねぇ？　ここでしか飲めないってことかよ、ちぇ」

文句も肴《さかな》にして、酒はどんどんススム。三人の話は、馬鹿話の間にちょいちょい重要な話が入るので、聞きもらせない。

いまは乳製品の既得権益を握っている貴族たちの横槍をどうかわすか、という話になっている。乳製品は、莫大な費用をかけて厳重警備された、ごく少数の牧場の独占だからこそ、高額で取引される貴重品たり得る。だが我々によるイスでの酪農が成功すれば、乳製品の希少性と価格を確実に下げることになり、その利益を独占してきた貴族の酪農に大打撃を与えることになる。

グッケンス博士が皮肉交じりに教えてくれた。

「貴族連中のほとんどは、商売はうまくない。だが、〝貴族にしかできない〟となれば、買う方は下手に出ざるを得ない。殿様商売し放題だったわけだな。わしの研究にも出資したいとか協力したいとか言ってくる貴族が数多《あまた》いた。だが、その研究が、酪農の拡散と普及であると知ると手のひらを返して、今度は妨害だ。あんな連中のいる場所で研究を続けるのがバカバカしくなってのぉ……」

博士の隠遁《いんとん》生活に、そんな理由があったとは思わなかった。

（博士の高い志を、自分たちの金とプライドのために邪魔するなんて、貴族ってなんなの？）

サイデムおじさまも、日頃から貴族の横暴には思うところがあるようだ。

「まぁ、ともかくひと泡吹かせようぜ。俺たちがやろうとしている牧場は、ほぼ秘匿《ひとく》可能だ。奴らに気づかれないよう準備を進めて、一気に市場に出してやる。イスは貴族たちの住む帝都から遠く、帝都の商人ギルドとの乳製品の取引もほぼない。しがらみはない」

セイリュウは例によってゲラゲラ笑っている。

「あいつらヘタすれば破産じゃない？　金に目のくらんだ貴族の逆恨み買い放題だな、サイデム。背中には気をつけろよ」

「覚悟はしてるが、俺もそこまで坊やじゃないんでね」

アビージョの白身魚とチーズをうまそうに食べながら、サイデムおじさまは不敵に笑う。

「お、こっちの酒もうまいな。やっぱり教えろよ。どこの酒だ？」

日本のシングルモルトウイスキーだとは教えられないので、適当にとぼける。しかも市場にはない熟成品。私もあとで少しだけ舐めてみたい。ソーヤによれば、軽やかさの中にあるスモーキーなフレイバー、ヴィンテージになったことで深みも増しているそうだ。イイね！

誰も手を出さなかった不可侵領域〝酪農〟。

そこに手を出す私たちの周りは、魔物に盗賊に一部の貴族たち、敵だらけだ。でも、全然心配する気になれないのは、やっぱりこのおじさまたちのおかげだな。

剣呑な話も笑い話のように酒の肴《さかな》にしている様子を見ると、なんの不安も湧いてこない。

私はこの日、夜遅くまで、保護者の皆さまへの感謝を込めて、気合を入れて料理を作り続けた。

◆　◆　◆

私はいま、シラン村の薬局でハルリリさんの定位置に座っている。

数日間、村の薬局の臨時店主をするのだ。

「本当にありがとう。薬局は閉めていくつもりだったんだけど、この村周辺でも被害が出ているみたいなので、心配だったの。お願いできてよかった」

ハルリリさんは、私と話しながら、急な出張の支度を手早く整えている。

こういう緊急時への備えはしてあるらしく、治療に必要なものが入った大きなリュックが準備されていた。その中に、今回特に必要になる薬を慣れた手つきで加えていく。

ここから南に下った森の中の集落周辺で、〝鬼蛭《おにびる》〟が大量発生した。一、二匹ならば、そう問題ないありふれた小さな魔物だが、厄介なのは吐き出す粘液だ。直接皮膚にかかれば、ひどいタダレを起こし痛みが長く続く。もちろん目に入ったりしたら失明もありうる。大量の〝鬼蛭《おにびる》〟に一気に襲われれば、死に至ることもあるのだ。

いま、ここから八十キロほど離れたある集落が、この危険な〝鬼蛭《おにびる》〟と戦っている。すでに重篤《じゅうとく》な状態の怪我人が二名、これから積極的な討伐行動を始めるため、さらなる怪我人も予想される。そこで、一番近いシラン村の薬師で〝癒しの術者《ヒーラー》〟でもあるハルリリさんに救援要請が来たのだ。

「基本、火傷《やけど》に近い皮膚疾患だから、すぐに洗い流して早めに手当てできれば、命は救えるはずなの。使う薬の指示も出してあるから、駆除が完了するまで数日あれば終わると思う。その間だけ、この薬局をお願いします」

すでに支度を整えたハルリリさんは、集落からの使いが用意してくれたトラックみたいに大きな三本の角のある馬に、少しだけ〝ポーション〟を垂らした砂糖の粒を与え、さらに《駆け馬》という魔法をかけた。

「ゴメンね、無理をさせちゃうけど、急がないといけないの」

ハルリリさんは馬に謝りながら、集落から迎えに来た使いの青年と走り出す。巨大な馬の隆起していた筋肉はさらにひとまわり大きさを増し、全体から湯気を立ちのぼらせながら、ふたりを乗せて疾風のように去っていった。

（あの速さなら、南の森まででも一駆けだね）

《駆け馬》は、空気を切り裂く風魔法《裂風》と成長の土魔法の応用で身体能力を一時的に高める《強筋》を合わせた移動術のひとつ。

《駆け馬》は名の通り、人にかけてもそれほど効果はない。だが走ることに特化した筋肉を持つ馬の高速化には劇的な効果をもたらす。とはいえやりすぎると馬の負担が大きい、加減が難しい魔法だ。

（ハルリリさんみたいに〝ポーション〟入りの砂糖をあげることで馬の負担を軽減するのは、薬師以外には難しいかも。〝ポーション〟高いし。あ、でも私は問題ないか）

お客さんが来ないので、ハルリリさんの蔵書を読みながら、いろいろな魔法について調べてみる。大きい上にやたらと重いボロボロの羊皮紙本〝魔術の心得〟は、魔法使いの教科書のような本で、魔法学校で必ず使うものだそうだ。

ハルリリさんが持っている本は、かなり年季の入った古本で、所々読みづらい。それでも、これを買うためにハルリリさんは、長く昼ご飯を抜くことになったそうだ。

本当は卒業時に売ってほかの本を買いたかったが、あまりにボロボロで、次の生徒に売ることができず、そのまま持っているという。

(でも、いまでも読み返すと勉強になるので、手放さなくてよかったと言っていた。やっぱり基礎って大事だよね)

「懐かしいものを読んでるな」

いつの間にか、グッケンス博士が作業机の私の対面に座ってコーヒーを飲んでいる。

そうだ、店でなにかあると困るから、奥の部屋に《無限回廊の扉》を繋《つな》いでおいたんだった。

「あ、博士。おはようございます。そういえば博士は魔法学校で教鞭《きょうべん》も取られていたんですよね。この本もお使いでしたか」

「使うもなにも、その本を書いたのはわしだよ」

「魔法学校がいまでも博士のことを必死で探している理由がなんとなくわかりました」

帝国も魔法学校も、農学の研究なんかまったく認めてくれなかったのだろうと想像はついた。むしろ、頼むから魔法学に専念してくれと懇願したのだろう。魔法学の実践も学識も教育者としての能力も卓越した人物なんて、そうそういるものではない。

「さっきの《駆け馬》だが、知識の浅い連中は、《裂風》だけで十分だと誤解している。確かに人が短距離を走る場合《裂風》は有効ではある。だが元々走るようにできている馬の速度を一定時間劇的に上げるには《強筋》との組み合わせでなければ効果は半減する、そんな理屈さえわかっておらんのだから……。あの薬師の娘は良く勉強している な。立派なものだ」

「魔法をちゃんと使えていない魔法使いもいるってことですか？」

博士はコーヒーが苦いことにいま気づいたような顔をした。

「魔法学校に入れる程度の魔法力があっても、それだけでは魔法使いにはなれん。入学者も潤沢《じゅんたく》な魔法力を持つ者は少なく、ほとんどは《基礎魔法》でボロボロ落第する程度だ。それでも時間をかけて学び、卒業する。軍も冒険者ギルドも、市井《しせい》の人間たちの間でも攻撃力の高い〝魔術師〟は常に求められ、だが、必要な人数には程遠い。それでなくとも魔法使いは不足状態だ。だから卒業する前から、山のように仕事先の紹介状が積み上げられる。学校を卒業しさえすれば一人前だと勘違いする者たちは、魔法の組成への理解が足りないまま安易に魔法使いを名乗り、高給の求人に飛びつく。そして、わしが教えたはずの単純な術法ですら曲解し、理論的な裏付けもないまま安易に改悪したいい加減な術法の魔法を蔓延させる。それが自らの首を絞《し》めることにも気づかずにな」

今度は皮肉っぽく笑っている。

「魔法使いにはインターン制度はないんですか？」

「なんだ、その〝いんたーん〟というのは」

私は、以前いた世界の医者の話をした。

医者は六年間勉強し試験を受け免許を取る。その後、実地で研修する期間が必要で、指導してくれる先輩につき、研修医として実地訓練をしたあと、一人前の医者となる。この制度をインターン制度という。国によっては、さらに免許更新のための試験もある。

「なるほど、学校の勉強ではなく実践の場での訓練を義務付けるわけだな」

そう言ったきり、博士はその後、思索の世界に入ってしまったらしく、まったく喋《しゃべ》らなくなってしまった。

仕方がないので博士のコーヒーのお代わりを用意し、再び私はボロボロの〝魔術の心得〟を読み始めた。

午前中は静かに過ぎていった。

いつもの湿布薬を買いに来た腰痛のおばあさんとハーブティーを買いに来た人が三人。臨時店主の私には、じっくり本を読む時間があってよかったが、ちょっとハルリリさんのお店の売り上げが心配になってしまった。

それはそれとして、そろそろ博士を思索から起こして、お昼を作りに家へ戻ろうかと思っていたところに、小学校で見かけたことのある少女が飛び込んできた。

「大変なんです。ハルリリさん、ハルリリさんはどこですか!?」

ものすごい勢いで薬局に飛び込んできたのは、村の学校の制服を着た少女だった。私の作った制服、清潔感があって可愛い。われながらいいできだ。

少女は、息が上がって苦しそうなのに懸命に話そうとしている。

「落ち着いて、しっかり息をして、それから話してね。お名前を聞いていいかしら?」

「る、ルーシャです。弟が、弟、いま、お父さんが……」

泣いているし、まだ息が整わないし、なかなか話が見えない。

「ルーシャさん、弟さんになにかあったのね?」

やっと息が整ってきたルーシャが、涙ながらにたどたどしく話してくれたところによると、今朝彼女の弟カルーが、両親の畑近くの森で遊んでいたとき、突然悲鳴をあげた。

その声に気づいた父親と母親が慌てて森へ行くと、三匹の〝鬼蛭《おにびる》〟の近くで泣き叫び、のたうち回るカルーがいた。全身に粘液の薄い緑そして赤い血が見え、のたうちまわることで、さらに傷が広がっていた。

〝鬼蛭《おにびる》〟への注意と対処法を回覧で知っていた両親は、カルーを母親のエプロンで包み、一番近い水場に走った。すでに気絶状態のカルーの全身に水を掛け、〝鬼蛭《おにびる》〟の粘液を洗い流すと、火傷《やけど》のような傷はそれ以上広がらなくなった。

父親はすぐに近所の家とタルク村長へ連絡をした。村長は村につい最近設立した警備隊に指令を出し、彼らが中心となって駆除に当たってくれたそうだ。

水で洗浄したあと、カルーの傷はそれ以上広がらずひと安心していると、気がついたカルーが目の痛みを訴えた。激痛を訴えるカルーだが、両親にもどうにもならず、いま父親が背負って薬局へ向かっている。

ルーシャは学校に行く途中で、ふたりに偶然会い、先に行って事情を説明しておくよう言われたのだそうだ。

「どうしよう、ハルリリさんいないの？　カルーの目どうなっちゃうの!?」

また大泣きになってしまうルーシャ。

「ルーシャさん、ルーシャさん落ち着いて。大丈夫、私も知識はあるの。今日もこのお店を任されているぐらいなの。大丈夫だから、落ち着いて」

そのとき、倒れ込むように、布に包まれた子供を背負った男性が入ってきた。

「お父さん！　カルー！　ハルリリさんがいないの！」

父に泣きながら最悪の状況を告げるルーシャ。

「ともかく状態を見てみよう。お前たちはそこで待っていなさい」

横から出てきた博士が子供を受け取る。すでにぐったりとして、再び気を失っているようだ。

「あんたも医者なのか？」

「まぁ、そんな者だ。静かに待たないと治療せんぞ」

博士の一言に、ふたりは黙って店の隅にある椅子に腰かけた。私はぺこりと頭を下げて、博士と治療室に入りドアを閉める。

少年を治療台に寝かせると、博士は《浄化》の魔法をかけた。その後、目の周囲に慎重に《異物検知》と《剥離《はくり》》の魔法をかけ、目の中の毒物をすべて取り除いた。

「これで痛みは退くと思うが、右目はもう見えはせんだろうな。それに、もうすでに毒は頭にまで及んでしまっているよ。命が助かるかも危ういな」

「そんな！　〝ハイポーション〟でもダメですか？」

「ダメだな。失ったものは取り戻せんよ。〝エリクサー〟なら知らんが、基本的になくしたものは〝エリクサー〟クラスの特殊な魔法薬でもないかぎり戻らない。失った足が生えてくることはないし、たとえ命が助かったとしても、この子のほぼ溶けてしまった右の眼球は、戻らない。傷ついた直後ならともかく時間が経ちすぎた」

私は踵《きびす》を返して、《無限回廊の扉》に入り、ストックしてあった薬を取り出す。

「博士。〝ハイポーション〟です。私になにかあったら使ってください」

「おい、まさか、以前聞いた《癒しの手》を使う気なのか？　やめろ、それは危険すぎる。魔法力を持っていかれるだけで済むとは限らんのだぞ。これほどの重症を癒したときどうなるのか、なにもわからないスキルを使ってはならん！」

博士が真剣に止めてくれる。でも、もう決めた。

「私は、目の前にいる自分が助けられる人を二度と見捨てない。そう決めたんです」

私は博士に止められる前にすばやく少年の頭の方に立ち、その目を覆《おお》い、気持ちを集中した。

（この子、カルーに癒しとそして祝福を。傷ついた目と躰《からだ》を癒し健やかな元の姿に……）

カルーに添えた手に熱を感じる。

と、私の手のひらが白い光を発し、それがヴェールのように少年の躰《からだ》を包み込んでいった。すると、ますます手の熱さが増し、全身が倦怠感《けんたいかん》に包まれ始めた。私の躰《からだ》にも良くないなにかが起こっている気配を感じるが、なにが起ころうとここで止めることはできない。私は不安な気持ちを振り切って手のひらに力をこめる。

と、同時に癒しの効果が見えてきた。

（わかる。この子の目が再生されていくのがわかる）

何分経ったのか定かではないが、やがて私が与え続けた眩《まぶ》しいほどの白い光が消えるとカルーはすぐに目を覚ました。

死の淵《ふち》から甦《よみがえ》ったその幼い躰《からだ》には傷ひとつ残っていなかった。目の再生はもちろん、躰《からだ》中に広がっていた〝鬼蛭《おにびる》〟の粘液による火傷《やけど》の跡もすべて消え、かなり昔の膝《ひざ》小僧の傷すらいまは残っていない〝完全な癒し〟が、少年には施されていた。

カルーはなにが起こったのかわけがわからないようだったが、激痛から解放され、どこも痛くないことにホッとした表情で明るく笑っている。

家族を探す少年のためグッケンス博士がドアを開け、カルーを家族に返す。笑顔で抱きついてきたカルーを見て、再び大声で泣くルーシャの声が聞こえた。

（よかった。救えてよかった）

そう思った瞬間、私の視界は歪《ゆが》み、躰《からだ》がぐらりと崩れ落ちた。

気がつくと、そこは見覚えのあるなにもない空間。

「私、また死んじゃったんですかね？」

以前にも見た宗教画の神様（本当に神様なんだろうけど）っぽい、それは美しい人が、至近距離から私を見ていた。

（距離が近すぎ）

私が後ずさると、苦笑しながら椅子を勧めてくれた。

「大丈夫、だーいじょうぶ！　いや、かなり危なかったけどね。君のお仲間は有能だから、ちゃんと助かったよ。まだ、昏睡してるけどね」

いつの間にか現れたティー・テーブルには、可愛らしいドーナッツ型のクッキーと紅茶。高級磁器のティーセットに英国王室御用達の老舗《しにせ》紅茶店のアールグレイとこれも老舗《しにせ》のお菓子、どれも私の大好きだったものだ。私の好みをよくご存知で、さすがカミサマ。

「能力を与えた側が言うのもなんだけど、君も無茶するね～。君が過去に彼を救えなかったことは、君にはなんの責任もないことだと断言できるけど、それでもそれは君の後悔なんだね」

「ええ、そうですね。私が自分を〝聖人〟にふさわしくないと思う程度には……」

私には前世の後悔がある。それは人を救うことを諦めた、という苦い経験だ。

祖母に溺愛されて育った年子の弟は、普段はおとなしいが自分のことが常に最優先されなければ気がすまない子だった。その性格は、双子の弟たちが生まれても変わらず、ある日、少し待たせただけで、赤ん坊の乗った椅子を蹴《け》り飛ばして倒そうとした。まだ小学生だった私は、椅子から落とされた赤ん坊を守るためにとっさに身を投げ出して受け止めた。そのせいで腕を脱臼しうずくまる私を見ても、年子の弟は平然としていたし、ことの次第を知った母が烈火のごとく怒っても、怒られる意味がわからない様子だった。そして、私に謝れと言う母に、悪いのは自分のことを最優先しなかった姉だ、と主張し決して譲らなかった。

このとき、私は年子の弟を見捨てた。それからは双子の弟たちを守るため、年子の弟を最優先にし、その暴君振りを一切とがめなかった。注意もしなかった。私には逆上した弟はたとえ幼児だろうと弟だろうとなんの躊躇《ちゅうちょ》もなく当たり散らす材料にする、という確信があったからだ。

子供の私は、三人の弟すべてを守ることはできなかった。だから、年子の弟の更生を諦め、見捨ててしまった。弟の性格を正し、教育しなおすのは親の仕事だと人は言うだろうけれど、それでも私は自分のその決断を許せないでいる。あのとき、心の中に流れた冷たい気持ちが悲しくてたまらない。私は、もう二度とあんな風に人を切り捨てたくない、そう思っている。

おいしくて懐かしい味。久々の紅茶だ。香りを吸い込むだけでスッキリする気がする。このクッキーも懐かしい。さっきはドーナッツ型って言ったけど、コレは浮き輪型が正しいかな。散らされたレモンピールやアンゼリカの色が宝石みたいに綺麗だと思ってたな。

「君は一度もこれを異世界から取り寄せてないよね。仲間のためには高価な酒でも躊躇《ちゅうちょ》なく買って貯蔵しているのに」

一緒に紅茶を飲みながら、不思議そうに聞く。

「好きだったことすら忘れていました。いまいる世界が思ったより忙しく、めまぐるしくて、前の世界をあまり思い出さないからかもしれません」

金銭的な問題はほぼないので、買いたい放題買っているつもりだったけど、自分の嗜《し》好品《こうひん》を買う気にはなぜかあまりならない。

私は自分が食べるより食べさせたい、根っからおかん体質の〝オバちゃん〟なのだ。子供になろうと異世界だろうとそれは変わらない。

「そういうことにしておいてもいいけど、君はもう少し人に頼ることを覚えた方がいい。

君は君の仲間にとって大切な存在になっていることを自覚しなさい。手を差し伸べてくれる人たちを大事にするだけではダメだよ。自分も大事にして生きなければ」

真剣な顔で、また至近距離に近づいてくるカミサマ。

私は躰《からだ》を引きながら、愛想笑いする。

「まだこちらにくる気はないんでしょう？」

もうひとつの椅子に、キラキラオーラの人がいつの間にか座って紅茶を飲んでいる。

「私たちはいつもあなたを見守っています。それにいまは、あなたの新しい世界での生を大切に見つめたいと思っているの。あなたはいまも私たちの聖人候補。だから無茶をしてはダメよ。あなたは正しいことのためなら平気でそれができる人だから」

キラキラの人が、少し困ったような顔で微笑む。

「大事に生きなさい」

「命を大切に末長く幸せにね」

ふたりの声が遠くなる。

目が覚めると、セーヤとソーヤが滂沱《ぼうだ》の涙でベッドに張り付いていた。

「メイロードさま！」

「メイロードさま！」

（相変わらず、息ぴったりだね）

私は手を伸ばしふたりの頬に触れる。

「ごめんね。こんな無茶は二度としないから、約束するから」

私も泣き出して、三人で号泣してしまった。

《癒しの手》は完全復活のスキルだった。ボロボロになった躰《からだ》でさえ、死にかけた人でさえ、瞬時に完全に復活させることができる。究極の癒し魔法。

代償として取られたのは、魔法力と体力。1000の魔法力と70の体力が奪われた。

このとき私の体力は73。つまり残り3、死ぬ寸前の瀕死《ひんし》状態だ。

博士がすぐに〝ハイポーション〟を飲ませたあと、躰《からだ》を動かさずに移動させて部屋に運び込み、継続的な癒し呪文をかけてくれた。どういうわけか、私自身に〝ハイポーション〟は劇的には効かないのだが、それでも助けにはなり、二日ほどでほぼ回復した。

いくら若くても、ここまでギリギリに使い切ると回復に時間がかかる。

数日後、保護者の皆さまとソーヤ、セーヤのために、復活記念〝心配かけてごめんなさい〟宴会を行った。

例の居酒屋スタイルで、腕によりをかけた料理と美酒のかなりゴージャスな宴になったはずなのだが、全員を酔い潰《つぶ》すまで、集中砲火のお小言がやむことはなく、私は平身低頭で、ひたすら謝り続けたのだった。

（ごめんなさい！　ごめんなさい！　反省してます！　心配かけてすみませんでした!!）

そういえば、その後自分を《鑑定》したところ《癒しの手》が（+5）というわけのワカラナイ状態になっていた。おそらくカミサマたちがなにかしたんだと思う。でも、怖いのでもう少し体力をつけるまで絶対封印する。

これからのテーマに〝大事に生きる〟を入れることになったので、無茶はしない。絶対にしない。

保護者たちが、すごく細い目でこちらを見てるけど、本当に無茶はもうしません！

カルーの件は、グッケンス博士が助けたことにしてもらった。とはいっても、グッケンス博士の名を出したわけではなく、あくまでも〝謎の凄腕ヒーラー〟としてだが。

〝あなたの弟を助けて死にかけました〟と言うわけにもいかないし、しばらくは絶対使わないと決めたスキルのことも知られたくない私としては、申しわけないが博士を盾にするしかない。

そして〝謎の凄腕ヒーラー〟は、旅の途中に薬局を探していてたまたまそこにいた行きずりの人物で、すでに村を去っており、正体は不明ということになっている。

博士の姿を見たのはルーシャの家族だけなので、一応ルーシャ一家には口止めをしておいた。

でも〝鬼蛭《おにびる》〟の粘液を浴びたはずのカルーの傷が綺麗さっぱり治っているのは隠しようもなく、出張から戻ったハルリリさんは、瀕死《ひんし》の少年を救って颯爽《さっそう》と去っていった〝謎の凄腕ヒーラー〟の噂への対応に追われることになってしまった。

「ごめんなさい。私もそのヒーラーさんについては知らないの。たまたま必要な薬が足りなくなって、来ただけみたいなんだけど。私も会ってないから名前もわからないのよ」

薬やお茶を買いに来た人たちから聞かれるたびに、同じ答えを繰り返している。

私はというと、結局あの日はほとんど薬局の仕事ができず、急な病気で寝込んだことになっている。そういう事情で、今日はその謝罪にニンジンケーキを持って、ハルリリさんの薬局へ来ていた。

「メイちゃんも、その人についてはよくわからないのね」

「え、ええ。調子が悪くてぼーっとしていたので、名前も聞けませんでした」

あくまで〝謎の凄腕ヒーラー〟で押し通す。

シラン村の〝鬼蛭《おにびる》〟は、その後数匹が見つかっただけで、村の警備隊により完全に駆除され、あのあと怪我人は出なかった。

南の森の大量発生もほぼ駆除が終わり、事態は収束したそうだ。ハルリリさんの到着前に襲われて危篤《きとく》だった老人が一名亡くなったそうだが、もうひとりは火傷《やけど》は残ったものの助かり、ほかの怪我人も重傷者は少なく済んだとのことだ。

今回の騒動で、魔物が思ったより身近で危険なものだと、改めてわかった。人口が徐々に増えているこのシラン村は、以前より魔物に狙われやすくなっているのかもしれない。

「タルク村長は今回のようなことを考えて、警備隊を新設したんでしょうか」

すりおろしたニンジンがタップリ入った、目にも鮮やかなオレンジ色のケーキをカットしてハルリリさんの前に置きながら聞いてみる。

「それもあるけど、むしろ盗賊団に対する牽制《けんせい》の意味が大きいんじゃないかな」

確かにシラン村の躍進についての噂と評判は隠しようもなく、広域に拡散しつつあった。

小さな村に、大金を稼ぎ出す地場産業ができていること。

大規模な工場とそれを支える多数の大型工房。

整えられた道路には魅力的な店舗が連なり、地方には珍しい清潔さを保った村内。

学校や公衆浴場といった都市にも多くないインフラが整い、子供たちには無料の給食。〝金がありそうだ〟と思うのは当然かもしれない。

「警備隊にはどんな方々がいらっしゃるんでしょう？」

幸せそうにニンジンケーキを食べて一息ついているハルリリさんに聞いてみる。

「詳しいことは村長に聞いた方がいいと思うけど、イスの知人に頼んで冒険者ギルドから紹介してもらった人たちらしいわよ。皆クラス2以上だっていうから、腕は確かなんじゃないかな。警備職につく人にあまり若い人はいないけどね」

「なぜです？」

「血気盛んな冒険者は、ダンジョンに潜ったり、危険な討伐に行ったりするの。その方が断然実入りがいいから。警備は、もうそういうのはいいから落ち着きたいという人たちの仕事なんだな」

できれば村で嫁でも見つけて、静かに暮らしたい人たちなので、長く勤めてもらえるということらしい。シラン村警備隊の五名は、村人の自警団の訓練も担当してくれているそうだ。確かに、なにか起こったときには人数も必要だろう。おそらく裏でサイデムおじさまが助言しているんだろうけど、私も村の守りの強化について、少し考えた方が良さそうだ。

（常時《索敵》もできなくはないんだけど、集中力が削がれるので好きじゃないんだよね）

魔法でなんとかできないか、グッケンス博士に相談してみることにしよう。

〔メイロードさま〕

〔なにかしら、セーヤ〕

雑貨店を頼んでいるセーヤから念話が来た。

〔ただいま、店に村役場からの使いが参りまして、村長がメイロードさまにおいでいただきたい、とのことです〕

〔わかりました。こちらを出たらすぐ向かうとお伝えして〕

〔はい、ではそのように〕

しばらくハルリリさんと話したあと、村役場へ向かう。

いまでは村営事業となった〝メイロード・ソース〟の事務所も兼ねているので人員は三倍増、全体が活気に満ちている。相変わらず注文は増加の一途らしく、需給調整には苦労しているようだ。

一生懸命働いてくれている人たちには申しわけないが、つくづく手放してよかったと思う。仕事は大人の皆さんに任せよう。

階段を上がり村長室の扉をノックすると、返事ではなく、中からドアが開けられた。

ドアを開けてくれたのは動きやすそうな鎧に身を包んだ恰幅のいい男性。そしてもうひとり若くはないが品のいいきっちりした着こなしの男性が、村長と立っていた。

「お嬢様、お久しぶりでございます」

きちんと礼をとる男性たち。

おそらく、また〝初めて会う昔からの知り合い〟ってやつです。

第八章　聖人候補の〝やっちまいな〟宣言

「お……久しぶりなんでしょうね」

私は困ったような顔になり、ふたりの男性を見上げる。

「サイデム様からお伺いしていましたが、本当に記憶を失われているのですね。おいたわしい……」

大きな躰《からだ》で目に涙を浮かべているこの人は、レストン・カラックという。最近編成されたシラン警備隊の隊長だ。五人で編成された〝シラン村警備隊〟の中でただひとりの冒険者クラス1、ドラゴン討伐といった高難度の依頼を受けられるスペシャリストだ。

冒険者はクラスの数字が小さくなるほど有能だそうで、クラス１の上にいる、レジェンドと呼ばれるごく少数の冒険者を除けば、最強と言っていい人材だ。それに、まだまだ現役の彼は、普通ならこんな辺境の村での仕事を受けるような人ではない。

カラックさんはイスの出身で、長くサイデム商会関連の討伐や警備に関わっており、サイデムおじさまやメイロードの父とも旧知の間柄だったそうだ。

「メイロードさまを連れられて初めてこの村へ里帰りされた際にも、私が警備の指揮を任され、お供させていただきました。訪れるたび、この村の方々は御尊父様をはじめ、皆さまいつも家族のように接してくださいました。本当に、良き思い出でございます」

噂に聞く、私の誕生祝賀パーティー。皆が楽しかったと未だに口を揃えて言う。そのときにこの人もいたのだ。

実は私がこの世界に来た際に起きたあの事故のときの帰郷も、カラックさんが警備する予定になっていたのだが、ほかに緊急の仕事が入ったため同行できなかったらしい。そのことをいまも後悔しているという。

「今回サイデム様にご推薦をいただき、少しでもこの村とメイロードさまのお役に立てましたらと、まかり越しました次第です」

躰《からだ》は大きいし強面《こわもて》だけど、とても優しい心根の人に思えた。私を見る目が、サイデムおじさまと少し似ている。きっと幼かったメイロードやその両親と深い親交があったのだろう。

カラックさんの隣に立っている男性の目も、同じようだ。

「名乗るのが遅くなってしまい申しわけございません。私はガリオンと申します。お嬢様にお会いするのは、私も久しぶりのことになりますが、そうですか……なにもかもお忘れだというのは本当だったのですね」

〝メイロード・ソース〟を村に移譲したとき、村には複雑な経理作業や大きな金額の動く商取引に慣れた人間がいなかった。そこで招聘《しょうへい》したのが、このガリオンさんだ。彼は長くイスの商家で経理を担当し、ここ十年はサイデム商会で働いていた方だった。

「サイデム商会での仕事はなかなか多忙でございますので、年も年ですし、そろそろもう少し落ち着いた仕事をしたいと思っていたところへこのお話をいただきまして、メイロードさまのお役に立てればと思い、老骨ながら参上させていただきました。ここはとても暮らしやすい良い村ですね。私もこちらに長くお世話になろうと決めました。どうぞ、これからよろしくお願い申し上げます」

この落ち着いた紳士のガリオンさんは、アーサー・マリス直属の部下でもあったそうで、彼を大変尊敬できる上司だったと絶賛した。メイロードの父の人望がこの有能な方々をこの村へ導いてくれたと思うと感慨深いし、ありがたいことだ。

「ガリオンさん、私からも〝メイロード・ソース〟のこと、よろしくお願いします。それから、カラックさん、今回の〝鬼蛭《おにびる》〟の件、本当にありがとうございました。これからも、村の守りをお願いいたします」

私は丁寧に頭を下げ、新たな村の守り手たちに礼を述べた。

「いや、頭をお上げください。当然の仕事です。村への本当の脅威はこれからやってきます。ですが、必ずお守りいたしますのでご安心ください」

「え？」

「あっ！」

小さくため息を吐いたタルク村長が、カラックさんに声をかける。

「気にしなくていいよ、カラック。メイちゃんには、最初から言うつもりでここに呼んだのだ。それから、メイちゃんのことは〝普通の〟子供だとは思わないように。いまのこの村を作ったのはこの子なのだから」

村長が〝メイロード・ソース〟にまつわる経緯や浴場、学校のことを説明すると、カラックさんとガリオンさんは信じられないという顔をしながら話を聞き、最後には納得してくれた。

「さすが〝知将〟と呼ばれたアーサー・マリスさまのお血筋でございますね。わずか三年足らず、しかもこのお年で。いやはや……」

驚くガリオンさんに苦笑しつつ、先ほどの話をしなくてはならない。

「賊の兆《きざ》しがあるのですね？」

私の問いに、タルク村長は姿勢を正して、話し始めた。

「このところ、〝鬼蛭《おにびる》〟騒ぎで村中がざわついていたのは知っておると思うが、巡回していたおり、どうも動きが怪しい者をカラックが見たらしくてな。犯罪者や密偵独特の特徴があったらしいのだが……」

「私がまだ着任したてで、村の地形や村の方々について把握していなかったため、見失ってしまいました。申しわけございません」

カラックさんが無念そうに頭を下げる。

「密偵を放っているということは、組織化された盗賊団が本気で狙いに来ているということですよね。まだ、しばらく偵察が続くと思われますか？」

カラックさんは、いままでにも盗賊たちと何度も戦ったことがあるそうで、その経験から今回の盗賊団はかなり組織化された慎重な集団だと予想していた。

「村を襲うというのは生半可なことではできません。どこの村にも自警団ぐらいはありますから、不用意に仕掛けて抵抗されれば命の危険も大きいですし、失敗して捕まれば死あるのみの危険な行為です。ですから、こういう大仕事をやる奴らは徹底的に偵察し、隙《すき》をうかがい、勝機があるときにしか動きません。できれば偵察の連中をうまく尾行して奴らの全貌を先に掴み、アジトを叩きたいと考えております」

私はにっこり笑って提案する。

「わかりました。ウチにぴったりの人材がおります。しばらくお貸ししますので、敵の動向を掴んでください」

私がそう言うと、ドアがノックされ、先ほど念話で呼び出しておいた、セーヤとソーヤが入ってきた。

「このふたりは、村に住むすべての人たちの名前と顔を記憶しています。完全に気配を消すこともできますので、不審者を見つけるのには頼りになりますよ」

「お任せくださいメイロードさま」

「お任せくださいメイロードさま」

ふたりとも自信満々、やる気十分のようだ。

「おお、そうじゃったな。村人の正確な台帳を作る際にもこのふたりに随分協力してもらったのだ。この子たちなら適任じゃな」

カラックさんは、村人全員の顔と名前がわかる人材がいるとは、まさか思っていなかったらしく、口をあんぐりと開けていたが、すぐに気を取り直し頭を下げた。

「ご協力感謝いたします。これで早急に敵の動きを把握できます」

「では、敵の動きが掴めましたら、計画を立てましょうか」

私は優雅に見えるよう微笑んで、皆を見上げる。

「計画と申しますと？」

カラックさんが、不思議そうな顔で私を見ている。

「もちろん、ほかの盗賊団が絶対来たくなるよう、完膚《かんぷ》なきまでに叩きのめして差し上げるための計画ですよ。いまの〝メイロード・ソース〟は善良な村人たちが一生懸命作っている村の財産です。その利益を暴力に訴えて盗もうというのであれば、容赦は無用、絶対に許しません。この村に手出しをしたらどういうことになるか、身をもって体験していただきましょう。ええ、噂が広がりやすいよう派手に潰《つぶ》してやりますとも！」

どこの世界にも、悪意はあり、それに染まって〝人であること〟をやめてしまう者たちがいる。彼らに言葉は無力だ。

私はいまも昔も、悪意による理不尽な暴力を憎んでいる。私はまだ小さな子供でしかないが、仲間の力を借り、せめて私の村だけは守り切りたいと願っている。

その後の、カラックさんたちとセーヤ・ソーヤによる内偵は順調だった。警戒強化のために私の《索敵》と《地形探査》を併用しているため、相手が多少身を隠すための小細工や魔法を使っても、ほぼ意味がない状態で監視可能になっている。

相手は村人に紛れたり、旅人を装ったりしているが、どれも確実に看破できるので、すぐカラックさんの目にとまり、挙動を観察され怪しい者がふるいにかけられる。

そこからは、私の妖精さんたちの出番だ。

セーヤとソーヤは、元々妖精族。人からは見えないという特性がある。

人と契約することで見える姿を手に入れられるが、〝消える〟という特性は残っているのだ。しかも、異世界食品を日常的に食べているふたりは、かなり妖精としての能力が進化してきているらしく、いまやふたりが本気で隠れると私の《索敵》でも気配を追えない。村の様子を探りに来た偵察者の真横に立ってもまったく気づかれないので、怪しい者には片っ端から張り付いて、行動が観察できる。敵の情報は筒抜け状態だ。

敵のアジトもとっくにわかっているし、盗賊たちの計画についても細部まで報告を受けている。

盗賊たちの狙いが現金なのは、はっきりしていた。

彼らの計画では、現金の保管場所を特定したあと、最高額の現金が村にある時期を狙って襲うつもりだ。人数が少ないとはいえ一騎当千の警備隊を警戒し、村の警備が手薄になるときを探っている。

敵の人数は四十七名。

すべての氏名もすでに把握済みだ。

盗賊たちの名前は、ほとんどが冒険者ギルドに記録されていた、いわゆる元冒険者たちだった。

（犯罪に加担して登録抹消になってもギルドの在籍記録は残る）

そしてほぼ全員に前科があり、いわゆる〝お尋ね者〟だと判明した。

盗賊団の中には魔法が使える者も五名いたが、覚えた数少ない《基礎魔法》で無理やり魔法らしく見せている程度で、もちろん魔法学校を出たわけでもなく、魔法使いに金を払って少しだけ習ったという手合だ。魔法力もたいしたことはない。

それでも大きな炎を出したり、石つぶてを飛ばす程度はしてくるので、村人に危険が及ぶ可能性がある。これについても、対策は必要だろう。

敵についての情報が集まったところで、作戦会議をすることになった。

村役場の会議室に集まったのは、タルク村長にカラック警備隊長とガリオン経理責任者、私のブレーンとしてグッケンス博士とセイリュウ、もちろんセーヤとソーヤ。

　カラックさんとガリオンさんには、グッケンス博士とセイリュウのことはほかの村の方々には内密に、とお願いしてある。

「ふたつの情報を盗賊団に流します」

　私は彼らが村を襲撃する日を誘導することにした。

「ひとつ目の噂は、イスでの決済が終了した現金が一か月後に村役場の金庫へ運び込まれる。そして、ふたつ目の情報は、村ではその日収穫祭が行われるという情報です」

「祭りは本当にするのですか、お嬢様」

「私のことはメイロードとお呼びください、カラックさん。ええ、昼間は祭りをしましょう。敵に絶好の機会だと思わせたいですから、村が浮かれていて警戒も薄いと思ってもらった方が都合がいいでしょう。村の皆さんには、夜は全員学校と公民館に集まってもらいます。幸い公民館は学校の講堂としても利用しているので内廊下で繋《つな》がっていますし、教室も大きなひとつの部屋として使える構造ですから、村人を全員集めても大丈夫でしょう。そうですね……祭事と、それからなにか大きな振る舞いがある、ということにしましょうか」

　村人たちが学校と公民館へ無事移動したことを確認したあと、そこに強力な《聖魔法》

の結界を張る。これはセイリュウから習った結界だ。野盗ごときには、触ることさえできない強力なもので、同時に村全体にも《守りの結界》を巡らすので、かなりの魔法力が必要とされる。この大規模な結界を維持するのが私の仕事だ。これで、村人を人質にされることはない。

グッケンス博士は、その日の夜、村全体に魔法で霧雨を降らせてくれる。火系の魔法を無効化し、もしもの場合の火事を防ぐためだ。もちろん役場もがっちり結界を張り巡らせて防御する。そしてその入り口では警備隊がお出迎えだ。

当日の大まかな計画を話したあとは、村の地図を使って現在までに掴んでいる敵の行動計画とそれについての対処法を細かく話し合った。

それから盗賊団ご一行様を待ち受ける、最高の魔術師と加護持ちの聖人候補と神の眷《けん》属《ぞく》によるエグい仕掛けを説明すると、カラックさんがなんとも言えない顔をして呟く。

「きっと奴らの全員が、盗賊団なんて割に合わないと思ってくれるだろうよ。少なくとも俺は、この村を襲おうとは絶対に思わないな」

◆　◆　◆

グイドが盗賊団を率いて荒稼ぎを始めたのは、冒険者としての稼ぎを超えた借金を博《ばく》打《ち》で負い、身ぐるみ剥がされた上、借金取りに追い回されるようになったあとだった。もう普通の冒険者の稼ぎではどうにもならない額に膨れ上がった借金返済のために裏稼業に手を出し、何度も警備隊に捕まり、冒険者ギルドの身分証もなくした。

グイドは食い詰めた末に、本格的に盗みを生業《なりわい》とする。殺しより盗みを優先し、実入りのいい仕事をするグイドの下にはすぐに同じように食い詰めた者たちが集まり、いまでは五十人近い大所帯だ。

慎重だが、凝《こ》り性で粘着質。まさかの事態に備えることも忘れない。そんなグイドの性格は、大物狙いの綿密な計画性が必要とされる盗賊稼業には合っていたらしい。いまでは裏の世界でソコソコ有名になり、獲物の情報も自然と集まって来るようになった。

「そんなに評判なのか、その〝メイロード・ソース〟ってやつは」

グイドは酒屋から大量に盗んできた匂いのキツイ蒸留酒をあおりながら情報屋の話を聞いていた。

「イスでの商売はすでに大商いになってる。数十万ポル（数億円）の商売になっているのは確実だよ。このソースがスゲェうまい上に、製法がわからねぇから独占状態で売れ続けてる。イスの卸問屋を狙う手も考えたが、奴らは堅実でなぁ、決済は商人ギルドを通しやがる。稼いだ金は全部ギルドに細かく移して保管していやがるから、イスの店を狙ってもたいした金はねぇし、かといって商人ギルドを狙うなんてそれこそ命がいくつあったところでどだい無理な話だ。しかも〝メイロード・ソース〟のバックにはあのサガン・サイデムがついてるって噂だしな。だけどよ、奴らの本拠地は僻地《へきち》の小さな村だ。あんたたちの人数がいりゃ、そこを狙えるだろ」

情報屋は得意げに大仕事に繋《つな》がりそうなこの情報を売り込む。グイドも大金を一晩で稼げるこの仕事に乗り気になっていた。

「なるほど、村への送金のタイミングを襲えば数十万のポルの金が狙えるってわけか」

現金の輸送中を狙うのは、マジックバッグが使える相手の場合難しい。どの輸送馬車に現金があるのか、特定できないからだ。

(下手に襲って間違えれば相手を警戒させ、警備は厚くなる。この手は使えねぇ。狙うなら、警戒心の弱そうな田舎の村だな)

グイドは自分の手下に早速シラン村の偵察を命じ、村から数キロの森に偵察用の野営地を作った。村を襲うとなればかなりの大仕事だ。捕まれば極刑が待っている。絶対に成功する確信が持てるまで、偵察は怠らないのがいままで生き延びてこられたグイドの流儀だった。それにこれは仕事のひとつでしかない。ほかの仕事をこなしながら、じっくり機会を待つだけのことだ。

偵察隊の最初の報告で、村の大まかな地図を作る。密偵たちによれば、厄介なことにシラン村には最近になって警備隊が新設されていた。しかも全員がかなりの手練れ、隊長はクラス1だ。奴らの人数は少ないがまともに当たれば、こちらが百人で掛かってもかなり苦戦することになるだろう。

だが、これだけの人材がこの田舎の村に集められるということは、村の景気がいいのは間違いなく、やはりかなりの金があると見込めた。

さらに報告からは、その村全体がかなり潤っている様子がうかがえた。辺境の小さな村にもかかわらず、村内の小綺麗さは、まるで帝都のようで、道路も端から端まで綺麗に石が敷き詰められており、行き交う馬車や人の数も多い。子供たちは高価そうな制服を着て学校に通い、村はその子供たち全員に昼飯を食わせているというのだ。

「村人にここまで金を使う村は聞いたことがねぇ」

村が有り余る金の使い道に困ったにしても、役人の懐に入る以外のことに使われているることがグイドには信じられなかった。

（この村はなにかが違う）

グイドの長年裏稼業を生き抜いてきた経験がちくちくと心になにかを警告してくる。

だが数十万ポルとなれば話は別だ。

いい村だろうと悪い村だろうと、金があるなら盗む、それだけだ。

監視を続けるうち、偵察隊からは村の収穫祭についての情報が入った。祭りの間は外から入り込みやすくなり警備も緩む、絶好の機会だ。どうやら村人に振る舞いも出すらしく、祭りの直前にはイスでの儲《もう》けが村に輸送され保管されるとイスの情報屋が掴んできた。

「狙うなら祭りの夜しかないだろう」

浮かれている奴の寝首を掻くのは、盗賊の常道だ。

「全員に襲撃の日時を伝えろ」

祭りの賑わいに気を取られ油断した警備隊を襲わせている間に役場の金庫を開け、金を盗んでとっとと逃げる。村中に火をかけてやれば、追ってくる余裕もないだろう。村人など殺しても金にはならん。人質ぐらいには使えるだろうが、どうでもいい。かかってくれば力で排除するだけのことだ。

(ん？　人質か……。そうだな、もしものときの手当ては必要だよなぁ)

質の悪い酒を飲みながら、人員の配置と侵入経路について詰めていく。

「うまく祭りに紛れ込んで、警備隊には眠り薬を一服盛っておけよ」

ど田舎の村が、分不相応の金など持つのが悪いのだ。

いい教訓だと思ってもらおう。黙って金さえ出せば殺しはしないさ。授業料はたんまりいただくがな。

◆　◆　◆

〔メイロードさま、至急お知らせしたいことがございます〕
珍しく慌てた声のセーヤが、念話を送ってきた。私は十日後に近づいてきたシラン村初の本格的な収穫祭の準備のため、ソーヤと屋外であれこれ準備の真っ最中だったが、セーヤの声にただならぬものを感じて、すぐに部屋に戻り、再び念話で話を聞くことにした。
〔いったいどうしたの？　なにか不測の事態？〕
〔はい。グイドたちは、シラン村への移動を始めたのですが、その直前〝もしものときの手当て〟だと言って先ほど手下に命令を……〕
それは私を激怒させるに十分な報告だった。グイドのかけた〝保険〟とはある人物の誘拐。その標的は、イスに住むガリオンさんの娘さん夫婦だったのだ。

その話をセーヤから聞いた瞬間は、本当に怒りで頭の中が真っ白になるほどだった。
〔まだ、誘拐は実行されていないのよね〕
〔はい、ですが奴らはすぐ拉致してシラン村まで娘さんたちを引っ張っていくつもりのようです。邪魔なら娘以外は殺しても構わないとまで言っていました〕
その言葉を聞いた私は、一度大きく深呼吸をしてから指示を出した。
〔セーヤはそのまま監視をお願い〕
〔ソーヤ、すぐにガリオンさんのところへ行って、娘さんたちのイスの住所と家族構成を聞いてきて、私は先にイスに行きます〕
そう言いながら私は《無限回廊の扉》を開け、サイデム商会の物置に設置してあった隠し扉から飛び出した。そして、一目散におじさまの仕事部屋へ駆け込む。
「うわ！　なんだよ、突然だな」
仕事中のおじさまは、息を切らしながら突然現れた私にびっくりしながらも、私の真剣な顔を見てなにかあったと悟ったらしく、すぐに話を聞いてくれた。私はおじさまに、どうやら盗賊団が村のお金を狙って〝メイロード・ソース〟事業の経理責任者であるガリオンさんの家族を拉致しようとしている、ということを伝えた。
「ガリオンなら、ここに長く勤めていたから、誰かしら娘の家族のことは知っているはずだ。すぐに調べさせる。馬車と警備隊を用意させるから、すぐに逃げるよう伝えてこい！　行くところがなければ、ここに連れてきてもいいぞ。いいか、もし盗賊団とかち合ったら警備隊に任せるんだ。決して動くなよ！」

「ありがとうございます、おじさま。すぐ行ってきます」

私は礼もそこそこにおじさまが用意してくれた馬車に乗り、ガリオンさんから娘さんの住所を聞きこんできたソーヤとともに、イスの下町へ向かった。

「ソーヤが聞いてきてくれたのも、おじさまが調べてくれた住所と同じね。なら、ここで間違いなさそう」

馬車の私たちは、警備隊よりずっと早く目的地へ着くことができた。そして、そこで見たのは、白昼堂々いままさに家に押し入ろうとしている三人の男たちだった。私は馬車を少し離れた場所に止めてもらい、男たちの様子をうかがった。

どうやら窓を壊して中に入るつもりのようだ。中からなんの反応もないところをみると留守だったらしい。盗賊たちは目立たぬよう家主が帰るのを家の中で待つつもりらしく、外からは壊したことがわからないよう慎重にひとりが窓の蝶番《ちょうつがい》を外し、ふたりはそれを隠すように立ちながら周りを警戒していた。

私はまだ、盗賊たちが誘拐に及んでいないことに安堵《あんど》しつつ、少し離れた場所から盗賊たちの様子を見張りながら、どうしたものかと考えていた。

だが長く考えるほどの時間はなかった。男たちのいる場所の反対側から、私と同年輩の女の子を連れ、赤ん坊を背負った女性が、その家の方へ近づいてきたのだ。

「ソーヤ、ガリオンさんの娘さんの家族構成は聞いてきた？」

「あ、はい。娘さんと商家にお勤めのご主人と、メイロードさまと同じ年の女の子、それに昨年男の子を授かったとおっしゃっていました」

いま、家の方へ向かっているあの人たちがガリオンさんの家族だと確信した私は、ソーヤにこう頼んだ。

「あの窓を壊そうとしている三人、思いっきり突き飛ばしてきてくれる？」

「仰せのままに、喜んで！」

ソーヤはそう言うと、ふっと姿を消し、その家の方へ向かっていった。そして、すぐ轟音《ごうおん》とともにひとりの大男が、思いっきり宙へ飛んだ。そして、さらにふたりの男たちも大きな弧を描いてから、地面に叩きつけられ、そのまま動かなくなっていた。三人ともなにが起こったのかすらわからなかったようで、うめき声を上げる隙《すき》さえなく転がっている。おそらく肋骨《ろっこつ》の一本や二本は折れているだろうが、ガリオンさんご家族の危険回避のためだ、仕方あるまい。

私は気絶した三人の男をグイドの手下だと確認したあと、駆けつけてきたイス警備隊の方々に引き渡した。三人とも逃亡中の犯罪者だったので、そのまま牢屋行きになるだろう。

イス警備隊の方々と話すのと並行して、自分の家に侵入しようとしていた男たちが宙を飛んだあと、捕まるまでの様子を呆然と見つめていたガリオンさんの娘さんに、自分の身元を伝え当面の危機は去ったことを話して安心してもらった。幸か不幸か、すでにイスでは〝メイロード・マリス〟の名はかなり知られているため、こんな子供の私の言うことでも、名乗っただけですぐに信用してくれたのはありがたかった。

「あなた方の身の安全は、サガン・サイデムが保証してくれます。ご安心ください。もう、盗賊団は移動してしまいましたし、時間的にもうあなた方を拉致しても間に合わないので、これ以上襲われる危険はないとは思いますが、念のためイス警備隊の方々も警戒に当たってくださるそうです」

私はかいつまんでこれまでの事情を説明した。娘さんはとても気丈な方で、状況の説明を聞き終えると、逆に、お礼を言われてしまった。そして父親がとても楽しそうにシラン村での生活を話してくれると笑顔を見せ、早く物騒な連中がいなくなるといいですね、と励まされてしまった。

私はすぐに決着をつけますと娘さんに約束し、ガリオンさんの身の安全についても保証すると伝えた。そして、いくばくかの迷惑料を渡そうとしたが、娘さんは受け取ってくれず、せめて窓は直させてくださいとお願いし、近くの大工さんに特急料金を支払って修理を頼んでからサイデム商会へ戻った。

おじさまは相変わらず仕事中。

「なにが起こっているのかしらんが、どうやってあの泥棒たちを捕まえたんだ？　人がいきなり空を飛んでいたと、警備隊がびっくりしていたぞ」

「いろいろあったんですよ。疲れました」

珍しく怒って、走り回って、私はかなり体力を消耗していた。

「ガリオンの娘一家のことは心配するな。お前は、村の面倒を片付けるのが先らしいからな。俺に相談に来なかったということは、カラックたちでなんとかなる算段があるんだろう？　まぁ、終わったらまた説明してくれ。ガリオンによろしくな」

その後、私は馬車を貸してくれるというおじさまの申し出を断って、こっそり《無限回廊の扉》を使って村へ戻った。

セーヤの報告によると、先発した盗賊団と誘拐の実行犯たちは村の襲撃直前に落ち合うことになっているとのことで、それが失敗したという現在の状況は、当日までグイドたちには伝わらないだろうとのことだ。襲撃決行の日にグイドのかけた〝保険〟が現れることはないが、それでここまで準備した計画が止まることはないだろう。

ともかくグイドの〝人質を取る〟という卑劣な計画は潰《つぶ》せたし、あとは収穫祭の日を待つだけだ。それにしても、なんて悪辣《あくらつ》な保険だろう。人の、ガリオンさんの家族の命を盾にしてまで、金庫を開けさせようとするなんて。もう、いまの私にはグイドたちに関する慈悲の心など微塵もなくなった気がする。

「絶対ぶっ潰《つぶ》す！」

いつになく語気の荒い私に、髪を梳《す》いていたセーヤはびっくりしながらも、それがよろしいでしょう、と賛同してくれた。

◆　◆　◆

「どんどん氷を出してね！」

「メイロードさま、この野いちごのカキ氷シロップ最高でございます！　しかも、この牛の乳と砂糖を煮詰めた練乳が、コクをプラスして、爽快な冷たさに贅沢な甘みを加えております。うますぎます！」

「ソーヤわかったから！　いまは手を動かす！」

本日、収穫祭。

朝からお祭り屋台の準備中。メイロードの雑貨店の出店はカキ氷にした。まだまだ暑いこの季節、冷たいものがおいしい時期だ。それに、祭りといったらやっぱりこれは外せない。この日のため数日前から大量にカキ氷用の氷を準備し、《無限回廊の扉》の中に保存してある。準備は万端だ。

今回の出店では、ソーヤのために《異世界召喚の陣》を使って取り寄せた手回し式のカキ氷機を使わせてもらうことにした。手動だが本格的なものなので、ふわふわでおいしいカキ氷が大量に作れる。

ソーヤは新しい味のカキ氷が食べられるならば、カキ氷機を誰のために使っても（自分の食べる分がちゃんとあるなら）文句はないらしい。いまも準備をしながら、あちこち食べて回っている。

「この豆を甘く煮たものも氷と一緒に食べるとおいしいですねぇ。この生のフルーツを載せて食べるのも、たまりません。そして、やはり、練乳最高です！　万能です!!」

カキ氷のために用意したトッピングを食べまくり超ご機嫌だ。

ソーヤ絶賛の練乳は砂糖と牛乳さえあればあとは煮詰めるだけなので、グッケンス博士から牛乳が買えるようになったいまは、簡単に作れるようになった。とはいえ、まだどちらの材料も市場に出せる価格ではないのだが、今日はお祭りなので特別、ということにしておこう。

店の前には、すでに待ちきれない子供たちがチラチラこちらを見ながら集まってきている。ガラスの器の中の色鮮やかで綺麗なシロップは、子供心をくすぐるのだろう。それに、氷を食べたことのある子供はこの村にはいない。大人にもいないかもしれない。そういう意味では、これは未知の味。ソーヤならずとも興奮を抑えきれないと思う。ソーヤによると帝都には、かなりの高額でこれに近いものがあるそうだが、氷の食感もシロップのできもまったく私のカキ氷には及ばないそうだ。

この絶品カキ氷、今日は十カル（百円）で出す予定。お子様にも優しいお値段だ。その代わり、入れ物とスプーンは持参してね、とお祭りの回覧に書いておいた。忘れても村内なら、すぐに取ってこられるし、ここにも少しだけだが器を用意してあるからそれで対処できるだろう。

今日のお祭りの出店はすべてチャリティーを兼ねている。材料はすべて村が用意し、労働力を寄付してもらうのだ。うちの今日の売り上げは、学校の備品購入に充てることになっている。

〔気合を入れて売るよ！〕

ハルリリさんはジャムを挟んだどら焼き風パンケーキの屋台、居酒屋さんは焼き鳥と塩ラーメンの屋台を出している。

パンの〝ソルター工房〟の出店では、色とりどりのサンドウィッチと野菜スープ、生ジュース、タルクさんの村役場チームは輪投げやフルーツのつかみ取りで子供の人気を集めている。

〔セーヤ、そちらの状況は？〕

〔ネズミが数匹入り込んでます。眠り薬の件はカラック隊長にお伝えしてありますので、ご心配なく。ほかに混入するつもりはないようですが、引き続き監視を続けます〕

〔ありがとう。私も引き続き《索敵》で状況は追うから、なにかあったら知らせて〕

〔了解しました。では、後ほど〕

今日は、村の居酒屋やレストランも休みにしてもらい、出店してもらっている。

夜の振る舞いまで、酒類の販売自粛もお願いした。

〔どんな危険があるかわからないからね〕

野菜と肉の激安市に旅の曲芸団のショー、普段食べられないようなおいしいものの出店もたくさん。村の広場は人で溢れ、楽しい収穫祭になったようだ。

いままでも収穫祭は、神様に供物《くもつ》と祈りを捧げるというだけの地味な行事としてあったのだが、今回のような祭りが企画されたのは初めてだという。これも、村が豊かになってきたということが実感できる催しだ。

大盛況の楽しい祭りは日が沈む前に広場の撤収を完了し、夜の部のため村人たちを学校と隣接する公民館に誘導する。

夜はタルク村長の仕切りで、農耕の神に祈る収穫祭のメイン行事と宴会、豪華商品の当たるクジ引きなどが行われる。敬虔《けいけん》な村の人々は神様への祈りの儀式となれば、なにをおいても参加してくれるため、誘導が楽でとても助かった。

全村民が中に入ったことを確認し、学校と公民館に強力な聖の結界を張り巡らす。セイリュウ直伝の《退魔の結界》だ。邪《よこしま》なものは結界に触れることさえ許されない。この結界によって音も遮断したので、さっきまでの喧騒が嘘のように辺りは静まり返っている。

〔斥候《せっこう》を確認しました〕

〔警備がいないことを確認するはずだから、見つからないように伝えて〕

〔了解です。奴らは計画通り、盗みと陽動の二班に分かれて近づいています〕

〔村役場前に到着後、行動を開始します〕

さあ、夜の祭りの開始だ。

◆　◆　◆

誰もいないと慎重に確認させたはずの村役場の入り口には、最も会いたくなかった男が、余裕の笑みを浮かべて仁王立ちしていた。

「よう、グイド。待ってたぜ！」

「カラック！　お前がなぜここにいる！」

会うのは初めてでも、散々調べた相手だ。背丈と鎧の特徴を見ればクラス1の冒険者にして〝シラン村警備隊〟の長レストン・カラックであることは明らかだった。

熟練の盗賊グイドは一瞬で謀《はか》られたことに気づき、すぐに逃げる算段に移ろうとした。

退路は当然考えてある。だが、離脱指示を出そうとした、その刹那《せつな》、右にいた一番の手下が悲鳴に近い大絶叫とともに消えた。

足元の地面が丸く消え、周りを固めていた手下は、ひとりずつ吸い込まれるように底なしの穴に落ちていく。

ひとりひとり聞くに耐えない凄絶な悲鳴と絶叫を残して……

グイドが気がついたときには、すでに退路として考えていた外に向かう進路は穴だらけでとても通れず、ましてそこを踏み越える勇気のある者は誰ひとりいなかった。

仕方なく残った者たちは村の中へ逃げ込む。いまは闇に紛れ、別方向から脱出するしかない。なんとか活路を開き、今後の動き方を決めるため、一時隠れられそうな場所を手当たり次第探すが、どこの家の扉も固く閉ざされ、剣すらも弾き返す強固さで守られている。

(結界なのか？　いや、まさかこんな広範囲に？)

闇雲に走り回り疲労が募っても、逃げ込める場所も、休める空間もどこにもなく、イライラする気持ちと焦りとで、考えもまとまらない。

「なんだ、これは、どうなってる！　カラックの奴俺の名前を知っていやがった。いつからバレてたんだ⁉」

いつの間にか降り出した霧雨に濡れながら、なんとか状況を打開する方法を探そうとするが、闇の中をめちゃくちゃに逃げ回ったいまとなっては、自分たちのいる位置すらあやふやだ。それに、こうして逃げ回っている間も、手下たちの絶叫は続いている。

ひとり、またひとりと、先ほど見たあの闇の中へ落ちて消えていく。その声を聞くだけでも頭がおかしくなりそうだった。もうすでに半分以上の手下が、あの真っ暗な穴に呑まれているだろう。

自分もいつ、あの暗闇に呑み込まれるかわからない。

背筋の粟《あわ》だつような焦燥感と気味の悪さは、一瞬も安堵《あんど》を与えず、恐怖だけが重くのしかかる。暗闇の中を逃げて逃げて、体力の限界が近づき、数名の手下だけになったグイドの真上に、突然、光の玉が打ち上げられ、辺りは昼のような明るさに満ちた。

あまりの眩《まぶ》しさに身をよじり、目を覆《おお》う男たち。

そして、次に目を開けたグイドの首筋には、カラックの磨《みが》き上げられた鋭い剣が突きつけられていた。

「ようこそシラン村へ、盗賊グイドと四十六人の手下諸君。ああ、もう六人だけか」

圧倒的な力の差がある大男に睥睨《へいげい》されながら、身動きできないグイドの目に映ったその場所は、村の中心、昼間村人たちがのどかな収穫祭に盛り上がっていた村の中央広場だった。

あまりの恐怖に手下のひとりが声になっていない叫び声を上げ、脱兎のごとく走り出す。だが、次の瞬間、逃げた男の上に轟音《ごうおん》をたて雷《いかずち》が落ち、そのまま手下は音もなくその場に崩れ落ちた。

「あの男、確か名前はボッカだっけ？　あいつみたいになりたければ逃げるといい。止めやしないさ」

相変わらず、冷ややかな目で剣を突きつけながらカラックは微動だにしない。

残っていた五人の手下たちは全身の震えが止まらなくなり、ついには完全に戦意を喪失し、その場にへたり込んでしまった。

グイドも、こんな得体の知れない恐怖は初めてだった。

（全員の名前も顔も知られている。計画もなにもかも……）

どこにも逃げ場はなく、すがれる相手もない。ただ恐怖と絶望だけが喉元の剣から伝わってくる。

「この村には、神のご加護があるんだよ。罰当たりな連中には必ず天誅《てんちゅう》が下る。だが慈悲深い女神は、お前たちに正当な裁きの下で罪を償うよう仰せだ。せいぜい悔い改めるといい」

（どう考えてもこれは人のできることじゃない。確かにこれは神の裁きだ。俺は……俺たちは神の怒りにふれたのだ）

グイドは、剣を取り落とし、一切の抵抗をやめ呆然としていた。

カラックと警備隊は、男たちを素早く縛《しば》り上げるが、震えが止まらない盗賊たちは、すでに抵抗する気力はまったくなく、躰《からだ》に力すら入らないため、立ち上がらせるのに苦労している。先ほど雷に打たれた男も、力なく縛《しば》られるままになっているが、死んではいないようだ。

そして事前にサイデムに根回しして、旅の曲芸団に紛れ込ませてイスから呼んであった〝イス警備隊〟に、捕らえた盗賊団全員を引き渡す。

そこにはすでに、深い穴の底に落ちていったはずのすべての盗賊が、気絶したり、恐怖に震えたり、奇声を発したりしながら、縛《しば》られていた。まだ恐怖でわれを忘れた者や足腰の立たない者が多いため、罪人用の馬車で護送していくことになる。

「いや、お見事でした。この村とだけは敵対したくないですな」

イス警備隊の代表と握手をしたカラックは、

「すべては女神のご意志です」

と雑貨店の方をチラリと見て、にこやかに微笑んだ。

この前代未聞の大捕り物が終わってしばらくすると、すでに結界が外された公民館と学校から、ご馳走やくじ引きで配られた豪華な賞品を抱えた村人たちが三々五々賑やかに家路についていった。

見上げると満天の星。

道には穴などひとつも空いてはいなかった。

◆
◆
◆

「さすがサイデムおじさま。仕事が早いですねぇ」

私は心底感心して、目の前に積まれた四つの紙を眺める。

グイドたちが捕まり、盗賊騒ぎも落ち着いた頃、サイデム商会から呼び出しがあった。どうやら、私たちの計画が形になり始めたようだ。

「お前の資料にあった紙の製法は、可能なかぎり試させた。複数の工房に競わせたので、思ったより早くモノになったぞ。もちろん、製法については〝守秘義務〟を負わせてあるから心配ない」

製法の概要を伝えていたとはいえ、ここまでたった一月半、どんなゴリ押しをしたのか聞くのも怖いが、紙作りの第一段階は成功したようだ。

試作の紙は、藁《わら》半紙風、パピルス風、和紙風、〝不明な材料〟でできたものだった。

この〝不明な材料〟で作られた紙を《鑑定》してみると、こう表示された。

〉ピチン紙――沼地に生息するゼリー状の魔物〝ピチン〟を主原料とした紙

（魔物から紙とは思いつかなかった。この世界ならではの素材を使えば、さらに面白いものができるかも）

私がすぐにそれぞれの紙に線や字を試し書きしてみたところ、ピチン紙は表面はツルンとして光沢があり硬めだが、インクのノリが良い。和紙風、藁《わら》半紙風は、インクの質によっては滲《にじ》みが気になるが、印刷もいけそうだ。パピルス風も風合いが面白いので需要はあると思う。

「おじさま、ピチン紙の材料は大量確保できるものですか？」

「ああ、ピチンは水場で増殖する魔物で、無限に近く取れる。駆除対象だから、狩るだけで金になる。儲《もう》けになる上、材料代ほぼなしだ、なかなか有望だろう？　って、お前なんでピチンのことがわかった！　しまった！　《鑑定》か」

「まだこの紙を見た人はほとんどいないでしょうが、広まらないうちに名前を変えて《鑑定》できないようにした方がいいですね。最も一般レベルの《鑑定》では、まず見えないでしょうけど。とにかく紙の名前を変えないと丸わかりです」

名前はすぐに変更された。〝ゲル紙〟言い得て妙だ。普通の《鑑定》では名前しか見えないことが確認できたので、ひと安心。

（しかし、この《鑑定》ってつくづく不思議なスキルだなぁ）

「お前のメモにあった見やすい暦《こよみ》〝かれんだー〟ってやつを、第一弾として売り出そうと思う」

さすが商売人、目の付け所がいい。

毎年必ず一定の需要があるものの代表のような商品。しかもとても役に立つ。今年はまだ紙の生産量が十分取れないので、一枚に一年分のポスターカレンダーにするそうだ。使用する紙は印刷向きで強度がある厚めの〝ゲル紙〟と決まった。

こちらの富裕層はゴテゴテした、いかにもお金をかけましたというものが好きなので、富裕層向け豪華タイプと実用タイプの二種類を作ることになった。

旅行ガイド本と戯作《げさく》本も、すでに発行に向けて動き出したそうだ。来年にはその戯作《げさく》本の中から評判の高いものを舞台にかけるという。私は、高価すぎて普及していない羊皮紙本の写本を提案した。古典作品の普及も文化都市には必要だ。魔法に関する正しい知識の普及のためにも、グッケンス博士の著作はぜひ紙製で再刊行してほしい。魔法学校の教科書となれば、多少高くとも必ず売れる。しかも学校納入品となれば必要数も事前に把握できるため在庫も抱えずに済み、継続して納品していける。手堅い商売だ。

グッケンス博士やハルリリさんからの聞き取りで、高価すぎる教科書は卒業時に手放さざるを得ない者が多いことがわかっている。断腸の思いで手放してしまった魔術師なら、皆買い直したいはずだ。それに、市井《しせい》にも魔法に興味を抱く者が多いこともわかっている。一般に発売しても、ヒットは間違いないだろう。

安価な紙製なら、初ロットでもおそらく羊皮紙の三分の一以下での販売が可能になる。紙の大量生産と大量印刷が可能になれば、十分の一まではすぐに下がるだろう。人々が気軽に知識にアクセスできるようになる日は遠くない。正しい知識の普及は、安全のためにも重要なことだ。

「それから、お前の本も出版を決めたから、早めに原稿出せよ」

「はぁ⁉」

おじさまは私の教科書を作りたいという要望もちゃっかり商売にする気だった。

「シリーズ化するからな。とりあえず子供や初めて勉強を始める者たちを対象とした本を出す。〝メイロードのすうじあそび〟と〝メイロードのことばあそび〟。タイトルはこれでいくから、締め切り守れよ」

「なんで私の名前がついてるんですか⁉」

叫ぶ私にサイデムおじさまがシレッと言うには、〝メイロード・ソース〟を作ったのは小さな子供で、天才的な味覚と商才を持つ美少女だ、というのは、もう都市伝説的にイスに広がっているそうだ。

「〝メイロード・ソース〟の爆発的ヒットで、お前の知名度は高いんだ」

あやかり商法で、一時期〝メイロード〟なんとかという商品が結構出たらしい。その中でも、頭が良くなるお札とか、積み木とか、おしゃぶりなど、子供向け商品が数多く作られ、人気なのだという。

サイデム商会としても〝メイロード・ソース〟のブランドを守りたかったので、ギルド管理商標として許可制にし、統制してくれたので、無許可製品の数は減らせたがまだまだ人気は根強いらしい。

(全然知らなかった)

「児童向けの教育本につけるにはうってつけのシリーズタイトルだろうが！ 〝天才〟メイロードの……の方がいいか？」

〝天才〟は全力で固辞したが、結局〝メイロード〟の名は外してもらえなかった。

恥ずかしすぎる。でも教科書が早くできるのは嬉しい。でも、でも、子供たちが揃って私の名前の入った教科書を使っているところなんか見たら恥ずかしくて悶絶しそうだ。

さらなる事業計画を、私のうなり声を無視して話し続けるおじさまの前で、私は頭を抱えて突っ伏していた。

どうやらサイデムおじさまには、私の提案を仕事として成立させ、早くも書籍を商品として売り出すというところまで見えている。やはり、これが最速で紙を使った印刷文化を普及させる方法だったようだ。

紙も乳製品のことも、最初はここまで大きな話にするつもりじゃなかった。でも、やはり私だけじゃなく、村の人たち、特に子供たちにたくさん本を読んでほしいし、おいしい乳製品を食べてほしい。

私のそんなワガママのためにサイデムおじさまをはじめ、皆を振り回しているようで、ちょっと申しわけないけれど、それでもやっぱり好きなようにやらせてもらう。私はそのためにこの世界へやってきたのだから、自重などしない。

おいしいお酒とおつまみは、これからもずっと作るから、あっ、ヘアケアグッズも増やして、ブラッシングもちゃんと受けるから、どうぞよろしくね、皆。

書き下ろし番外編

その後の小幡家

「奏也、電話が鳴ってる！　俺いまオーブン前から離れられないんだ。ちょっと出てくれ」

天板の上でいい色に焼けているローストビーフに金串を刺し、慣れた手つきで肉汁の上がり具合を確かめていた兄貴（まぁ、双子なので先に生まれたっていっても数分差だけどね）が、そう言った。

「えー、俺もいまチーズをおろしてるところなんだけど！」

今日のサラダのために買ってきた、はっちゃんの大好きな綺麗なオレンジ色のミモレット。それを散らした豪華なミモザサラダの最後の仕上げ中だというのに、仕方なく俺はチーズリナーを置いて、手を拭き、電話のあるリビングへと向かった。

今日の夜は僕らの大好きな姉、はっちゃんの就職と赴任地への旅立ちを祝う壮行会だ。そのために俺と誠也は、はっちゃんに子供の頃からみっちり仕込まれた料理の腕で、朝から豪華なディナーの準備をしている。

とはいっても、はっちゃんの巧みな誘導のおかげで、俺たちふたりは掃除も料理も洗濯も楽しくアソビ感覚で身につけることができた。おかげで、いまではお手伝いさんもびっくりするほどしっかり家事が身につき、こうした豪華なパーティー料理もふたりだけで作ったりできるわけだ。

俺が小走りでリビングに着く前に、着信音がやんだ。リビングには珍しく上の兄貴がいて、よっぽど電話の着信音がうるさかったのか受話器をとったらしい。

「兄貴、電話誰からだ？　まさか父さんがまた急に帰れないって言ってきたんじゃないだろうな！」

だが、兄貴は俺の言葉に反応しない。俺が訝《いぶか》しんでいると、抑揚のない声でこう言った。

「初子が……車に轢《ひ》かれて重体だって……病院へ搬送中だ……と……」

次の瞬間、俺は兄貴から電話をひったくった。

「はい、小幡初子の家の者です。病院の場所はどこでしょうか。はい、はいわかりました、私立第一病院ですね。すぐに向かいますので、よろしくお願いいたします」

ただごとでない気配にやってきた誠也に状況を説明しながら、俺たちはエプロンを外し、保険証や財布の現金を確かめ、当座必要と思われるものをバッグへと詰め込み、そのまま玄関を飛び出した。

「母さんと父さんには、多分電話は通じないからメールだな……」

「父さんはまだ飛行機、母さんは手術の執刀をしてるはずだからな。どちらもすぐには連絡が取れないだろうし、そのつもりで動こう」

心配する様子でもなく、一緒に行こうとする様子も見えず、電話の横で呆然としたままだった兄貴を放って、俺たちは捕まえたタクシーに飛び乗り病院へと向かった。

病院に駆け込むと救急救命室の待合室には、今朝会ったばかりのはっちゃんの親友、優子ちゃんが泣きはらした目でポツンと座っていた。

「誠也くん！　奏也くん！」

よく見れば優子ちゃんの着ている白いワンピースは血まみれだ。

「優子ちゃん、優子ちゃんは怪我はない？」

「私は大丈夫……でもね、オバちゃんは子供を助けようとしてトラックの前に飛び出して……」

それを聞いた俺たちは
(ああ、それは……はっちゃんらしい)

ふたりで瞬時にそう思った。

「ともかく、いまはお医者さんに任せるしかないよ。処置中にはできることもないし……

優子ちゃん、ここに持ってきた服がいくつかあるから、着替えておいでよ。タオルや除菌シートも入れてあるから、手や顔も洗ってきた方がいい。ここには、俺たちがいるから……ね」

そう言って俺は服を詰め込んできた鞄を渡した。

「ありがとう……本当にあんたたちってできた弟よね。うちの弟妹にも少しは見習ってほしいわ」

少しだけ微笑んだ優子ちゃんが、渡したバッグを抱えて、ゆっくりとお手洗いの方へ移動していく。

だが、せっかく顔も洗ってさっぱりしてきた優子ちゃんを、はっちゃんは、すぐにまた号泣させることになってしまった……

◆　◆　◆

喪服の俺たちは泣きすぎて倒れる寸前の母を気遣いながら、はっちゃんの葬儀に参列した。本来ならば喪主となるべき父は、すでに遠い空の下。きっとはっちゃんはその方が喜ぶと告げ、俺たちは迷う父を手術を待ち望む人々のいる国へと向かわせたのだ。

はっちゃんを祝うために無理くり帰国して家にいた二日間、まさかの事態に父は赤い目をして、大きな躰《からだ》が痩せてみえるほど憔悴《しょうすい》していた。出立の日、俺たちはいつものように、はっちゃんが大量に冷凍保存してくれていた激辛の〝お父さんカレー〟を用意した。

「ウマい、うまいなぁ……」

いつもならキッチンから笑顔のはっちゃんが見守ってくれていた食卓で、父は泣きながら大盛り二杯をたいらげると、はっちゃんお手製の父が使いやすいようにとたくさんの工夫を施した頑丈な布バッグを肩にかけ、多くの人が待っている危険な紛争地帯へ医療を届けるために旅立っていった。

俺たちはショックで動けない喪主の母に代わり、葬儀社との打ち合わせ、斎場の細かいチェックはもとより、食事や会葬御礼の品物の手配、手伝ってくれる方たちへの挨拶……と準備に追われた。面倒なことに、俺たちの家がなまじ地元の総合病院の経営者一族という、いわゆる名士であったため、やたらと会葬者や訪問客が多く、凄まじく忙しかった。だけどそのおかげで俺たちは、はっちゃんの死を悲しむ余裕もない数週間を過ごせたのかもしれない。

「いらっしゃい」

やっと落ち着いたわが家を、抱えきれないほどの雛菊の花を持って優子ちゃんが訪ねてくれた。これははっちゃんが大好きだった花だ。

　エプロンをして台所で笑顔を浮かべているはっちゃんの写真が飾られた仏壇に、その可憐な花を飾り、少し微笑んでお線香をあげてくれた優子ちゃんを客間に案内する。

「あ、優子ちゃん。お茶はなにがいい？　コーヒーもいいのがあるよ。コナにケニアに……それとも紅茶にする？　セカンドフラッシュだけど、香りのいいやつがあるから……」

「ふふ、奏也君、オバちゃんみたい」

「もちろん、優子ちゃんが来るって聞いたから、ホワイトチョコレートといちごジャムの入ったマフィンも焼いておいたよ。お土産に持って帰ってね」

「お菓子まで作れちゃうなんて、本当にオバちゃんすごいわ！　ふたりをここまで仕込んでいたとはね」

　そして俺たちは笑いながら、はっちゃん仕込みのお菓子を食べ、お茶を飲み、はっちゃんを懐かしむ午後を過ごした。

「結局あのワガママ長男君は、医者にならないの？」

「それなんだけどね……」

　うちの長兄は、勉強はできるが、人として大事なものが欠けていて、人を思いやれない上にとてつもなく尊大だ。目の前に怪我をして泣いている子供がいても、助け起こそうなんて考えもつかない、そういうヤツだ。それでも、学校に行っている間は〝優秀なご長男〟でいられたが、人から教えを乞《こ》わなければならない医学の勉強の世界に耐えられず、指導教授から〝著しく適性を欠いている〟という評価を受けてしまい、いまはそのまま引きこもり中だ。

「父が次に帰国したら、鍛え直すために一緒に連れていくって言ってました。それでダメなら諦めるって……」

「いいんじゃない。できればもっと早くそうしてくれたら、オバちゃんも楽だったと思うわ」

「キツイですねぇ！　……でも、そうですよね」

実は俺たちも進路は医学部に決めている。父と母を尊敬していたはっちゃんのおかげで、俺たちも多忙な両親の仕事を理解し、素晴らしいと思うことができたからだ。

「きっとオバちゃん、喜んでるよ」

優子ちゃんにそう言われると、本当にそんな気がする。

いつか、いつの日か、またはっちゃんに会えるって俺も誠也も信じてるよ。そのときには、最後まで教えてくれなかったあのカレーの隠し味を教えてほしいな。そして皆でまた、あのはっちゃん特製の絶品カレーを食べよう。

その日まで俺たちは、ここまで大事に育ててくれたあなたの意思を継いで生きていくよ。だからいまはさよなら、大好きな大好きなはっちゃん！　……ありがとう、姉さん。

新感覚ファンタジー
RB レジーナ文庫

痛快DIYファンタジー、開幕!!

レジーナブックス Regina

王太子妃殿下の離宮改造計画 1

斎木リコ　イラスト：日向ろこ

定価：704円（10%税込）

日本人の母と異世界人の父を持つ杏奈。就職活動に失敗した彼女は大学卒業後、異世界の王太子と政略結婚させられることに。でも王太子には、結婚前から愛人がいることが発覚！杏奈は新婚早々、ボロボロの離宮に追放されてしまう。ホラーハウスさながらの離宮におののく杏奈だったけれど――？

詳しくは公式サイトにてご確認ください
https://www.regina-books.com/

携帯サイトはこちらから！

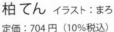

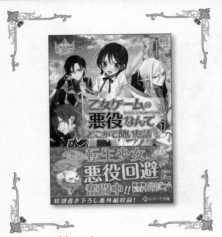

本書は、2019 年 9 月当社より単行本として刊行されたものに書き下ろしを加えて文庫化したものです。


この作品に対する皆様のご意見・ご感想をお待ちしております。

おハガキ・お手紙は以下の宛先にお送りください。

【宛先】

〒 150-6008 東京都渋谷区恵比寿 4-20-3 恵比寿ｶﾞｰﾃﾞﾝﾌﾟﾚｲｽﾀﾜｰ 8F
（株）アルファポリス　書籍感想係

メールフォームでのご意見・ご感想は右のＱＲコードから、
あるいは以下のワードで検索をかけてください。

アルファポリス　書籍の感想　検索

ご感想はこちらから

レジーナ文庫

利己的《りこてき》な聖人候補《せいじんこうほ》 1　とりあえず異世界《いせかい》でワガママさせてもらいます

やまなぎ

2021 年 6 月 20 日初版発行

文庫編集－斧木悠子・篠木歩
編集長－太田鉄平
発行者－梶本雄介
発行所－株式会社アルファポリス
〒150-6008 東京都渋谷区恵比寿4-20-3 恵比寿ｶﾞｰﾃﾞﾝﾌﾟﾚｲｽﾀﾜｰ8階
TEL 03-6277-1601（営業）　03-6277-1602（編集）
URL https://www.alphapolis.co.jp/
発売元－株式会社星雲社（共同出版社・流通責任出版社）
〒112-0005 東京都文京区水道1-3-30
TEL 03-3868-3275
装丁・本文イラスト－すがはら竜
装丁デザイン－AFTERGLOW
（レーベルフォーマットデザイン－ansyyqdesign）
印刷－中央精版印刷株式会社

価格はカバーに表示されてあります。

落丁乱丁の場合はアルファポリスまでご連絡ください。

送料は小社負担でお取り替えします。


ISBN978-4-434-28981-1 C0193